가출생활자와 독립불능자의 동거 라이프

가출생활자와 독립불능자의 동거 라이프

페미니스트 엄마와 (아직은) 비혼주의자 딸의
자력갱생 프로젝트

권혁란 지음

그래도봄

prologue

아무튼 딸,
또 자라서 무엇이든 되겠지

> "생각하는 것, 보고 있는 것, 마주친 것, 그것들이 무엇을 의미하는지 스스로 알기 위해 글을 쓴다. 내가 무엇을 원하는지 무엇을 두려워하는지 그것의 실체를 마주하기 위해 글을 쓴다."

조앤 디디온의 《푸른 밤》을 읽고부터 내가 낳은 딸에 관해 쓰기 시작했다. 딸이 떠난 뒤 조앤 디디온이 써 내려간 애절하고 서늘한 그 기억의 글들. 그때부터였다.

> "나는 내 아이의 얼굴을 암기한다. 내가 암기한 것은 생의 여러 시점에서의 내 딸의 얼굴이다."

#1

딸들과 좋은 친구라는 생각을 오래 하고 살았다. 거대한 착각이었다. 그게 자랑거리였다. 딸들이 나를 진정 좋아하고 사랑할 거라고 믿고 살았다. "우리는 이렇게나 서로를 모른다니까." 별일도 아닌 사소한 기억 몇 개가 달랐을 뿐인데 슬쩍 지나가면서 한 딸아이 말이 꽤 오래 남았다. 못 할 말 전혀 없는 친구라거나, 속속들이 사랑한다거나, 마음속 비밀까지 잘 알고 있다거나… 하지만 그런 건 엄마와 딸 사이에 하는 게 아니지 않은가, 번쩍 깨달았다. 딸과 엄마 사이는 끊을 수 없는 깊은 애정 관계가 틀림없다는 애달픈 착각에서 깨어나려는 가당한 노력은, 실로 지지부진했다. 더 끊어지지 않으려고 기를 쓰고 애써왔는지도 모르겠다. 친구들이 하나둘 지상에서 사라지면서 딸을 친구 삼으려고 아부하고 집착하고 참견하고 외로운 사람인 척, 아무것도 잘하지 못하는 모자란 사람인 척하고 붙들고 살았던 건 아니었을까.

#2

꽤 젊었을 때 빈둥지증후군(empty nest syndrome)이란 말을 들었다. 그때만 해도 딸들이 자라 독립해서 집을 떠나면 슬픔과 외로움, 상실감을 격하게 겪을 거라고, 빈둥지증후군 환자가 될 거라고 믿어 의심치 않았다. 그런데 웬걸. 아기 새들은 이제 어른 새가 되어도 둥지를 떠나지 않는다. 집을 떠나지 못한다. 몸이 커지고 생각이 넓어져 둥지가 비좁아져도 새 둥지를 구할 수가 없어서 엄마 새 곁에서 한데 뭉쳐 같이 산다. 둥지를 떠날 수 없고 독립도 할 수가 없어 엄마에게 빈둥지증후군을 앓을 기회조차 주지 않는다.

육십갑자 한 바퀴가 다 되어가는 우리 또래 엄마들은 빈둥지증후군조차 느낄 수 없이 캥거루족 자식을 껴안고 성인 육아의 덫에 걸려 있다. 다 큰 자식을 애잔하게 가슴에 품고 한집에 담기어 밥을 해먹이며, 받아먹으며 살고 있다. 어쩌면 딸들이 모이를 가져다 엄마를 먹이는 것일 수도 있겠다.

딸들은 연애도 결혼도 독립도 하고 싶거나, 하지 않고 싶거나, 못하거나, 안 했다. 딸 대신 종종 내가 떠나거나 독립을 했다. 밥먹듯이 가출하는 엄마가 된 것이, 독립하지 않는 딸이 되어 사는 것이 나쁜 일은 아니었다. 불행했다거나 슬픈 일도 물론 아니다.

#3

아이들이 소녀인 시절에 둘 다 '프린세스메이커' 게임을 했었다. 여자아이, 즉 딸을 기르는 게임이다. 다마고치를 기르고, 병아리와 강아지를 기르다 모두 실패하고 서글프게 떠나보낸 기억을 간직한 딸들은 컴퓨터에서 여자아이를 길러 무언가가 되게 하는 이른바 육성(育成) 게임을 좋아했다. 어린 딸이 모니터 속 딸을 키우면서 자기들 미래를 설계했다. 키운 딸이 행복해하는 모습을 보며 눈물을 흘리고 힘든 일을 겪으면 가슴 아파했다. 모니터 속 딸은 공부하고 일하고 놀고 심신의 발전을 도모하며 자라났다. 그리고 마침내는 꼭 무언가가 되는 엔딩이 있었다.

두 딸이 하는 게임 속 딸은, 아무튼 딸로서 자라나 끝끝내 무언가가 되었다. 얼마만큼 돈을 쓰고 얼마만큼 공부를 시키고 어떤 성격을 가질 수 있게 독려하고, 무슨 일을 할 수 있게 채근하고, 어느 부분에 어떤 감수성을 가져야 좋을지 선택하느냐에 따라 딸아이가 키우는 딸은 다른 엔딩을 맞았다.

"오늘은 무엇이 되었어?" 진짜 딸의 미래를 점치듯이 물어보면 어느 날은 수녀가, 어느 날은 마법사가, 언젠가는 프린세스가 되었다. 딸들은 무언가가 된 딸의 성장 과정을 말했다. 돈을 벌어야 해서 '알바'만 시켰더니 직업이 알바생이 되었어. 공부만 열심히 시켰더니 박사가 되었어. 운동을 시켰더니 무사가 되었어. 매력을 갖게 했더니 프린세스가 되었어.

이 게임에 대해 아무것도 몰랐어도 그래도 좋았던 것은, 무엇이 되던 '딸'이 뭔가가 되는 이야기였기 때문이었다. 엔딩의 주인공이 아들이 아니라 여자의, 딸의 모습을 하고 있어서 좋았다. 국왕이든 재상이든 대신이든 하다못해 하녀든 전사든 거리의 광대든 주인공은 딸, 미래의 딸들 모습이 되었다. 좋은 엔딩 중에 최고는 국왕(여왕이 아니라)인데, 그렇게 되려면 지능이 높아야 하고 신앙심이 깊어야 하며, 도덕심과 감수성 지수까지 높고 충실해야 했다. 무엇이든 좋은 사람이 되려면 여러모로 훌륭하게 자라야 했다. 나쁜 엔딩에는 '업보 엔딩'이라는 이름이 붙어 있었다. 생래적으로 업보가 높고 도덕심마저 없고 지능이 꽝이고 성실하게 자라지 않으면 사기꾼, 건달, 접대부가 되었다. 핏빛 가득한 무늬를 온몸에 새긴 마왕이 될 수도 있었다. 딸들은 자라 무엇이든 될 수 있다는 게임의 세계관은 진짜 엄마인 내가 봐도 새롭고 놀라웠다.

#4

세월이 흘렀다. 딸들은 프린세스메이커 게임을 졸업했다. 여러 엔딩을 보고 저희들 스스로 무언가가 되기 위해 바빠졌다. 아이들은 손댈 수 없는 곳으로 멀리 갔다. 뭔가가 되기 위해 온 하루를 학교에서 보냈다. 감수성을 키우고 매력도를 높이고 지능을 올리면서 공부하느라 모든 시간을 쏟아부었다. 게임 속에서 이것도 되어보고 저것도 되어보던 딸들은 스스로를 키워 지금 무엇이 되었나. 효녀? 학사? 은행원? 금융인? 영화인? 그냥 직장인? 사회복지사? 도서관 사서? 공인중개사? 메갈리아? 페미니스트? 누군가의 여자친구? 애인? 엄마? 딸들의 엔딩은 엔딩이랄 수 없다. 아무튼 뭔가가 되었고 앞으로도 뭔가가 될 테니까. 그 옛날 게임 속 엔딩처럼 조금씩 마음을 바꾸고 상황을 바꾸고 어떤 열심을 내는가에 따라 다른 사람이 될 것이다. 어쩌면 생각지도 않은, 생각조차 하지 않는 무언가가 될 수도 있을 것이다. 게임에도 수백 가지 엔딩이 있었으니까, 현실의 엔딩을 미리 정하지 않을 테니까.

#5

딸들과 함께 엇갈리듯, 같이 가듯 매일 저녁 만 보씩 걸은 지 2년이 되었다. 한파주의보도 폭염주의보도 우리는 개의치 않았다. 주말이면 자전거를 타고 한강에 가고 여름이면 배드민턴을 치고 겨울이면 고개를 젖히고 눈을 받아먹었다. 매달 보름달을 보면 아직도 미륵이는 할머니처럼 정성스런 기도를 하고 무던이는 길고양이 밥을 주고 물을 주려고 풀숲을 살펴본다. 걸어서 걸음 수대로 번 돈으로 치킨을 사 먹고 커피를 서로 선물한다. 난 무선이어폰을 끼고 영어공부를 하고 무던이는 공인중개사 공부를 하고 미륵이는 새 영화를 보거나 새로 들은 노래를 들으며 걸어간다. 무언가가 되기는 했고, 아직도 무언가가 되려는 중인 내게 어느덧 기둥이자 버팀목이자 비빌 언덕이 되어버린 내 딸들에게 부끄러움과 반성과 애정이 오간다. 딸들은 넥스트 레벨로 같이 가자고 어나더 레벨이 되자고 작은 손을 내민다. 나는 두꺼운 손을 내밀어 그 손을 잡는다.

#6

옥탑방에서 하루 열 걸음만 겨우 걸으면서, 진통제를 삼키면서 딸 이야기를 썼다. 이것은 유언장인가. 이걸 쓰는 것이 과연 누굴 위해서일까. 볼 사람은 누구일까. 왜 딸들의 이야기를 쓰려고 앉기만 하면 어금니가 욱신거리는가. 왜 잇몸이 들뜨는가. 사춘기 딸들보다 혹독하게 엄마라는 인간이 끊임없이 질풍노도의 날들을 살았던 것이 참으로 미안했다. 이토록 철딱서니 없는 나라는 인간을 아직도 귀여워하고 사랑하고 보살피는 내 딸들이 너무나 귀하고 자랑스러웠다. 이상하다. 딸들의 이야기는 흉을 보겠다고 써도 자랑하는 것처럼 보였고, 내 이야기는 쓰면 쓸수록 흉잡히는 기록에 불과해 보였다.

아무 데도 안 나가고 성실하게 사는 딸 대신 독립을 외치면서 엄마가 집을 나가 생활했다. 딸을 키웠으니 나도 커야겠다고 흔들흔들 걸어 다녔다. 그 세월이 10년이 넘었다. 남들은 멋지게 여행생활자가 되고 훌륭한 사람이 되어 이름 있는 자가 돼가는데 민망하고 면구쩍게 '가출생활자'로 살았다. 딸들은 훌륭한 단독자로, 이보다 더 좋을 수 없이 충분한 독립가능자로 자라났다. 그런데 왜 90년대생 딸들이 '독립불(가)능자'가 되었을까. 나는 돌아와 더 이상 가출할 필요가 없게 되었는데 왜 딸들은 독립할 수 없게 되었나.

성실하게 살았으나 부자가 되지 못한 엄마는 집을 구해줄 수가 없다. 아무리 개미처럼 돈을 벌어도 딸들은 집을 살 수 없다. 혼자는 살 수 없게 저 바깥세상은 위험하고 험악하다. 좋은 사람을 만나 연애하고 결혼하려 해도 나쁜 사람이 너무 많아 관계 맺기도 꺼려진다. 곳곳이 허방이고 지뢰인 세상으로 밀어낼 수가 없다. 마음을 열고 넓고 깊게 사람을 만나려 해도 세상의 나쁜 일이 운 좋게 피해갈지 알 수가 없다. 성큼성큼 뚜벅뚜벅 무언가 되는 길로 걸어온 발걸음 앞에 놓인 선택지가 좁고 가파른 낭떠러지 같아 지금은 멈출 수밖에.

그래서 우리는 두리번거리며 한집에서 서로를 키우고 돌보고 있다. 딸들은 내게 책을 사주고 인터넷 강의를 열어주고 학점을 따게 한다. 끊어진 경력을 잇게 하고 멈춘 연금을 새로 열어 그 돈을 붓고 있다. 어엿한 예술인 아니냐며 예술인카드를 만들어주고 글을 쓸 수 있도록 작업실을 얻어준다. 끊어진 경력, 끊긴 돈, 끊어진 인간관계를 딸들이 잇는다. 깁는다. 메운다. 딸들 덕분에 나는 이어지고 기워지고 때워져서, 이 세상의 한 사람의 몫을 해내게 만든다. 나는 그냥, 이대로 사라져도, 뒷마무리는 걱정할 게 없어졌다. 집에서도 출가한 것처럼 나는 살 수 있고 집에 살면서도 딸들은 이미 독립을 이룩했을 수도 있겠다.

차례

1

엄마는 어떻게 그렇게 용감했어?

엄마는 어떻게 그렇게 용감했어?

스물네 살이 된 무던이 생일 저녁, 큰 초 두 개, 작은 초 네 개를 꽂으면서 내가 먼저 말했다.

"와. 생일 축하해. 스물네 살, 내가 지금 네 나이에 결혼이란 걸 했었어."

"정말 대단해. 어떻게 이 나이에 결혼할 생각을 했던 거야? 아직 너무 어린 나이 같은데. 꿈도 못 꿀 일이야."

무던이가 스물일곱 살이 되던 생일 밤, 빽빽하게 초를 꽂으면서 내가 또 말했다.

"와. 생일 축하해. 이 나이에 내가 널 낳았어. 스물일곱에 널 낳은 거라니까."

"와. 정말, 대단하다 못해 이해할 수가 없어. 어떻게 이 나이에 아기를 낳을 생각을 했어? 지금 나는… 이제야 취직을 했는데. 아. 나로선 상상도 못할 일이야."

무던이가 스물아홉 살이 되던 생일. 작은 초 아홉 개를 꽂을 자리를 찾으면서 말했다. 케이크를 큰 걸 샀어야 했다.

"아무튼 생일 축하해. 무서운 나이네. 스물아홉. 이 나이에 나는 네 동생까지 낳았어. 좌청룡 우백호, 두 아이의 엄마가 되었어."

딸이 고저장단이 거의 없는 평탄한 어조로 말했다.

"정말 대단해."

둘째 미륵이가 스물일곱 살이 되던 생일에 케이크에 초를 꽂으며 내가 말했다.

"나는 네 나이에 오늘, 널 낳았어. 위에 딸이 하나 더 있었지."

"정말 어떻게 그랬어? 언니를 낳고 또 어떻게 아기를 낳을 생각을 했었어? 언니 낳은 지 1년 만에 또 아기를 가진 거잖아. 내 나이에, 어떻게 하면 애를 둘이나 낳을 수 있어? 하나도 아니고 둘을! 나는 결혼하는 것도 아기를 낳는다는 것도 상상조차 안 되는데. 둘 다 하고 싶은 마음조차 없는데."

"엄마는 어떻게 그렇게 용감했어?"

인생의 굽이굽이마다, 아이들이 나한테 가장 많이 한 말이다.

“엄마, 그 나이에 결혼을 하다니, 그 나이에 아이를 낳다니. 스물네 살에, 뭘 안다고 결혼을 했어?”

“그러게 말이다.”

어쩌면 뭘 알아서가 아니라, 뭘 몰라서 그랬을 것이다. 뭔가를 알았다면 그럴 수 있었을까? 용감해서가 아니라, 겁이 없어서가 아니라 어쩌면 선택할 게 그것밖에 없어서였을 것이다. 그 나이에 나는 씻은 듯이 가난했고 작은 방에 혼자 살았다. 5년 만에 졸업하고 교수 추천장까지 들고 갔지만 취직한 곳은 하는 일도 보수도 변변찮았다.

결혼한 것은 큰 뜻이 있어서는 아니었다. 부끄럽게도 내 입을 벌어 먹여 살릴 능력이 없었던 거였고 생전 처음 몸을 섞은 남자가 먹여 살리겠다고 했던 말이 청혼이었다. 여러모로 무지했던 그때 같이 잔 남자와 결혼하지 않으면 큰일 날 것 같았다. 좋아한 사람이니 결혼 안 할 이유나 조건은 하나도 없었고 결혼할 이유와 상황은 맞아떨어졌다. 귀한 딸이라며 부모가 보살펴주는 것도 아니라서 반대를 하거나 허락을 받을 사람도 없었다. 결혼 선택은 오로지 나의 몫이었다.

유일하나 무력한 반대 의견은 나름 보호자인 엄마와 새언니 쪽에서 흘러나왔다.

“동네에서 아무도 안 보내는 인문계 여고에다 대학 공부까지 가르쳤더니 어떻게 졸업을 하자마자 돈도 안 벌고 결혼을 하겠다는 것이냐. 다른 친구들은 중학교만 나와도 일해서 부모 '보비위' 하고 고등학교만 나와도 다 취직해서 혼수도 다 자기가 해서 가더라만. 어떻게 된 게 너는 걔들보다 그렇게 공부도 잘하고 더 많이 배우더니만 바로 결혼을 한다니. 최소 3년은 친정 부모 살림에 보태게 용돈도 보내고 제 돈으로 혼수도 장만해갈 생각을 할 법도 한데, 생각이 짧다."

결혼이 아니라 결혼식 시점을 유예하는 이유를 듣고 보니 그럴 만도 했다. 억울함 반, 섭섭한 마음 반쯤이 들락거렸다.

생전 처음 화장을 하고 긴 파마머리를 틀어 올리고 아무튼 결혼을 했다. 결혼식은 용궁예식장, 정말 이름이 용궁예식장이었다. 지상에 없는 용궁처럼 결혼식장 이름마저 비현실적이었다. 코끼리 아저씨와 고래 아가씨 결혼식 노래처럼. 노래뿐인가. 간 빼 먹히러 자라 등을 타고 바다로 들어간 토끼처럼 나도 헛똑똑이 같았다. 또래 친구들 중에서 거의 처음 결혼하는 터라 어린 내 친구들이 모두 와서 용궁예식장에 선 우리 둘을 놀렸다.

아버지는 내 결혼식에 참석하지 못했다. 불구의 아버지는 자식 혼사에 가고 싶지 않다고 했고, 아니 공공연히 아무도 아버지를 모시고 오지 않았다. 위의 언니, 오빠 결혼식에 아버지가 한 번도 못 가시는 걸 보고 나는 결혼식 같은 걸 하고 싶지 않았었다.

동네 아저씨도 참석하는 자식의 결혼식에 못 오는 아버지가 무슨 생각을 하면서 빈 마을에 남아 계실까. 아버지와 달리 잘생긴 데다 부자인 작은아버지의 손을 잡고 신부 입장을 한 후에도 현실 인식을 하지 못한 채 어리둥절하고 있었다.

결혼 서약이 이루어지는 시간이었다. 우리 둘의 학과장님이셨던 주례 선생님이 뭐라 뭐라 묻고 남편 될 사람이 "예"라고 대답을 했다. '아, 대답하는 건가 보다'라고 생각했다. 다시 나에게 (나에게 하는 말이 분명하지 않은가) "뭐라 뭐라, 서약하시겠습니까?"라고 물었다. 나는. 대. 답. 하. 지. 않았다. 대답해야 하는 줄을 몰랐던 것 같기도 한데 약간 넋이 빠져서 "예"라는 말을 못한 것 같기도 하다. 그야말로 적당한 때를 놓친 것 같은데 순간, 정적이 흘렀다. 임기응변에는 신부보다 주례자가 능했다. 주례 선생님은 작은 소리라도 대답했으리라, 생각했는지 "신랑 신부 모두 서약을 했습니다"라며 성혼 선언을 마쳤다.

결혼식 내내 나는 울지 않았고 웃지도 않았다. 서약문에 대답을 안 했었다는 중차대한 사실은 나중에 결혼식장에서 보내온 비디오테이프를 돌려 보다가 알았다. 짙은 화장에 트레머리, 녹의홍상 한복을 입은 폐백까지 선명하게 찍힌 모든 사진들에서 나는 참으로 무감한 표정을 하고 있었는데, 대답을 하지 않는 신부인 내 얼굴은, 새삼 인상 깊었다. 결혼 서약에서 "예"라는 대답을 하지 않은 신부. 둘의 관계가 흔들릴 때마다 그때를 생각했다. 나는 결혼 서약에 대답하지 않은 사람이었어. 그러고도 "이 혼인이 원만하게 이루어진 것을 여러분 앞에 엄숙하게 선언합니다"라고 성혼 선언을 하다니.

젊은 새댁이 된 그 시절에는 아파트 윗집 아랫집마다 온통 다 결혼한 여자만 있더니 몇 년 후 일하러 나와 보니 주변에 혼자 사는 여자들이 너무나 많았다. 결혼하지 않은 여자, 아이 낳지 않은 여자, 여자를 사랑하는 여자, 연애하지 않는 여자들이 너무나 많았다. 딱히 간절히 원했던 것은 아니면서도 주저 없이 결혼하고 아이 낳으면서 순로(順路)를 걷듯 차례차례 걸어온 나에 비하면 그들은 어떻게 그리 빨리 알았을까. 어쨌든 다른 길이 있다는 것을. 선택하지 않을 수도 있다는 것을. 경이로운 눈으로 그들을 바라보았다.

결혼이 열어 보기 전에는 모르는 복권 같다는 말은 그때나 지금도 여전히 하지만 누군가는 결혼이 복권과 비슷하다는 비교는 전혀 맞지 않다고 말했다. 복권 당첨은 내가 아니더라도 맞는 사람이 있으니까. 당첨이 되는 행운아가 반드시 있으니 결혼은 복권이라기보다는 러시안룰렛에 가깝지 않느냐는 말이다. 여섯 개의 총알을 넣을 수 있는 검은 권총, 여섯 개의 구멍 중에 단 한 개만 총알을 장전하고 머리통에 들이대고 무작위로 행불행과 삶과 죽음을 맡기는 것. 때로는 즉석복권을 긁어보는 것처럼, 복권 당첨번호를 검색하는 것처럼, 때로는 러시안룰렛을 하는 것처럼, 아이들 말마따나 '용감하게' 결혼 생활을 이어나갔다.

나무꾼의 아내가 된 전직 선녀처럼 양쪽에 아이 둘을 끼고 프리랜서가 되었다. 자유기고가라 불렸던 그때 나는 일을 시작하면서 '프리랜서라 시간을 마음대로 쓸 수 있다'는 장점을 서둘러 늘어놓았다. 사실 프리랜서의 시간은 본인이 편리하게 쓸 수 있는 자유 시간이기보다 가족들이 필요할 때마다 맘대로 갖다 쓸 수 있는 '남의 시간'이라는 것을 알면서도 말이다. 풀타임 직장을 포기한 건 아이와 살림 때문이기도 했다. 가족들은 프리랜서인 나에게 자연스레 돌봄 노동을 기대했다. 풀타임 정규직인 동서와 나의 처지는 천양지차였다. 나의 모든 것이 공공재처럼 툭툭 사용되었다. 별로 중요한 일을 하는 것 같지 않은 사람, 언제라도 불러들일 수 있는 사람, 소설도 시도 아닌 잡지 기사를 쓰는 사람, 명확한 직장명이 없는 데다 돈도 많이 못 버는 나는 소중한 사람으로 대우받는 느낌을 받지 못하고 쭈글쭈글 시들어갔다.

나중에서야 사진을 보고 깨달았지만 그 스무 살 끝 무렵, 서른 초입의 젊은 얼굴이 오십 넘어서 찍은 얼굴보다 형편없이 나이 들어 보인다. 생기 없는 피부, 희비의 표정이 드러나지 않는 무감한 얼굴, 찍힐 때 지어 보인 부자연스러운 억지웃음, 지치고 고

단해 보이는 눈빛. 복숭아처럼 솜털 복슬복슬하게 고운 아이들이 자라는 걸 보면서 눈이 번쩍 뜨이게 행복하고 여한 없다 싶을 만큼 좋았던 순간이 얼마나 많았는데, 희한한 일이다.

간혹 생각한다. 나의 딸들이 이토록 연애와 결혼에 아무 뜻이 없는 것은 나 때문일지도 모르겠다고. 세상에서 가장 가까이서 지켜본 연애와 결혼의 당사자인 '우리', '나'와 '아빠인 남자' 때문일 수도 있겠다고. 우리는 남부럽지 않게 싸우고 말다툼하고 미워하고 각방 쓰고 또 헤어져도 보면서 부부라는 관계에서 일어날 만한 모든 난리를 남김없이 다 겪어봤다. 그런 모습을 이제까지 고스란히 다 지켜봤을 게 틀림없다. 아이들은 우리가 싸우거나 의견이 안 맞아서 부들부들 진저리를 치는 바로 그 순간, 자리를 떴다. 방문을 닫아 부모의 쇳소리를 거둬내고 헤드폰을 끼고 음악으로 스며들고 그림으로 영화로 뛰어 들어갔다.

그렇다 해도 돌이켜보면 우리들의 싸움이나 다툼의 정도는 아주 평범한 것일 수도 있다. 나는 집요하게 싸움을 끌고 가는 사람이 못 되었다. 갈 데까지 가보자는 식으로 덤비기에는 미움의 에너지가 모자랐다. 소리를 크게 내고 싸우다가 이야기가 통하지 않고 같은 말만 하고 있다고 생각하면 도리어 견딜 수 없는 지경이 되어 얼굴을 돌렸다.

아이 아빠도 소리를 지르거나 눈에서 불을 뿜는 것처럼 번쩍

거린 적은 있어도 손댈 수 없는 미친 사람처럼 날뛰지는 않았다. 더욱이 그는 아이들만큼은 워낙 귀하게 여겨 아이들에게 상처 주는 사람이 되지 않기를 바랐다. 오죽하면 초기 부부싸움의 가장 큰 원인이 내가 아이들이 듣기에 좋지 않은 세고 강한 말을 종종 쓴다는 거였다. 평범한 비속어 정도를 아주 가끔 썼을 뿐인데도 이른바 엄마로서의 '교양'을 그가 가르치려고 할 때 주로 싸웠던 것 같았다. 아무튼 내가 결혼 기간 중 깊이 상처받은 것은 더 깊숙한 마음 바닥에 숨겨놓고 칭칭 동여매고 살았다. 켜켜이 쌓인 겹겹의 슬픔을 하나하나 풀어헤쳐 아이들에게 설명할 길은 없었고 사실 그럴 필요조차 없는 일이었다. 결혼 당사자인 부부와 그 사이에 낳은 아이들이 맺은 엄마 아빠의 관계는 하늘과 땅만큼의 차이가 있으니까.

행복한 부부의 전형을 보여주진 못했어도 최악은 간신히 모면했을 것이라고 극구 마음을 끌어올려 보지만 아닐 수도 있는 일이다. 30여 년을 한집에 살면서 엄마인 사람과 아빠인 사람이 서로에게 뿜어내는 공기의 온도를, 어투의 느낌을, 애정의 크기를 알아채지 않기가 더 어려운 일일 테니까. 말하지 않아도 알 건 다 알고 있을 터, 그런 나이다.

사실 나는 그렇게 극단적으로 불행하지는 않았다. 뼈마디 몇 개가 어긋난 것처럼 통증이 깊었다 해도 종종 '사람이 산다는 게

다 이런 거겠지'라는 체념의 수행으로 넘어갔다. 어떤 사람을 봐도 나 정도의 괴로움을 겪지 않는 사람이 없어 보였다. 관계라는 게 얼마나 높고 넓은 층위를 가진 것인지, 보는 각도에 따라서 입장에 따라서 수백, 수천 갈래 다르게 보일 수 있는 일이다. 행여 엄마 아빠의 결혼 생활을 봄으로써 사랑, 가족, 결합에 대한 어떤 신비함이나 신뢰를 잃었다고 해도 그것은 나와 그 사이의 개별적인 일이다. '바른 본보기는 아닐지라도 자책과 반성의 구덩이에서 허우적댈 필요는 없을지도 몰라' 하는 마음으로 혼잣말을 하게 되었다.

결혼하거나 출산하는 게 꼭 용감해서가 아니다. 남보다 무지해서도 아니다. 그저 천지음양(天地陰陽) 색수상행식(色受想行識) 흩어졌다 모여서 흘러온 나의 인생 궤적일 뿐. 너희들은 나와 달리 어쩌면 다른 사람과의 관계에서 온전하고 바람직한 생활을 누릴 수 있는 것 아니겠냐고. 세상이 험악해서 연애를 꿈꾸지 않고 지구 환경이 가혹하게 나빠져서 아이를 안 낳겠다고 하고 세상에 좋은 사람이 남김없이 사라졌다고 포기하고 누구와도 같이 살지는 않으려는 마음이야 이해를 못하는 것은 아니라 해도.

추석을 앞둔 어느 환한 가을날, 소리 없이 사라져 휴대전화도 꺼버리고 잠적한 아버지를 찾아달라고 지구대를 찾아간 딸이 있었다. 교복을 입고 등교하던 아침이었다. 사춘기 딸이 가출하거나 사라져 아버지가 파출소를 찾아간 게 아니라 오십에 가까운 아버지의 거취를 알고 싶어 모범생 딸이 애면글면 학교 앞 지구대를 찾아간 거였다. 성인 남성은 실종 신고 접수가 아니라 가출 신고에 불과하다는 것을 알고 교실로 들어가면서 울었던 딸이 있었다. 어느 휴일, 하루 쉬는 금쪽같은 일요일. 언덕길을 걷고 걸어 엄마가 살고 있는 외딴집을 찾아와 앉아 있던 딸이 있었다. 그 아이는 눈물 한 방울 흘리지 않고 앉아 방을 둘러보다가 집으로 돌아갔다.

"펜타포트 록페스티벌에 '뮤즈'가 온대. 엄마랑 가고 싶어, 같이 가요"라고 청했던 딸이 있었다. 인천, 그 멀었던 어딘가의 모래밭. 혹서의 땀이 쏟아지던 모래밭 무대 앞에서 사람 더미에 치여 저는 저 앞에서, 나는 뒤쪽에서 뮤즈의 노래 〈스타라이트〉를 들었던 밤이 있었다. 록페스티벌이 끝난 그 밤. 차가 끊겨 간신히, 간신히 먼먼 길을 돌아 곯아떨어진 아이를 껴안고 들어왔던 언덕 위의 집에 살던 엄마가 있었다. 자라는 딸들보다 못나게 살던 목불인견 실수투성이의 엄마, 아빠가 있었다.

두 딸이 아기를 안 낳겠다는 것에는 내가 끼친 영향이 아주 클 거라 생각했다. 20년 전, 2000년에 출산율이 곤두박질칠 때 여성들이 왜 아이 낳기를 꺼리는지 설문조사하고 취재해서 특집 기사로 내느라 보통 여자들의 실제 마음을 알게 되면서도 그랬다. 아이들은 자기 둘을 낳은 후 일곱 살까지 전업주부로 있다 뒤늦게 나가 일하는 엄마의 신산고초를 다 봤다. 무엇보다 현재 아이를 낳게 되면 삶의 기반이 송두리째 완전히 바뀌는 것이 남자가 아닌 여자뿐임을 온몸으로 체득해 알고 있다.

가임기 여자들 분포도에 들어가 버려 언짢아진 여자들에게 제발 아이를 낳으라고 돈을 조금 보태준다고 그것에 혹해 뚝딱 아이들을 낳겠다는 선택을 할 여자들은 많지 않다. 저출산 대책을 아무리 수립하고 변경해도 여자들에게 안 먹히는 이유는 말 그대로 지원 대상이 아이를 낳을 당사자 여성이 아니라, 아기에게 집중되기 때문이다. 양육비와 교육비를 얼마를 더 주든 여자에게는 거의 소용이 없다. 여자 입장에서 자신의 인생 궤도에 출산과 육아가 불러일으킬 리스크와 데미지가 얼마나 클지 불 보듯 뻔한 이상, 어느 여자가 몸과 마음의 궤도를 돌이켜 아이를 낳게 될까. 다둥이 엄마라는 괴상한 말, 셋째 아이는 대학 등록금 무료, 첫아이 낳으면 100만 원, 둘째 아이 낳으면 200만 원, 보육료 지원…. 이런 기사를 읽으면서 가뭇없이 사라져버린 출산 의지를 불쑥 일으켜 세워 뚝딱 아기를 낳겠다고 달려들 여자가 있을 리가. 아무리 꼬드기듯 말해봤자 직장, 일의 성과, 분만, 육아, 경력, 몸과 마음의 사용 에너지, 모든 면에서 남자는 끄떡없고 변함없고 여자에게만 불리하게 작용하는 현 시점에 어느 여자가?

얼마 전 같이 자전거를 타고 한강까지 달려간 날, 무던이가 난자 보관에 대해 말을 꺼냈다. 나로선 SF 영화에서나 본 이야기였다. 사유리의 인공수정 임신과 출산 이야기가 나오기 전이었다. 아직 건강할 때, 아직 젊을 때 난자를 채취해 냉동 보관했다가 필요할 때, 아이를 낳고 싶은 마음이 생길 때 찾으면 된다고 했다. 지금은 전혀 아이를 낳을 계획은 없지만 그래도 모르는 일 아니겠냐고, 혹시라도 늦게 아기를 낳고 싶어질 때를 위해 한번 해볼 만하지 않겠느냐는 거였다. 돈이 좀 많이 든다는 것 빼고는 나쁠 게 없어서 요즘 또래의 여자들이 종종 하는 일이라고 했다. 찬성이나 반대나 허락할 일은 아니라고 해도 내가 낳은 딸의 일이어서인가 선뜻 말이 나오진 않았다. 용감한 걸로 치자면 나보다 더한 것 아닌가 싶었다.

"아니 뭘 그렇게까지 해서 아이를 낳을 생각을 해? 엄청 아프다던데 마취하고 난자 채취하고 비싸게 냉동 보관했다가 꼼꼼하게 좋은 정자 찾아서 힘들게 기증받아 어렵게 수정을 해서 내 몸에 넣어야 하잖아. 꼬박 10개월 임신과 출산의 고통을 그대로 다 겪어야 하는 거잖아. 아이가 태어나면 어차피 독박 육아, 혼자서 기르는 거네. 아기의 엄마라는 확실한 사실은 담보한 거지만 어쩐지 너무 번거로워 보이긴 해. 물론 알아서 하리라 믿지만. 결혼이든 비혼모든 어차피 선택은 오롯이 각자의 몫이니."

용감했든 무모했든 무지했든 서약서를 낭독할 때 대답은 안 했을망정 행복한 가정을 꿈꾸며 결혼을 하고 아이를 낳았다. 시간이 흘러, 세월이 흘러, 나는 이제 세상에서 남녀의 연애 이야기만큼 재미없는 게 없다. 누군가가 애인이나 남편 이야기를 하면 도무지 지루해서 견딜 수 없는 마음이 된다. 흉보는 게 아니라 사이좋은 관계의 자랑 같은 이야기라도 면전에서 꺼내면 나는 늘어지고 흥미 없는 말의 중동을 자르고 벌떡 일어나 자리를 떠나고 싶어진다. 제 아이들 이야기도 그렇다. 그런데, 아. 나는 지금 내 내 애 이야기를 하고 있잖아. 어떡하지? 사랑은 하지만, 많이 사랑한다고 해도 이렇게 스스로도 좀 지겨운 마음이 되어버리는 모양이다.

혼자가 되는 방

봄의 한국은 진짜 '봄' 같았다. 돌아와 보니 그랬다. '그대는 나의 봄이라느니, 당신 없는 이 계절은 얼어붙은 한겨울'이라느니 주절주절 허사 같은 노래들이 횡행하는 은유의 나라가 지루하고 무감각했다. 떠나기 전엔 그랬다. 살다 보면 사계절이 있다고는 하나 온도 차가 거의 없는 상하의 나라에선 계절 같은 것으로 대상과 마음을 과장하지 않아 담담하니 좋았다. 그러나 다른 나라에서 돌아와 맞이한 봄은, 아무리 돌부처가 된 나라고 해도 노래하고 싶을 만큼 꽃피는 봄이었다. 온 나라가 몽글몽글 파스텔 색깔로 부풀어 오르고 있었다.

무던이가 쓰던 방에 짐을 풀었다. 내가 돌아오기 며칠 전부터 창문에 방풍 패치를 달고 바깥을 면한 방 벽에 보온용 벽지를 발라놨다고 했다. 나 없는 2년 동안 썼던 방을 내어주고 무던이는 거실에 소파 대신 놓아둔 침대에서 지내기 시작했다. 방 세 개에 사람은 네 명이라 한 방을 두 명이 같이 쓰지 않는 한 누군가는 거실을 써야 했다. 거실을 내가 쓰겠노라 말은 했지만 진심은 아닐 수 있었다. 거실과 부엌 사이에 설치한 자바라 파티션이 문과 커튼 역할을 하면서 방이 되었다.

벽 쪽에 잇닿은 각자의 방에서 나와 양쪽에 있는 화장실이나 베란다에 갈 때는 무던이가 거실에 있었으므로 모두가 공용의 공간에, 한데 누워 있는 무던이를 볼 수밖에 없었다. 방이란 게 으레 그러하듯이 남의 시선에 잡히지 않고 가장 편한 자세로 눕거나 가장 무방비 상태의 몸과 마음으로 아무렇게나 존재할 수 있는 곳이다. 세 사람 모두 원하지 않아도 잠옷에 맨발에 산발에 이불을 걷어차고 자는 있는 무던이의 모습을 봐야 했다.

이렇게나 저렇게나 보아도 왠지 짠하고 민망하지 않을 수 없는 일. 거기에 더해 무던이의 침대를 모두 옛 버릇대로 공용 소파처럼 이용했다. 무던이가 누워 있으면 아빠나 미륵이가 무시로 비집고 들어가 한데 뭉개곤 했다. 싱글 침대에 같이 바투 앉아 텔레비전을 보거나 끼여 누워 있다가 슬쩍 잠들기도 했는데 사람이 아무리 별명처럼 무던해도 그렇지, 사람 성격이 이래도 되나 싶게 무던이는 아무 불만을 표하지 않았다. 내 방에서 아무것도 하지 않을 때라도 누군가가 무시로 문을 열거나 들여다보는 것조차 무의식중에도 미간을 찌푸릴 만큼 싫어하는 나로선 이해 불가능한 영역을 가진 딸의 품성이었다.

다른 두 사람도 나와 마찬가지로 자기 방에 누군가 허락 없이 들어오거나 심지어 자기 침대에 잠깐 걸터앉는 것마저 좋아하지 않는 성정이었다. 그렇다 해도 '무던이가 둔감한 성격은 절대 아닌데 한 사람을, 착한 큰딸을 우리 모두 함부로 다루는 게 아닐까?'라는 생각이 들어 볼 때마다 마음이 우그러들었다.

어떻게 저럴 수 있지? 설마 나를 위해 혼신의 힘을 다해 불편을 참고 있는 걸까? 가시에 찔린 듯 신경이 쓰였다. 이렇게 되기를 원하진 않았다. 전형적인 29평형 아파트 방 세 개의 공간에서 가장 큰 방을 사용하는 동성인 동생 미륵이와 같이 자라고 해도 '괜찮다'고 했다. 이층 침대를 들여서 같이 쓰면 얼마나 좋을까. 식구 모두가 제 방문을 닫고 들어간 자리에 혼자 남아 지내는 것을 보는 것이 도무지 불편했다. 안 보이면 모를까 너무 잘 보여서 괴로웠다. '차라리 내가 거실을 쓰겠노라'며 진심으로 선언해도 반응이 달라지지 않았다.

나이가 곧 서른이었다. 어엿한 직장을 다니고 있었고 맡은 일

똑 부러지게 잘하고 꼬박꼬박 월급받는 성인이었다. 사생활에 목숨 걸 나이의 여자이고 차라리 독립해 나가겠다, 주장할 수 있는 명실상부한 어른이기도 했다. 짧은 원피스 잠옷을 입고 무방비 상태로 입 벌리고 잠을 자는 아기 같기도 하지만 누가 봐도 의젓한 '숙녀'이자 '처녀'이자 '여자'인데 어떻게 저렇게 너그럽게 자기의 방이 없는 모든 상황을 아무렇지도 않게 용인할 수 있는 걸까. 천사인가 궁극의 K-효녀인가, 납득이 잘 되지 않았고 같이 사는 내내 하루도 빼지 않고 미안해졌다. 내가 돌아와 살게 되는 바람에 애꿎은 무던이만 희생당하는 것 같아 마음이 아무 때나 울퉁불퉁 치솟았다 가라앉았다. 돌아와 사는 동안 봄이 지나고 여름을 맞으면서 몇 번인가 가족 회의를 열고 개선안을 제시해보았다.

'내가 다시 외국에 나간다', '아빠가 퇴직해 독립해 나간다', '두 자매가 같은 방을 쓰면서 이층 침대로 바꾼다', '엄마가 제일 나이든 여자이니 거실을 쓴다', '유일한 남자니까 아빠가 거실로 나온다', '거실에 벽을 만들고 문을 달아 진짜 방을 만든다', '베란다가 넓으니까 싹 치우고 난방을 하고 방을 만들어 서재처럼 사용한다', '집을 팔고 방 네 개짜리로 이사하자'는 것까지 별별 의견이 다 나왔지만 똑 떨어지는 답은 잘 나오지 않았다.

여느 부부들이 같은 방, 같은 침대, 한 이불을 쓰는 것처럼 내가 아이들 아빠와 같은 방을 쓰는 방안은 누구도 떠올리지 않았다. 나는 누구와도 한 침대에서 잠들 수 없는 편이다. 어떤 결정을 내리든 그때까지만 거실을 사용하자는 이야기를 나누다가 둘 중에 한 명이라도 독립을 해 나가는 게 어떠냐고 물어봤다.

직장인이 되어 경제적인 독립을 할 수 있는 자기 몫의 월급을 받은 지 무던이는 5년, 미륵이는 2년이 되어가고 있었다. 두 딸의 친구들이 결혼을 하거나 혼자 살거나 회사 근처에 살기도 하면서 집으로부터 독립을 했다는 소식을 전해준 적이 여러 번 있었다.

"너희들은 밖에 나가 따로 살고 싶지 않아? 회사 근처로 집을 하나 얻는 게 어때? 전세든 월세든. 외국에서는 스무 살만 되어도 거의 다 독립한다잖아?"

독립이 제일 간절할 것 같고 경제적인 능력도 되어 보이는 무던이가 말했다.

"나는 이 집이 좋은데 왜 독립을 해? 요즘 세상에 여자가 혼자 뭐 하러 독립을 해? 자취를 한다고 치면, 요새 회사 다니면서 여자 혼자 산다고 하면 누구한테나 호구가 된다고. 그리고 세상이 얼마나 험해? 오피스텔을 얻는다고 쳐도 빌라를 얻는다고 해도 어디 하나 안전한 데가 없잖아. 세상 뉴스의 반이 여자들 성폭행 사건에 여성 디지털 범죄 사건, 이별 살인에 스토킹 범죄로 가득하잖아. 까딱하면 소리 없이 누군가에게 죽어갈 수도 있어. 혼자 사는 여자들은 택배도 잘 못 주문해. 음식 배달도 1인분 못 시켜.

불특정 다수가 혼자 사는 걸 알게 되고 집 주소에 전화번호까지 다 알려주는 셈이 되니까. 오죽하면 여자가 문 앞에 남자 신발을 두고 살겠어. 배달할 때도 2인분 이상을 시킨대. 요샌 남자들 옷까지 현관에 걸어둔다던데. 결혼해서 살지 않는 이상 혼자 사는 것은 아무에게도 안 알려줘. 여자 혼자 사는 집 자체가 표적이 되는 세상이야. 밤거리가 안전한 것도 아니잖아. 수많은 골목길, 어두운 거리가 다 안전하지 않고 집 안이라고 안전한 것도 아니라고. 영화 〈도어락〉 같이 봤잖아. 그 공포를 어떻게 할 거야? 독립해서 목숨을 걸고 혼자 살아야 한다는 게 그냥 말이 안 되는 것 같아. 우리나라는 결혼하지 않고 혼자 사는 여자에게 얼마나 가혹한지. 그리고 돈 문제도 살펴봐야 해. 그게 과연 진짜 독립인지를."

미륵이가 이어 말했다.

"우리 회사 근처에 혼자 살 수 있는 오피스텔은 정말로 비싸. 동료 하나가 독립해서 월세로 집을 얻었는데 너무 비싸더라고. 내가 만약 얻는다면 월급의 반 넘게 집값, 방값, 관리비로 다 나갈 걸. 아직 제대로 된 월급을 받은 지도 얼마 되지 않았는데 월세에다가 관리비, 생활비를 다 혼자 사는 데 쏟아붓게 되면 그야말로 집세 내기 위해 회사 다니는 게 될지도 몰라. 위험하고 불편한 것은 더 말할 것도 없는 일이야. 혼자 살아도 생활에 필요한 온갖 물품들은 다 있어야 하잖아. 그것들 준비와 유지도 정말 힘들 게 뻔하지. 게다가 나는 돈을 모아 더 공부하고 싶은 마음이 있는데, 어떻게 해? 독립하는 것을 진짜로 원한다고 해도 현실적으로 불가능하다고 생각해. 그나마 독립한 친구들도 부모들이 지원해줘서 가능했어. 서울에서 어떻게 안전하게 마음 놓고 독립을 할 수 있겠어?"

둘은 또 한 사람처럼 똑같이 말을 이었다.

"독립한다거나 집을 얻으려면 결혼을 해야 '신혼부부' 혜택이라도 받을 수 있어. 우리나란 결혼을 안 하거나 아이를 안 낳으면 어떤 혜택도 받을 수 없게 만들어져 있어. 그나마 여자를 배려한 것처럼 보이는 혜택들은 모두 급전직하 떨어지는 결혼율과 출산율을 높이려는 목적으로 만들어진 거라고. 왜 캥거루족이라는 게 생겼겠어?"

조목조목 독립의 불가함을 이야기하던 딸들은 그러나 진지한 표정으로 다시 말했다.

"정말로 우리는 이 집이 좋아. 엄마, 아빠랑 같이 사는 것에 아무런 불만이 없어. 불만이라니 말도 안 돼, 엄마 아빠랑 같이 사는 게 사실 좋기만 하다고. 누가 새벽에 밥을 해주고 도시락을 싸주고 퇴근해서 집에 왔을 때 먹고 싶은 것을 물어보고 일일이 밥상을 차려주겠어. 이 세상에 그런 사람은 아무도 없어. 죽을 때까지 못 만날걸. 그러니 어떻게 독립을 해? 뭐 하러 독립해? 이 집에서 우리는 평생 살지도 몰라. 엄마 아빠랑."

입을 다물 수밖에 없었다. 모르는 일도 아니었다. 솔직히 말하면 행여 먼저 독립을 원한다고 했어도 어쩌면 말릴 일이었다. 논의는 원점으로 돌아갔다. 네 명 중 한 명이 독립해서 방 세 개의 주인을 딱 맞춰보려는 수많은 경우의 수는 아무것도 이루어질 수 없는 탁상공론으로 끝났다.

그러나 아무리 모래 위에 지은 집 같은 환상일지라도 여러 가지로 세워보던 계획은 한꺼번에 무너져 내렸다. 2020년 1월. 생각해본 적도 없는 코로나 바이러스는 거의 모든 것을 시작부터 불가능하게 만들었다. 특히 나만의 계획은 더욱 그랬다.

여행 자체가 불가능해졌으니 아무 데도 갈 수가 없었다. 다른 나라로 갈 수 있는 자원활동이 모두 막혔다. 나갈 곳이 없었고 모든 게 위험해졌고 이미 나간 사람들까지 모두 불러들이는 상황이 되었다. 다 같이 이사라도 가야 하나. 밤에는 곰곰이 내가 가진, 다른 식구가 가진 저금 액수와 남은 빚 같은 걸 헤아려봤다. 내가 가진 것은 씻은 독처럼 적빈했다. 모든 문제에는 답이 있다는데, 왠지 답이 찾아지지 않았다. 이후에도 가족 회의처럼 모여 앉은 자리마다 두 딸의 마지막 말은 이랬다.

"엄마, 우린 죽었다 깨어나도 서울에는 집을 못 사게 될 거야. 지금 월급의 반 넘게 저금을 한다고 쳐도 집값이 너무 어마어마

하잖아. 월급 모아봤자 천 배로 뛰는 집을 어떻게 사? 우리는 아마도 결혼을 하지 않을 테니까 신혼부부용 청약도 대출도 불가능할 거야. 그러니까 엄마, 우리는 어쩌면 계속 붙어사는 길밖에는 없어. 엄마 아빠가 물려주기 전에는 우리 이름으로 된 집을 살 수는 없을 것 같아."

"그렇겠구나. 우리 둘이 다 죽을 때까지는 너희들 집이 없겠구나."

우리는 그렇게 웃고야 말았다.

남들만큼은 열심히 일한 것 같고 사치란 걸 부려본 적은 없다시피 살아왔다 해도 집 하나, 아니 방 하나 새로 장만할 가망은 없다. 기막힌 일이다. 딸들 독립하라고 종잣돈 내어줄 여력은 언감생심, 전혀 없다. 천만다행히도 이 아파트가 내 집이라는 것, 공동명의로 된 우리 집이라는 것뿐이었다.

25년도 더 전에 사놓은 29평형 서울의 이 아파트는 그 당시 무슨 혜안이 있었나, 공동명의로 등기해두었다. 그 시절 집주인은 당연히 남자 이름으로 올리는 것이 다반사였고 시가에서 사준 터라 내 명의를 주장할 명분이 지극히 희박했는데도 웬일인지 내 이름을 같이 올리기를 주장했고 시어머니는 어인 일로 흔쾌히 그러라 했다. 그즈음, 아들만을 귀하게 여기는 시어머니의 여성의식이 꽤 진보적으로 작동했던 것이 지금도 신기하다. 여차저차,

구구절절 사연으로 집을 담보로 빌린 빚은 아직 꽤 남았으나, 집값은 꾸준히 올라갔다. 내 이름으로 된 서울의 작은 집은 쫓겨날 일이 없을 심정적 안정의 동앗줄 같았다. 집달팽이가 등에 덮은 뚜껑이 유일한 보호막이자 지붕이자 집이어서 맨몸을 슬쩍 길게 내밀어보듯이 지금 발끝을 뻗은 이곳만이 지구가 우리에게 허락한 유일한 공간이었다.

어떤 선택의 길이 나타나지 않을까, 남들은 다 어떻게들 사나 싶어 몇 개의 부동산을 돌아다녔다. 딸들 직장이 있는 곳에서 조금 더 가까운 곳, 이 집보다는 외진 곳이라도 방 네 개 있는 집을 찾아다녔다. 결론은, 정답이랄 수 없는 의외의 개선 방향으로 나아갔다. '그래, 인테리어 업자를 만나 이 집 그대로에서 방을 하나 만들어내는 창조적인 디자인을 모색해보자.' 수십 개의 블로그 글들을 읽었다. '오늘의 집' 같은 인테리어 페이지를 탐독하면서 '올 수리'한 집들을 눈여겨보면서 예산을 기획해봤다.

네 명 중 누구라도 불편을 감수하거나 어느 한 명이 희생하는 것은 안 좋다, 각자 누군가의 독립을 돕는 마음으로, 각자의 공간을 도모하는 마음으로 똑같은 액수를 갹출하자고 청했다. 따로 또 같이, 서로 양보하는 마음으로 각자 1,000만 원씩 내놓기로 했다. 그냥 집을 고치는 거야. 2000년에 들어오면서 부분 수리하고 20년 넘게 안 고쳤으니 전체 리모델링하는 것도 괜찮을 거야.

그동안 집은 나 혼자 페인트칠을 하고 도배도 하면서 드문드문 깁듯이 꿰매왔으나 모든 것이 낡고 해져 있었다. 강아지도 아기로 와서 16년을 살다가 떠난 긴 시간이었다. 주섬주섬 각자 1,000만 원을 마련하기 시작했다. 나에게도 다행히 1,000만 원은 있었다. 남녀노소 관계없이 똑같이 낸 4,000만 원이 모였다. 유일하게 경제적 머리가 출중한 무던이에게 송금해놓고 방 하나를 새로 만들기 위한 디자인 회의에 들어갔다. '새집 프로젝트'라는 가족 단톡방을 새로 하나 만들었다. 창 크기와 페인트 도배지 색깔, 바닥 장판 타일 자재, 커튼에 이르기까지 집 관련 의견을 터놓고 개진하는 방이었다.

근사한 건축가가 지은 넓고 큰 '혼자가 되는 집'은 못 가진다 해도 '혼자가 되는 방'만은 하나씩 갖기 위한 서바이벌 창조적 디자인 회의를 하는 일은 기대 이상으로 행복한 시간이었다. 독립할 수도 떠나갈 수도 없다고 한탄할 일이 아니었다. 이 전염병이 창궐하는 시기에 새집을 만든다는 게 행운일 수도 있으니. 우리끼리 심사숙고한 새집 인테리어 도안을 가지고 인테리어 회사를 수소문하던 그때는 아무도 어디도 가기 힘든 시절의 한복판이었다. 사람을 피해 집에서 근무해야 하는 시절, 여럿이 밖에서 만나도 안 되는, 모든 걸 집에서 해결해야 하는 코로나 팬데믹 거리 두기 시절이었다. 마스크를 쓰지 않고는 아무도 만날 수 없는 날들.

어쩌면 집수리의 적기이기도 했다.

23년 묵은 짐들을 들어내고 버리고 고쳐서 사는 날까지는 잘 살아보기로 결정하고 이삿짐을 다 뺀 그 날은, 딱 6월의 첫날이었다. 이삿짐센터 사람을 불러서 짐을 다 빼서 보관 창고로 보냈다. 텅 빈 집은 갈라지고 썩어가는 구석을 다 드러내고 숨 가쁘게 바람을 맞았다. 밥솥에 냄비 몇 개를 챙겨 보름 동안 살 게스트하우스를 향해 길을 떠났다. 보름 후에 새집으로 돌아오면 최소 3년 안에는 아무도 독립을 꿈꾸지 않으리라. 똑같은 크기로 나눈 각자 자기의 방에 스미어 안온할 수 있으리라.

징그럽고 무례한 당신, 좀 닥쳐줄래요!

이사를 두 번 해야 했다. 전체 집수리를 하려면 짐을 다 빼내야 하고 그 짐을 보관 창고에 맡겼다가 수리가 끝나면 다시 새집으로 들여놓아야 했다. 평판이 좋은 업체를 골라 이사 견적을 받았다. 버려야 할 것들을 체크하고 해체해서 보관할 것들, 다시 들여올 가구들을 정리하는 시간은 30년 세월의 정리나 다름없었다. 폐기물 스티커를 한 뭉텅이 사와 여기저기 압류 딱지처럼 붙여두었다. 인테리어 사장님은 수리하는 데 2주가 필요하다고 했다. 통상적이고 일반적인 확장 수리가 아니라 없던 방을 온전히 하나 더 만들어내는 리모델링이라 방수 처리,

열선 처리에 단열 처리까지 하려면 꼭 필요한 기일이라고 설명했다. 그로서도 거실 확장이 아닌 방 만들어내기는 처음이라 뭔가 열의에 차 보였다.

에어비앤비(Airbnb)를 알아봤다. 각자 다른 곳에 일이 있는 네 명이 집에 살 때와 똑같이 먹고 자면서 평상시처럼 출퇴근을 이어가야 했다. 여행이 아니라 살아야 하므로 평소 살림살이를 이고 지고 갈 수밖에 없었다. 쌀과 양념들, 갈아입을 옷들, 일할 때 필요한 책들을 한 곳에 모아두었다. 동교동에 방 세 개짜리 빌라를 예약했다. 이삿짐센터, 에어비앤비를 똑똑하고 셈이 빠른 무던이가 다 알아보고 결정하고 예약했는데 또래 젊은 친구들이 주로 이용하는 업체나 장소를 추천받고 이용 후기를 살펴본 후 낙점한 곳이라고 했다. 무던이는 나 몰라라 하던 이전과 다르게 집안 대소사를 발 빠르고 성실하게 진두지휘하기 시작했다.

이삿짐센터 계약금과 집 렌트 비용을 지불하는 게 새집 프로젝트 기금의 첫 지출이었다. 믿음직스런 무던이가 선택한 곳이고 견적 내러 온 남자의 태도가 괜찮아 보여 믿고 맡겼다. 실시간으로 이용 후기가 올라가고 칼같은 평판이 횡행하는 대명천지에 나쁜 서비스를 할 리 없다고 생각했다. 두 번의 이사까지 감행하며 집수리를 하는 이유는 단 하나, '작아도 상관없다, 닫아 잠글 문이 있는, 나만 깃들면 되는 방을 만들면 된다'는 걸 되새김했다. 줄자를 들고 다니며 방들 사이즈를 가늠해보면서 인디고 핑크, 라이트 그레이, 딥 그린, 깊고 가벼운 색깔 등을 미리 발라보고 칠해보았다.

난리 도깨비 같은 집의 이삿짐을 빼는 날이 되었다. 견적을 봤던 사람이 그나마 괜찮았는데 막상 온 사람은 그가 아니었다. 약속했던 시간보다 한 시간이나 먼저 다섯 명의 남자와 한 명의 여자가 우르르 들어왔다. 약속에 늦게 오는 것보다 더 빨리 찾아온 것이 문제가 될 거라고는 생각하지 않았지만 실은 거기서부터 삐걱거렸다.

애초의 약속 시간은 다른 집 이사를 마치고 우리 짐을 나르러 오기로 한 한 시. 일단 열두 시에 점심을 먹기로 한 내 약속이 어그러졌다. 승강기와 사다리차를 써야 하니 미리 경비실에도 알려야 했고 이삿짐 차가 들어올 주차장을 써야 하니 시간 맞춰 다른 집 차들도 빼서 공간을 만들어야 했다. 그 모든 절차를 경비실과 연락해서 허락받은 게 한 시였다. 열두 시에 그들이 들이닥쳤으므로 경비 아저씨는 화단과 주차 공간을 확보하지 못한 상태였다. 한 시간 먼저 온 그들이 사실 약속을 어긴 거였고 그들 업체의 편의만 생각한 거였는데 무작정 밀고 들어와 주차할 자리가 없다며 큰소리를 냈다. 잘못도 없는 경비 아저씨는 당황하시고 이삿짐 팀장은 집 앞 나무를 살피지 않고 마구 사다리를 올리기 시작했다. 예약을 진행한 무던이가 출근하면서 팀장에게 전화하기를 집에는 자기가 없을 거고 엄마가 있을 거라고 말했다고 전했다.

그래도 명색이 주인인데 함께 이삿짐을 옮길 요량으로 멜빵 바지에 티셔츠를 입고 이삿짐센터 사람들을 맞이했다. 그동안 20대 여성, 어려 보이는 목소리의 무던이와 모든 사항을 연락해서였을까. 밖에서 부릉부릉하다가 집 안으로 들어선 남자 중 팀장으로 불리는 사람이 다들 보란 듯이 일부러 고개를 갸우뚱하면서 다들 들으란 듯이 한마디를 던졌다. 아래층 경비 아저씨와 설왕설래 이후 첫말이었다.

"어. 엄마가 대신 있을 거라더니 본인이 계시네요? 출근했다더니 안 했어요?"

안경에 마스크까지 쓴 데다 쇼트커트 스타일에 화장기 없는 민낯이라 언뜻 보고 나를 딸인 무던이로 생각한 모양이었다. 짐짓 그렇게 보는 것 같기도 한 그의 표정이나 말투가 듣자마자 언짢았다.

"제가 그동안 연락했던 그 아이의 엄마예요."

"진짜 그 엄마 맞아요? 전화했던 그 사람이 진짜 딸 맞아요?"

"그동안 연락한 사람이 제 딸 맞고요. 엄마 맞고요. 딸은 출근해서 지금 없습니다."

공연히 빙글거리는 표정에 기분이 나빠져 심상하나 단호하게 대답했다. 그래도 아직 화를 내진 않았다.

"와. 동안이다, 동안. 아무리 동안인 사람 많이 봤어도 진짜 초동안인 사람을 이렇게 보네? 나는 진짜 그 딸인 줄 알았네."

은근슬쩍 말꼬리를 잘라 짧게 만들면서 팀장이 큰소리로 동의를 구하는 것처럼 떠들자마자 인부들이 너도나도 내 얼굴을 건너다보며 고개를 주억거렸다.

동안이시네요?! 이 말을 들은 적은 셀 수 없이 많다. 나이에 비해 어려 보인다는 말이 나쁠 것은 없다. 입성이 그랬을 수도 있고 말투와 행동거지가 그랬을 수도 있고 눈, 코, 입의 배열과 얼굴 구조 자체가 나이를 덜 먹게 보이는 인상일 수도 있다. 아는 사이도 아니고 친한 것도 아닌데, 더욱이 남자가 처음 보는 여자에게 '동안이시네요'라 말할 경우엔 반은 희롱이고 반은 무시와 다름없다는 걸 예전부터 겪어와서 잘 안다. 그 말을 함으로써 이제 당신을 나이와 경력에 맞지 않을 언사로 편하게 대하겠다는, 일종의 '쉬운 사람 취급'의 시작점이기 때문이다.

찬사랄 수도 없는 칭찬의 말처럼 동안 평가의 말을 썼다고 해도 다짜고짜 들이민 외모 품평에 불과한 데다 지금은 나와 딸을 동시에 반으로 후려치는 기분 나빠지는 말일 뿐이다. 동안이라는 말만 들으면 누구나 헤벌쭉할 줄 알았겠지만, 아니다. 말이란 것은 전해지는 맥락과 분위기와 관계에 따라 달라지는 것. 당신뿐만 아니라 수많은 사람에게 너무 많이 들어온 터라 아무 감흥이 없을뿐더러 심지어 나는 지금 그의 고객이자 집주인이지 않은가. 나보다 젊은 게 확실한 부엌과 욕실 담당 여자 일꾼도 서슴없이 같이 거들었다.

"도대체 몇 살에 결혼을 했는데 그렇게 큰 딸이 있어요? 진짜 젊어 보이시네."

그냥 넘기기로 했다. 그들에게서 돌아섰다. 두 사람의 말투에서 이미 읽히는 기미를 느꼈으니 기분 좋지는 않지만 이삿짐 나르는 사람들에게 얼굴 붉혀서 좋을 건 없을 테니까. 아직 짐을 단 하나도 안 옮긴 상황이기도 하고. 게다가 이 사람들은 우리 물건을 가지고 나가서 옮기기만 하는 게 아니라 보관 창고에 넣어둘 사람들이고 보름 후에 다시 와서 짐들을 넣을 사람이다. 친절할 만큼만 친절하고 일한 만큼만 고마워하기로 정색하려던 마음을 고쳐먹었다. 이런 맘인 줄도 모르는 건지 웃어넘기고 편하게 대하니까, 무례하게 말을 튼 팀장은 조금씩 도를 넘기 시작했다. 필요 없는 말들이 줄줄 튀어나왔다.

"집 올 수리하는 겁니까? 침대가 왜 거실에 나와 있지? 소파 없고 침대 놓아둔 집은 처음 봤네. 베란다 터서 거실 넓히는 확장 공사 하나 봐요?"

베란다를 트는 게 아니라 방을 만드는 공사를 할 거라는 말은 하지 말걸 그랬다. 팀장은 일하다 말고 이 방 저 방 베란다 욕실을 과장되게 둘러보며 말했다.

"방이 세 개인데 왜 더 만들어요? 아하, 각방을 쓰시는구나. 부부 사이가 안 좋으신가 보네. 아저씨랑 같이 방 안 써요? 딸이 둘이라던데 왜 같이 방을 안 쓰지? 딸 사이도 별로 안 좋은가 봐요. 왜 다들 각자 방을 써야 하지? 아저씨 방은 어디고 아줌마 방은 어디예요?"

말투가 점점 방만하고 표정마저 건들거렸다. 말하면서 나를 보는 눈빛도 어른을 대하는 태도가 아니었다. 어른은커녕 고객을 대하는 태도에도 못 미치는 무례함이 흘러나왔다. 그는 일종의 희롱을 하고 있었고 쓸데없는 참견과 실언을 계속하고 있었다. 젊은 여성들이라면, 내 딸들이 이 자리에 이사하는 집 당사자로 있었더라면 저러한 태도를 어떻게 참아낼까.

할 말을 최소한으로 줄였다. 견적을 받을 때 이미 버릴 것과 남길 것을 정해놓았고 폐기물 스티커를 사다 붙였기 때문에 굳이 따로 알려줄 필요가 없었다. 짐 정리하면서 바닥이 주저앉은 서랍장, 눌어붙은 실리콘 마감의 때, 수시로 고장 나 찌걱대는 문, 20년 넘게 아이들의 키 높이를 표시해놓은 연두색 벽, 페인트가 벗겨진 문짝, 버리지 못하고 쌓아놓은 책들, 어린 꼬동이가 이빨이 가려울 때 쏠아놓은 나무 의자들, 책상들, 아직도 꼬동이의 짧았던 털이 속속 남아 있는 침대 매트리스에 모두 스티커를 붙였다. 살림살이가 낡지 않은 것이 하나도 없었다. 새것을 산 지 어언 30년이었다. 버리지 않고 끌어안고 있던 내 물건들의 나이는 거의 50년이었다.

짐을 하나씩 빼서 옮기려고 할 때마다 끌고 매고 쌓고 살아온 옷들이 책들이 거친 손길에 남루한 모습이 드러났다. 첫아이 낳기 전 결혼할 때부터 30여 년을 써온 침대 매트리스는 뒤집어 보니 무던이, 미륵이가 아기 때 흘려놓은 우유 자국과 쉬한 자국, 꼬동이가 피부병 앓아 흘렸을 진물 얼룩까지 차마 목불인견의 수준이었다. 스프링도 무너져 덜컥거렸다. 아무튼 버릴 것으로 분류해놓은 것들이었다. 가구들의 이면은, 보이지 않았던 뒷면은 그렇게나 참담하게 드러났다.

그렇다 해도 남의 집 이삿짐을 나르면서 주인에게 보라는 듯이 들으라는 듯이 일일이 살림살이 품평을 할 필요는 없는 일이지 않나. 하나씩 들먹이기도 힘이 들지 않을까.

“이 침대를 안 버린다고요? 더 쓸 거라고요?”

“붙박이장 전체를 다 해체해서 떼갔다가 다시 달아서 쓸 거라고요?”

“아니 집 올 수리한다면서요? 이렇게 다 삭은 걸 다시 들여온다고요? 믿을 수가 없네.”

"와. 이렇게 오래된 장판 바닥재는 이삿짐 경력 몇십 년 만에 처음 보네. 색깔 좀 봐. 요새 이런 모델은 나오지도 않는데. 중간에 새로 안 바꿨어요?"

"책은 왜 이렇게나 많아요? 누가 다 읽는 거예요? 똑똑하시겠네. 애들 책도 아니고 무슨 공부하시나? 무슨 일 하세요?"

"이 책장 좀 와서 한번 봐요. 다 뒤틀어졌는데 새로 하나 사시지."

드러나는 책상의 뒤쪽, 붙박이장의 패널, 책꽂이 뒷면 나사 풀린 것까지 팀장의 투덜거림은 끊어지지 않았다. 일 시작하는 순간부터 제멋대로 먼저 와서 일정을 휘젓고 경비 아저씨랑 다투더니 점입가경이었다. 딸이 쓰던 안방의 짐을 뺄 차례였다.

"아니. 딸들은 둘 다 회사를 다닌다면서 왜 시집을 안 가요? 왜 집을 수리해서 같이 또 살지? 연애는 안 해요? 나이가 그만큼 들었으면 다들 연애하고 결혼하고 그러지 않나. 더 늦기 전에 연애하라고 그래요. 왜 좁은 집에 방까지 새로 만들어서 들어앉게 해요? 아이고. 딸이 거실에서 살았어요? 부부가 각방을 쓰면서?"

분노의 게이지가 차곡차곡 차올라 임계점에 다다를 때 온 힘을 다해 최대의 인내력을 끌어올려 참으면서 그 남자의 무례와 대답할 가치 없는 막말들을 듣다가 밖으로 나왔다. 사실 그 자리에 내가 있을 필요가 없었다. 인부가 여섯 명에 포장 이사이지 않

나. 며칠 전 딸들이 자기들 짐을 미리 정리하면서 속옷들, 사진들, 화장품, 여성용품들을 왜 하나하나 박스에 담아두고 보이지 않게 꽁꽁 밀봉했는지 알 것 같은 기분이 되었다. 여자들이 이사하면서 이삿짐센터 남자 인부들에게 어떤 일을 당하는지, 그 남자들의 행태를 이미 들었다고 했다. 남자들이 여성 이삿짐에서 속옷들을 담아 옮기면서 손을 대고 낄낄거리고 한두 개씩 가져가거나 여자 속옷에 이상한 짓까지 해놓는 경우도 있다고 했을 때는 설마, 했었다. 충분히 그런 짓을 하고도 남을 것이다. 이삿짐 인부들은 단기 아르바이트처럼 몇 시간 일하고 빠지는 터라 피해를 신고해도 누군지 특정할 수가 없다고 했으니까. 이용자들의 평판이 중요하니 그럴 리 없으리라 생각했으나, 겪어보니 알게 되었다. 저런 남자들 때문에 여자들이 이사할 때 아버지를, 남편을, 오빠를, 남동생을 굳이 부른다는 것을. 당신 같은 사람들이 너무 많아서 여자가 이사하기가 그렇게 힘든 일이 되는 것을. 짐을 다 들어내 사다리 타고 내려갈 즈음에 시원한 물과 음료수를 사가지고 들어갔다. 다른 인부들은 입 뻥끗도 안 했는데 무슨 죄가 있으랴.

애들 아빠가 조퇴를 하고 이사 상태를 보러 들어왔을 때 팀장 남자는 갈 데까지 다 간 무례하고 징그러운 마지막 말을 뱉어냈다.

"아이고. 아저씨가 아주 흰머리가…다 셌네. 연세가 많으신가봐. 나이 차이 엄청 나죠?"

특별히 나만 듣게끔 일부러 내 옆을 지나가면서 공연히 눈을 찡긋거렸다. 말 한마디, 눈빛 하나, 손짓 하나, 생각의 바탕까지 희롱이 일상화된 사람이구나, 다시는 마주치고 싶지 않은 사람이다. 당신 같은 남자들 때문에 내 딸들 독립을 못 시키는 거라고 소리치고 싶었다.

그가 흠잡은 모든 가구와 가전제품들을 폐기 처분하기로 했다. 쉴 새 없이 투덜거리며 낡았다고 버리라고 발길질하고 함부로 대하는 바람에 세척기며 책상, 책꽂이, 교자상까지 대형 쓰레기장에 갖다버렸다. 못 쓸 것들을 못 버리고 가엾게 애착하는 옛날 할머니 비웃듯이 늘어놓은 지청구가 어찌나 듣기 싫었는지 오래된 물건에 품은 정이 떨어져 나갔다. 보관 창고로 갈 것이 애초 견적보다 반 넘게 줄어들었다. 경비 아저씨께 폐기 스티커값으로 꽤 많은 돈을 추가로 드려야 했다. 그 남자, 5톤 트럭 앞자리에 오르는 마지막 순간까지 제 인간됨됨이의 바닥을 드러냈다.

"이삿짐 다 뺐으니 돈 부쳐주세요. 현금으로 직접 주시면 제일 좋은데. 아, 딸이 보낼 거라고요? 앗싸, 그 아가씨 전화번호 나는 알고 있는데."

서둘러 무던이에게 전화해서 그 팀장이라는 사람에게 전화하지도 받지도 말라고 했다. 계약서 계좌로 돈만 보내라고 했다. 오늘 있던 일은 전하지 않았다. 보름 후에 저 사람을 또 봐야 한다니

어이가 없었다. 나는 행여 그가 내 아이들에게 희롱이나 해코지를 할까 봐 온 힘을 짜내 분노를 참았다. 우리 집 주소를 알고 물건을 다 갖고 있으니 분란이 일어나면 시끄러워지는 게 싫어 참았다. 그리고 체념했다. 저 말들을, 저 행태를, 누구에게 전한다 해도 해결할 수 없다는 것을. 왜냐하면 그는 오늘 동안인 아줌마하고 흰소리에 농담하면서 재미있게 일 마쳤다고 생각할 게 뻔한 일일 테니까. 그나마 내성이 있는 내가 겪어서 다행이라 여길 수밖에. 버려버린 집의 옛것들처럼 나쁜 기운은 그가 다 마지막으로 싹 쓸어 가져갔기를 바랄 수밖에.

거대한 이삿짐 차가 떠나는 것을 보고서 텅 빈 집을 사진 찍었다. 갈라지고 터진 바닥, 얼룩진 베란다, 선이 끊겨 물이 새어나오는 부엌 싱크대. 그래도 집이 훤했다. 냉장고만 남아서 윙 소리를 냈다. 그제야 사달이 난 것을 알았다. 팀들이 일찍 온 데다 하도 정신을 빼놓는 바람에 게스트하우스로 가져가려고 빼놓은 살림들까지 보관 창고로 가져간 것을 모르고 있었다. 중요한 것은 압력밥솥이다. 밥을 해먹어야 하는데. 밥솥이야 새로 산다 해도 그 밥솥에 밥이 들어 있다는 것이 시급했다. 아침 먹고 남은 밥이 꽤 들어 있었다. 뚜껑도 안 열어보고 그냥 덜렁 가져간, 보름 동안 살림살이라 따로 빼놓았는데도 살펴보지 않고 다 실어 가버린 부엌 담당 여자에게도 뒤늦게 화가 났다. 내일은 6월의 첫날. 더위가 몰아쳐오고 있었다. 밥솥 안에 밥이 한여름 창고 안에서 썩어갈 것을 생각하니 진저리가 났다. 어쩔 수 없이 팀장에게 전화를 걸었다. '밥솥을 찾아서 제발 밥을 없애달라. 보름 동안 창고 안에 썩게 두지 말라'고 부탁했다. 그 남자의 대답은, 쓰고 싶지 않다.

커피머신과 전골냄비와 옷 보따리를, 노트북과 책들을 바리바리 싸가지고 이재민처럼 헐떡거리면서 빌려놓은 집으로 갔다. 남의 집이지만 내 집처럼 지내기 위해 종종거리면서 청소를 하느라 이사하는 날, 남은 오후가 흘러갔다. 두 딸들이 차례차례 일을 마치고 주소를 찾아 에어비앤비 3층, 남의 집으로 퇴근해왔다.

낯선 곳에 오랜만에 모여보니 여행이 아니면서도 여행을 온 것처럼 설레는 마음도 일렁이는 것 같았다. 아래층에 카페가 있어서 낮 내내 재즈 음악이 흘러 들어왔고 밤에는 노랗고 예쁜 가로등이 켜졌다. 백 발자국 걸어가면 경의선 숲길 경의선 책거리가 나타났다. 살림을 안 하는 듯 잘하는 듯 밥하고 빨래 널고 산책하면서 보름을 살았다. 불편한 게 꽤 많았지만 하나도 심각하게 불편하지 않았다. 나는 어느덧 안 싸우는 사람, 불만을 갖지 않는 사람이 된 것 같았다. 이름 없이 주소만 있는 이 집도 방은 크기가 다른 세 개뿐이었다.

각자가 산 집에서 따로 살고 있다

가끔 혼자 있을 때 집 안을 둘러본다. 이 방 저 방 공연히 들어가 본다. 내 침대 아닌 침대에 잠깐 누워 볼 때도 있다. 나의 집이 여긴가 싶어서. 어쨌든 나의 집은 스물네 살 이후에는 항상 서울 여기쯤에 있었다. 옛 이름 마들이라는 이름의 동네. 한신아파트, 주공아파트, 중앙하이츠, 한양 그리고 건영아파트로 이름과 면적은 조금씩 커졌다가 작아지기도 했지만 주소지는 거의 노원구였다. 상계동, 중계동, 하계동을 두루두루 오갔다. 1988년 김동원 감독의 다큐멘터리 〈상계동 올림픽〉에 나오는 동네, 철거민들이 용역 깡패들에게 쫓겨난 그곳, '사람이 살고 있어요'라고 쓴 팻말을 들고 망연히 앉아 있던 아이를 밀어낸 그 자리에 지어진 아파트에 들어와 30년 넘게 살았다.

주공아파트 저층에 살 때만 강북구에 속했다. 서른 살 되기 전 5년 정도, 나이에 스물이라는 숫자가 붙은 젊고 혼미할 때였다. 아이들은 다 지금은 '북서울 꿈의숲'이 된 그 공원 숲 옆, 낮고 넓은 아파트에서 태어나 유년기를 벗어났다.

저층 아파트라 공용 면적으로 빠지는 승강기나 복도가 전혀 없어 일반 평수보다 좀 더 넓은 집은 서른 평생 살아온 어떤 집보다 커서 마치 놀이방처럼 꾸며놓고 살았다. 유치원에서 쓸 법한 미끄럼틀, 화장대, 그네, 책상, 피아노, 텐트까지 쳐놓고 젊은 남편, 어린 딸들과 '새댁답게' 살았다. 꽃꽂이, 홈패션, 메이크업, 양재, 컴퓨터를 배우고 볼링과 요리를 배웠다. 1990년대 중반에 내 이름으로 된 집이 생기고도 여기저기 전세로 마구 옮겨다닌 까닭은 맘속에 똬리 틀고 있던 알량하고 부질없는 허영 때문이었다. 30평은 넘는 곳에서 살고 싶어서였다. 그때 산 이 아파트, 새로 고쳐 들어와 살고 있는 이 집은 29평형이어서 들어오고 싶지 않았었다. 보석이나 옷, 고가 물건에는 어떤 소유의 욕망도 일어나지 않지만 집에 대해서만큼은 스스로도 불가해한 갈급증과 허세가 깊었다. 어려서부터 남의 집 곁방에 눈치 보며 살았던 한이 증세가 된 탓일 것이다. 결국에는 2년마다 천정부지 오르는 전셋값과 이삿짐 싸기에 지쳐 이게 어딘가, 감지덕지 들어와 살게 되었지만.

아무튼 집은 여기에 두고 식구들은 집에서 살게 해놓고 나는 제주시에 살 때도 있었고 서귀포에 머물 때도 있었고 스리랑카에 산 적이 있었고 길상사 옆 성북동에서도 살았다. 1년이나 2년씩 한 달이나 두세 달씩 돌아다녔다. 세 사람은 '지박령'처럼 집을 지키고 살았고 네 식구 중 오로지 나만 왔다 갔다, 들어갔다 나왔다 그야말로 부평초처럼 방랑자처럼 살았다. 예전보다 나이 들고 힘 빠진 지금도 종종 나가 살 집이 없을까 두리번거리는 마음은 여전한 걸 보면 집을 향한 애착이 인이 박힌 것 같다.

논밭이나 판잣집에 아파트가 세워지던 1988년에 새로 심은 나무들이 30년 넘는 동안 무럭무럭 자라 정글처럼 우거지고 겨우 몇 개 달려 있던 나뭇잎과 꽃향기는 5층까지 넘실거리게 커졌다. 집 옆에는 극장이 서너 개라 영화 보기에도 최적이고 종합병원, 백화점, 근린공원, 초등학교, 중학교, 미술관, 과학관까지 걸어갈 수 있으니 아이들과 살기에도 아주 좋았다.

'쓰레빠에 추리닝' 차림만으로 못할 게 없는, 경춘선 숲길과 중랑천 꽃길까지 있는 살기 좋은 동네가 되었다. 같은 병원, 같은 의사 선생님 손에 태어나고 중학교, 고등학교까지 다 여기서 다니고 졸업했으니, 이제 어른이 된 딸 둘에겐 태생지에 고향이다.

가끔 너희들 직장 가까운 곳으로 이사 갈까, 물어보면 애들은 거의 손사래에 도리질을 친다. 이 동네가, 지금 아파트가 너무너무 좋다는 것, 독립할 생각 전혀 없고 이사 갈 생각도 절대 없다고… 집이 좁아서 불편하다는 생각조차 해본 적이 없다며, 엄마야말로 왜 자꾸 이 집을 떠나고 싶어 하냐고 진정 이해할 수 없다는 표정으로 물어본다.

“너희들 회사 있는 동네가 어때서? 더 좋은 곳이잖아. 회사에서 집이 가까우면 사는 게 얼마나 편해질지 상상해 봐.”

내 말은 딸들 한쪽 귓바퀴에도 가 닿지 않는다.

왜 나만 그렇게 이 동네를, 이 집을 두고 늙도록, 늦도록 떠돌아다녔을까. 땅의 기운, 숲의 바람, 바다의 습습한 느낌 속에서 혼자 사는 게 그토록 그리웠다고 말하면 혹 이해는 하려나. 이해는 커녕 혀를 차거나 손가락질을 하게 될 것이 분명하지만 바스러지고 요동치던 마음속은 나밖에 모를 것이다.

아파트 이름이 바뀌고 낡고 허물고 새로 지어지는 동안, 아이들이 천천히 아니 빠르게 자랐다. 반드시 곁에서 지켜주고 싶어서 그때까지는 살게 해달라고 기도하던 나이에서 벌써 10년이 되었다. 내 나이를 헤아리다 보면 아연해질 만큼 숫자가 커졌다.

할 수 있는 한 최선을 다해 오래된 집을 말끔하게 고쳐놓고 피부처럼 수족처럼 내 곁에 붙어 있던 오래된 것들을 주춤주춤 떼어다 버리며 조금은 가볍고 환해진 집 안에서 나야말로 삶아 빤

듯 깨끗해진 것 같은 마음으로 살던, 어느 날.

정말 오래 살긴 살았던 걸까. 아파트 관리실인가 주민대표 회의에서인가 공고 하나를 붙여놓았다. 현수막도 달아 휘날렸다. 재건축을 위한 안전도 검사를 시작한다면서 '경축'이란 글씨가 양쪽에 번쩍이고 있었다. 단지의 나이가 꽤 되었으니 재건축 말이 나올 때도 되었다. 우리는 이제 집을 고쳤으니 새집에 이사 온 것처럼 10년, 20년 더 살면 되는 일이었다. 사람들이 그랬다. 재건축 말이 나오기 시작하면 공사가 시작되기까지 최소 10년에서 20년은 걸릴 거라고. 바투 잡아 10년이어도 나는 환갑이 넘어간다. 그때라면 딸들이 마흔이 될 것이다. 세상에. 핏덩이 딸내미가 마흔이 되는 세상까지 내가 살아 있을 수 있을까. 그때까지 이 집에서 같이 살게 될까. 코로나 팬데믹 기간 사이 집을 수리한 것은 정녕 '신의 한 수'라는 클리셰를 넘어 거의 선견지명, 전화위복, 운수대통이랄 수 있었다.

일하고 먹고 살고 노는 모든 것을 밖에서 하지 못하고 집에서 해결해야 하는 시절이니까. 식구들이 번갈아 재택근무를 하는 바람에 실내 상주인구 밀도가 꽤나 높아졌다. 수리하지 않았다면 저 방도 없는 딸을 거실에 두고 각자의 일을 도모하느라 바깥세상보다 더 무서운, 인간관계를 망가뜨리는 갈등 상황이 생기고 터졌을 것이다. 사회적 거리도 감정적 거리도 효율적으로 유지할 수 없었을 거였다.

여기서 태어난 아기였던 딸들이 서른, 마흔 막 나이를 먹고 지금은 모르는 어떤 방비를 세우고 나 없는 세상을 살아갈, 그런 날이 오겠지.

그렇다 해도 나는 따로 나의 집을 장만할 꿈과 계획을 멈추진 않을 요량이다. 아무것도 장담할 수 없는, 희망도 꿈도 뿌옇게 흐린 날들이지만 언젠가는 마당 있는 집으로 최종 이사를 갈 것이다. 언젠가 정선에 있는 후배 집엘 갔다가 드디어 내게도 가능할 꿈의 집을 보았다.

오래된, 그저 그런 산골 농가였다. 이른 봄 햇살이 예쁘게 비쳐 들어오는 마루가 있었다. 잘 고쳐서 예쁘게 살아볼 거라는데 도대체 얼마면 살 수 있는지, 얼마에 샀는지 부러워서 물었다. 어떻게 하면 이렇게 작지만 모든 공간에 창문이 있는, 그 창밖에 나무가 있으면서도 햇볕이 쏟아지는 집을 구할 수 있어요? 얼마쯤일까요? 놀랍게도 비싸지 않았다. 집값이라는 상식에 전혀 들어맞지 않는 액수였는데 지상권만 있는, 소유권은 없는 집이라서 그렇다고 했다. 처음 들어봤다. 지상권만 있는 집? 30년 동안만 살 수 있는 집의 권리라니? 그게 '소유'하고 무엇이 다를까. 2년, 3년도 아니고 30년이면 남은 평생이잖아. 이것저것 알아보니 지상권 집을 구입하는 것은 불법이 아니고 사기도 아니었다. 집의 신세계가 열렸다. 20년, 30년, 지상권만 있는 집이라면 그리고 몇 천만 원에 그 집을 살 수만 있다면, 나는 그런 집으로 해야겠다. 머지않은 날에, 따로 나의 집을 마련할 수도 있겠다. 후배 집처럼 30년 후라면 내 나이 여든이 넘는 날까지 살 수 있게 되는 것이다. 그때까지 살아 있지 않을 수도 있는 일, 설렌다.

얼마 전에 좋아하는 한 출판사 사장이 '우리 엄마, 아빠는 각자가 산 집에서 따로 살고 있다'는 포스팅을 올렸다. 엄마 아빠가 헤어져 별거 중이라거나 이혼했다는 말보다 저 문장 하나가 내 마음을 사로잡았다. 홀린 것처럼 글을 몇 번이나 읽었다.

"우리 엄마 아빠는 '각자가' '산 집'에서 '따로' '살고' 있다!"

물론 저 글을 쓴 출판사 대표라는 사람은 적지 않은 나이의 잘 자란, 자기 일을 하고 있는 훌륭한 어른이다. 그는 아직 결혼하지 않았으나 부모의 삶의 문양에 대해 객관적일 수 있는 나이다. 내 꿈은 바로 저거다. 내 아이가 아주 담담하고 때론 자랑스럽게 '우리 엄마 아빠는 각자가 산 집에서 따로 잘살고 있어요'라고 누구에게라도 이야기할 수 있는 것. 그래서 이제 내가 할 일은 봄이 오고 여름이 오면 준비차, 여자가 혼자 사는 집들만을, 그런 후배와 선배들만을 찾아가 그들이 사는 모양을 보면서 짯짯이 살펴보고 부러워하는 것이다. 여행 삼아, 일 삼아, 눈요기 삼아, 그리고 영영 그렇게 살기 위한 미래를 앞당겨보려고.

내 안에 당신의 DNA가 있더라도 없더라도

엄마로 30년을, 딸로 50년을 살았다.

누군가의 자식인 한 사람이 부모가 될 수 있는 시간이 얼추 잡아 30년. 태어난 그 자식이 어른이 되는 시간이 30년, 그래서 한 세대가 30년인 걸까. 세상 가장 평범한 엄마로 30년, 세상 가장 보편적인 딸로 50년을 살고 엄마까지 잃고 보니 딸 둘이 새삼 달리 보인다. 이제 내 딸로 30년을 산 너희들은, 나는 저들의 엄마로 몇 년을 더 살게 될까. 내 딸들은 몇 년 후에, 언젠가는, 누군가의 엄마가 되기도 할까. 언젠가 나란히 앉아 밥을 먹다가 딸이 짐짓 어린양 하듯 물었다.

"나는 늙어도 아파도 자식이 없을 텐데, 엄마는 나 가엾지 않아?"

"글쎄. 그 나이에 나는 자식이 있어봐서, 자식이 없는 게 어떨지는 모르겠네."

자기 삶이어도 미래는 어떨지 알 수 없는 일, 그렇게 넘어갔다. 이랬던 딸들은 이번 어버이날 같이 떠난 여행지 숙소에서 카네이션 생화 한 다발과 돈 봉투를 쑥스러운 듯 내밀면서 '내 엄마여서, 내 아빠여서 고맙고 행복해요'라고 쓴 편지를 주었다. 현금은 빳빳한 새 거였고 아빠 봉투보다 내게 준 봉투가 두둑했다. 수입이 거의 없는 엄마를 배려한 모양이었다. "너희들은 어버이날이 되어도 꽃 한 송이, 엽서 한 장, 용돈도 못 받겠구나"라고 했더니, 진짜 어른처럼 "어차피 인생은 혼자인걸" 하고 말았다. 청승과 울음기 없이 담담하고 단단한 태도는 나보다 훌륭해서 딸에게 은근 존경심이 들 정도다.

한 세대를 나는 특별할 것 없는 그저 그런 엄마로 딸들은 무난하고 보편적인 딸로 살아왔다.

딸들이 어렸을 때 다른 아이의 엄마들을 종종 마주칠 수 있었다. 유치원 앞에서, 초등학교 교문에서, 소풍 가는 버스 앞에서 배웅하거나 마중 나갈 때, 종종 딸들을 찾아 놀러 오는 친구들의 엄마로도, 우리 집의 손님으로도. 삼십 대의 그 여자들은 아직 어린 자기 아이를 일러 "얘는 좀 별나요, 아주 별나, 진짜 특별해요, 진짜 유별나다니까요?" 같은 말들을 묻지도 않은 내게 건네곤 했다. 제 아이가 별나다는 것을 봐달라는 것인지 부끄럽다는 건지 어사무사했는데, 그럴 때 표정에 어리는 자랑스러워하는 기운과 이상한 자부심을 이해하기 어려웠다. 사실은 싫어했다. 그렇게 싫어할 필요가 없는데도 고개를 돌리며 듣기를 꺼린다는 내심을 표현한 이유는 평소 사람이란 모름지기 각자 다르고 다 별날 수 있다고 생각했기 때문이었다. 그런 건 개성이라고 하면 된다. 별나서 힘들다는 그들의 아이는 여느 아이와 다름없이 말하고 비슷하게 행동했다. 더욱이 그다지도 자기 아이를 별나다고 주장하는 엄마야말로 어떤 다른 아이에게도 관심을 기울이거나 눈여겨봐주지 않았다. 남의 아이가 가진 그만의 개성과 특징마저도 '별난 것 없는 아이'로 대수롭지 않게 깎아내리기 일쑤였다.

자기 아이는 워낙 속속들이 특별해서 키우기가 너무 어렵고 남의 아이는 슬쩍 보고 저리 둥글납작해서 얼마나 키우기 편하냐고 눈을 아래로 뜨고 떠들어대는 사람들을 한심해하면서 아이를 키웠다. 의기양양 특별한 자식 자랑에 취한 사람들을 여러 번 겪은 탓에 내 아이를 두고 별나다거나 특별한 아이라고 말한 적이 없(을 것이)다. 그저 무던이는 이렇다, 미륵이는 저렇다, 그렇다는 정도로 고유 성격이나 행동을 말했을 뿐.

아무튼 영화 〈소공녀〉를 유별나게도(!) 좋아했는데, 영화 속 청소 도우미 '미소'라는 여자를 이전에 없는 특별난 여자로 만들어낸 전고운 감독마저도 그런 말을 했다. "엄마가 저더러 너무 예민하다, 특이하다, 별나다고 하시는 게 싫었다. 별나다는 얘기가 듣기 싫었다"고. 그러니까 진짜 별난 사람마저도 별나다는 이야기를 싫어한다는 이야기다.

대신 '아롱이다롱이'란 말을 좋아했다. 살았을 때 엄마는 아주 예전에 자기가 낳은 여섯 자식들을 두고 저 말을 자주 썼다.

"아이요. 한 배에서 나와도 다 아롱이다롱이라더니, 어째 그리들 다 달러?"

주로 언니 오빠들이 다 좋아하는 콩밥이나 국수 같은 것을 입에도 안 대면서 같잖게 까탈을 부리며 별난 척을, 막내라 귀여운 척 어린양을 한 나를 두고 한 말일 때가 많았다. 아롱이다롱이란 말에는 어울더울 굽이치는 물결 무늬가, 섞이면서 휘돌아서 휘황한 결이 언뜻 보이는 것 같아서, 비난의 기미나 우열의 평가가 느껴지지 않아서 좋았다. '한 어미 자식도 아롱이다롱이'란 옛 그 말처럼 당연히 내 딸들은 내 배에서 나왔어도 생김새도 성격도 각각 달랐다. 뭐, 세상일 무엇이나 똑같은 것이 없듯이. 당연하고도 절대적으로 좋아하는 노래, 입맛, 사람을 좋아하고 싫어하는 시선의 높이나 색깔, 자기의 취향은 물론이고, 하는 짓도 생각도 모두 달랐다.

그럼에도 불구하고 둘은 세상의 흔한 자매, 흔전만전 피어난 봄꽃처럼 똑같기도 했다. 흔한 자매관계답게 서로의 다른 점을 스스로 못마땅해하기도 하고 얕잡아 보기도 하고 흥흥거리며 내심 무시하기도 하면서 자라났다. 같고도 다른 아롱이다롱이들이 서로 조금은 잘났다, 쟤보단 내가 낫다고들 여길 수 있는 속내가 가당찮게 귀엽기도 했는데 둘이 한 배에서 나온 걸 증명이라도 하겠다는 듯이 딱 똑같은 것은, 피에 새긴 듯한 '열심 성격'이었다.

시키지 않아도 자기가 할 일을 찾아 하는 것이나 맡겨진 일을 나 몰라라 하지 못하고, 가만히 두고는 도저히 무시하지 못하는 것은, 판에 박은 듯 같았다. 스스로들 개미 인자, 성실도비라고 표현할 정도로 모든 일에 열심이었다. 또 하나, 한창 자라나는 아이들은 어떻게 변해갈지 모른다는 뜻의 말, '아이들은 열두 번 변성(變成)한다'는 말을 좋아했다. 옛말 그른 것 하나 없다고 하듯이, 딸들은 열두 번 아니라 백 번 넘게 변해갔다. 옛날에 엄마는 "사람은 열두 번 된다"라고 표현했다.

어느덧 무던이는 이른바 K-장녀가 되었고, 미륵이는 K-차녀가 되었고 우리들의 관계는 진짜 빼도 박도 못할 한국의 보편적 가족, K-모녀 관계가 되었다. 저마다 다른 아롱이다롱이가, 아무리 열두 번 바뀌고 백번 변성한다 해도 오늘날 이렇게나 명백하게 장녀는 장녀처럼 차녀는 차녀처럼 그리고 나야말로 불 보듯 뻔한 한국 엄마 품성으로 살 줄은 상상하지 못했다.

어릿어릿하는 사이에 무던이는 누가 시킨 것도 아닌데 이른바 집안의 기둥이자 대들보가 되었다. 바짝 마른 팔을 가진 아이가 쇳덩어리 로봇처럼 두 다리로 집안을 떠받치게 되었다. 처음에야 잘 몰랐다. 그냥 엄마 아빠에겐 다정한 성격이라 별다른 감정적 어려움 없이 지운 적도 없는 책임감을 저 혼자 뒤집어쓴 걸로만 여겼다. 하지만 무던이는 시나브로 알았던 것 같다. 엄마, 아빠가 금전적으로 경제적으로 쓸 머리가 전혀 없다는 것, 재테크니 연금이니 재산 운용 같은 것에는 아주 젬병이라는 것을 확연히 알아챈 것 같았다.

무던이는 일단 하나하나 온 식구들의 보험을 들어놓았다. 자기 것부터 엄마, 아빠, 동생 것까지 죄다. 생명보험, 손해보험, 손실보험, 여행 갈 때마다 여행자보험, 집안의 화재보험까지 다 들어놓고 자기가 번 돈으로 부어나갔다. 어느 날 자기가 돌보지 않으면 어느 누구도 이 집안을 건사할 사람이 없다는 생각이 들었다고 했다.

가스불 앞에서 몇 번 냄비를 태우는 것을 보더니 가스안전경보기를 사서 달았다. 시간이 되면 저절로 꺼지는 것이어서 30분이면 가스가 닫혔다. 화재보험을 들었다고 했다. 윗집에서 물이 새서 우리 집 천장이 축축 늘어졌을 때, 그 집에서 보험 처리로 우리 집 천장 도배를 다시 해줬을 때, 자기가 들어둔 것도 똑같다고 일러줬다. 생명보험은 엄마, 아빠 것을 넣으면서 장차 걸릴 수 있는 암보험에 뇌질환까지 샅샅이 뒤져 넣었다. 그리고 오래 살면 필요할 간병, 요양까지 챙겼다. 아직도 묵묵히 엄마, 아빠의 보험료를 내고 있다. 동생 것은 한참 넣어주더니 미륵이가 직장에 안착한 것을 확인한 후 보험을 돌려주었다. 미륵이는 언니에게 묵묵히 받아서 제 보험금을 넣고 있다. 나와 제 아빠의 통장 계좌를 살피고 나의 옛 보험 증권까지 모두 꺼내서 정리하고 국민연금이니 뭐니 계산해보는 것도 K-장녀, 무던이다. 어디 여행을 가면 술을 잘 마시고 곧잘 위험한 산행을 감행하는 아빠에게는 아예, 여행 날짜만 정해지면 먼저 보험을 들어놓았다.

"내가 없으면, 내가 신경 쓰지 않으면 이 집이 어떻게 될지 몰라. 너무 걱정이야."

미래가 불안한 큰딸의 세심함은 점점 나아갔다. 집안의 현재 경제적 상황뿐 아니라 먹는 것들에도 꽤 살갑게 신경을 썼다. 환갑 맞은 아빠의 탈모 샴푸를 사고 알레르기 치료제와 영양제를 사들이고 알파벳 순서대로 비타민을 먹이고 생필품과 식재료를 챙겨주는 것은 큰딸 무던이를 따를 자 없다.

둘째 딸은 그렇게까지 신경 쓰지는 않는다. 자기 일에는 완벽주의자일 만큼 강박적으로 성실하고 토할 정도로 열심히 하지만 언니에게나 엄마 아빠에게는 다정하지만 대체로 무심한 편이다. 자신의 건강을 세심하게 보살피고 물품도 자기 자신 위주로 사들이고 정리할 뿐 총체적으로 가족이라는 구성원들의 상황을 염두에 두고 애면글면하지 않는다. 늦게 태어난 자식이 아무리 잘해도 맏자식 하나 못 따라간다는 것은 그저 옛말이 아니라 지금도 적용되는 만고의 진리 같다는 생각이 든다. 둘째 딸인 미륵이나 둘째아들인 애들 아빠나 막내딸인 나는 위의 언니나 형이나 오빠들의 뒤꿈치도 못 따라가는 게 확실하다. '맏자식'이 아닌 이들은 대략 자기중심적이다.

우리 모녀 사이에 갈등이 없지는 않았다. 다른 엄마와 딸들 사이와 하나도 다르지 않을 만큼 우리에게도 수많은 감정적 틈이 생기고 골이 패였다. 한창 미운 마음이 들 때는 내 딸 아니다 싶었는데 저희들도 그럴 것이다. 저 엄마는 왜 저럴까, 엄마라는 저 사람은 왜 저러고 살까, 수없이 미웠을 거라고 생각한다. 차마 마주보기 힘든 감정이 솟아올라 갈등 상황이 깊어질 때는 전전긍긍하는 마음속으로 해결 방법을 수소문했다. 어떻게 얼굴을 마주하고 어떻게 대화하고 살 것인가 궁금하고 답답할 때가 많았다.

우리는 각자 어떤 모양으로 살고 있기에 이런 상황에 빠졌는가, 이해해보려고 수많은 것들을 공부했다. 별자리 분석, 혈액형

특징, 애니어그램 그리고 MBTI까지. 나의 피와 별자리부터 시작해 샅샅이 아이들의 정신적, 육체적 특성을 헤아려 따져보며 분석해봤다. 아롱이다롱이 저 사람들을 이해해보고 싶었으니까. 어떤지 알아야 관계를 잘 풀어갈 테니까. 그 아이들이 슬플 때, 괴로워할 때, 위로나 조언은 아니더라도 들어주는 방법이라도 배울 테니까. 나는 사수자리에 8번 도전하는 사람, 무던이는 물고기자리니까, 미륵이는 물병자리니까, 저 애는 6번 충실한 사람이니까, 저 애는 3번 완벽주의자니까, 그래서 그렇구나, 떠듬떠듬.

성급히 말하자면, 딸과 함께한 날들 중 좋지 않은 날이 없었다. 그냥 나는 그렇다고 서둘러 결론을 내려버린다. 그리고 종종 생각한다. 딸들에게 나는 맞바람일까 등 밀어주는 바람일까. 아주 옛날부터 나는 누군가에게 기대는 것이나 몸을 맞대는 것을 좋아하지 않았다. 팔베개를 하거나 해주는 것도 좋아하지 않아서 남의 팔을 베고는 도저히 잠들 수가 없었다. 상대의 팔보다 내 뒷목이 먼저 뻣뻣하게 굳는 느낌이었다. 내 팔을 누가 베는 것도 싫었다. 산을 오르거나 경사진 길을 걸어갈 때 내가 힘들어하면 누군가가 뒤에서 밀어준 적이 있었는데 누가 등 뒤를 밀어줄라치면 더욱 잘 올라가지 못했다. 내 숨 마디를 스스로 조절하지 못하는 것이 불편했다. 앞에서 손을 잡아줘도 더 편안해지지는 않았다. 앞 손을 따라 뒷다리가 못 맞춰간다고나 할까. 힘이 들어도 누군가의 손을 잡거나 밀어주는 것 없이 그냥 내 허벅지를 내 손으로 들어 올려서라도 혼자 움직이는 게 나았다. 그래서인가. 아이들에게도 그런 행동을 잘 하지 않는 편이다. 부둥켜안거나 심장을 가까이 두는 포옹은 종종 해도 등 뒤에서 바람이 불어 올려주는 것처럼 등을 밀어준 적도 손을 내밀어 끌어준 적이 없다. 그러면? 물리적으로 그랬다 하더라도 심정적으로 나는 딸들에게 가혹하게 들이닥쳐 고개를 숙이게 만드는 맞바람이었을까, 가만히 등 땀을 식혀줄 정도로만, 밀어 올려줄 정도로만 작용하는 등 바람이었을까.

아주 가끔은 내가 정말 아기를 둘이나 낳았고 그것이 무던이, 미륵이가 틀림없다는 것이 믿어지지 않을 때가 있다. 영화 〈행복목욕탕〉 이야기도 그렇다. DNA라는 게, 피의 나눔이란 게 정밀검사가 아니면 누구도 모르는 일이다. DNA가 200퍼센트 확실히 핏줄의 정확도를 가리킨다 해도 인간의 스토리는 달라질 게 없다. 그냥 옆에 있으니까, 한집에 사니까, 부모라고 하니까, 그렇다고 믿으면 그 사람의 DNA를 타고났다고, 똑 닮았다고 그냥 믿고 살게 된다.

"내 안엔 엄마의 DNA가 있으니까…."

영화 속 〈행복목욕탕〉 집의 소녀는, 같이 사는 한 여자를 '엄마'라고 완전히 믿고 살고 있으므로 엄마 DNA를 받은 것으로 확

신하고 자기 안에는 없던 용기를 내어 불량친구를 찾아간다. 그 엄마가 자기를 낳은 엄마가 아닌데도, 진짜 낳은 엄마가 따로 있는데도 말이다.

〈행복목욕탕〉에서 가장 신기한 것은 왕따를 당하던 딸이 아이들에게 교복까지 빼앗긴 후 학교에 가지 않겠다는 딸에게 엄마가 하는 행동이다. 엄마는 끝끝내 딸을 일으켜 학교에 보내면서 기어이 학교 깡패 아이들에게서 교복을 다시 찾아오라고 채근한다. 딸에게 얼마나 괴로운 일일지 알면서도 엄마는 그렇게 한다.

딸이 울면서 말한다.

"나는 엄마처럼 강한 사람이 아니라고!!!!"

"아니라고, 너는 날 닮았어."

엄마는 소리친다. 결국 용기를 짜내어 학교에 가 교복을 찾아 돌아온 딸이 환하게 웃으며 엄마에게 '내 안엔 엄마의 DNA가 있으니까.'라고 말한다. 신기하지 않은가. 누군가의 DNA가 자신 안에 있다고 믿는 것만으로 그와 내가 닮았다고 같은 크기의 힘을 낼 수 있다는 것이. 두 사람이 정말은 단 한 방울의 DNA도 주고받지 않은 생판 남이라는 것이. 같은 세포 한 조각도 핏줄에 흐르지 않는다는 것을 알았다 해도 사랑이 아주 깊을 수 있다는 것이. 몸에 당신의 DNA가 있든 없든 우리에겐 결국 함께한 시간이 DNA로 새겨진다. 어쩌면 시간이 유전자보다 더 힘이 센 건 아닐까.

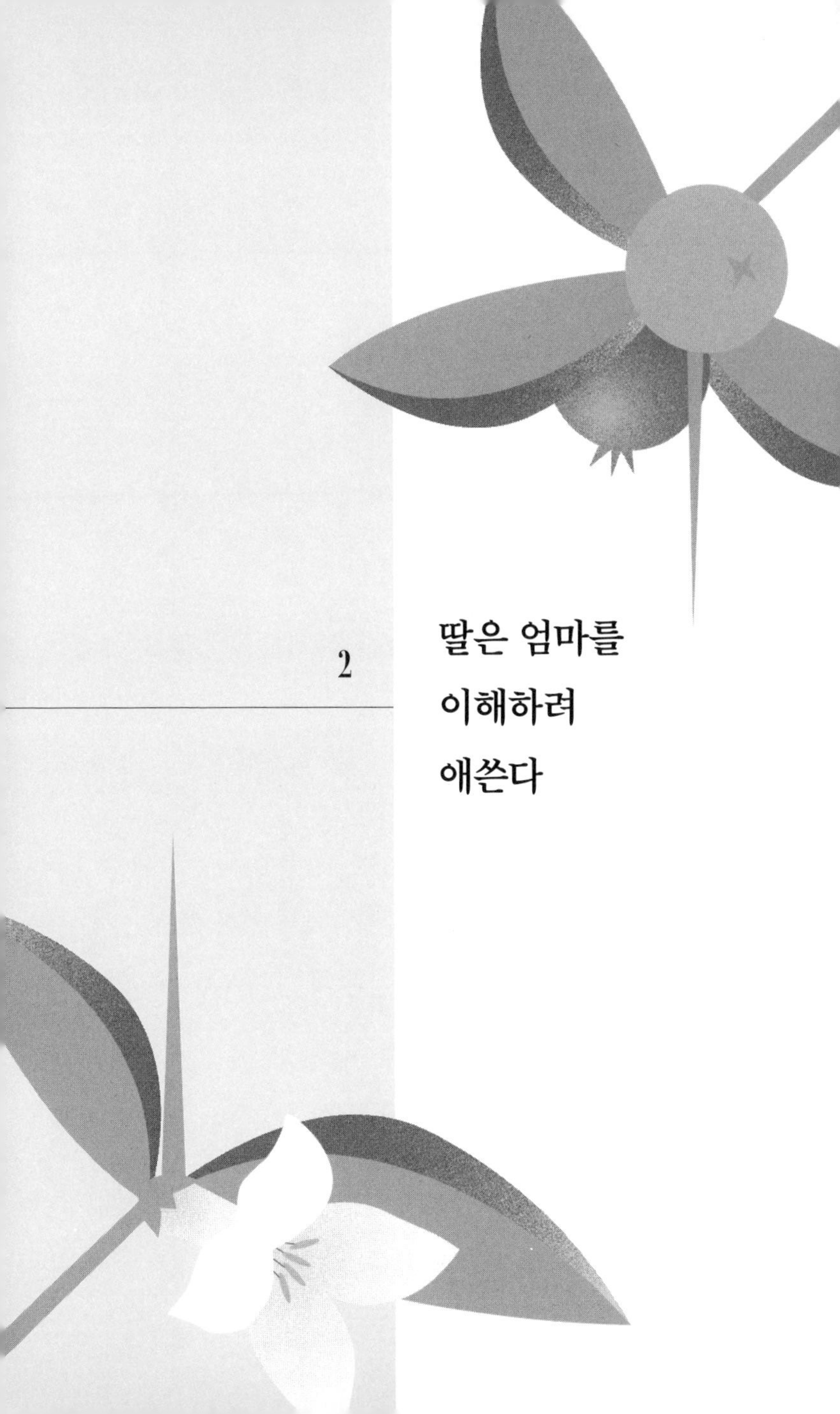

2

딸은 엄마를 이해하려 애쓴다

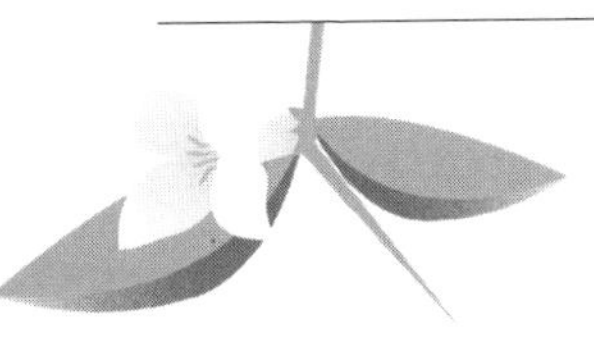

네 사주엔 자식이 없다더라

삼사일 후면 설날이다. 음력으로 설 쇠는 새해 첫날. 밖은 칼바람이 불어댔지만 집 안은 단내가 날 만큼 따뜻했다. 23개월 된 딸이 몽글몽글 동그랗고 부드러운 몸을 움직이며 한껏 부푼 내 옆에서 노래하고 있었다. 성별을 모르는 뱃속에 있는 아기를 낳을 날이 그야말로 오늘내일이던 1월 말, 음력으로 12월 말일이었다. 아기 갖기 전 몸무게에서 20킬로그램이나 늘어난 커다란 들통 같은 몸을 해가지고 시가에 가서 어떻게 명절을 치러야 할 것인가, 걱정으로 침이 말랐다. 아기를 낳지 않는 한 명절을 쇠러 오라 할 텐데 어떻게 해야 하나.

첫아기를 낳기 전 '새아기'로 불리는 홑몸일 때도 '시가'가 편할 리 없는데 명절 같은 날들은 더 힘들었고 첫째로 딸이 태어난 후에는 한층 더 고되어졌다. 특별히 딸을 낳아서 그런 것은 아니었다. 딸을 낳아서가 아니라 그냥 홑몸이어도 행동거지가 어려운 시가에서 아이를 업고 안고 일해야 하는 것이 더욱 힘들었던 것인데 지금은 첫아이를 안을 수도 업을 수도 없는 둘째를 임신한 배불뚝이였으니까. 몸과 마음의 힘듦이 세 배가 넘었다.

첫딸을 안아줄 사람은 시가에 아무도 없었다. 아이 할머니인 시어머니는 큰며느리가 낳은 장손을 키우고 있었다. 둘째 며느리인 나는 시가의 세 아들 중 제일 먼저 결혼해서 제일 먼저 딸을 낳았고 나보다 조금 늦게 결혼한 큰며느리는 공교롭게도 내 딸이 태어난 지 5개월 만에 아들을 낳았다. 둘째이지만 아들 셋 중 제일 먼저 결혼을 해서 '개혼'이라고들 축하했고 내 딸은 어쨌든 그 집의 첫 손주로 '귀하게' 태어났다.

아무튼 처음 맞은 며느리의 첫 아이로 태어나 시가에 모든 '처음'을 선사한 나와 딸은 사실 구박받은 기억은 거의 없다. 조금 늦게 결혼한 큰아들의 아들이 태어나기까지는. 내 딸이 태어나 5개월이 되기까지는 시가 모든 어른들이 다투어 안아주었고 예뻐했지만 5개월 만에 큰아들의 아들이 태어나자 '귀중한 손주'의 차이는 실로 어마어마했다. 문자 그대로 '장손'을 받아안은 시부모님은 시종여일 웃으며 금이야 옥이야 장손만을 안고 살았다. 큰아들 내외와 시부모가 같이 살고 있었으니 시어머니가 엄마이자 유모이자 할머니가 되었다.

첫째 딸 삼칠일 동안 보살핌과 산후구완을 해준 것은 시어머니다. 친정 엄마는 멀리 있었고 혼자서는 내 집으로 찾아오지도 못하는 상황이었다. 게다가 친정 엄마에게 내 첫째 아이는 12번째 손녀딸이었다. 엄마의 모든 자식, 언니, 오빠 다섯 명이 둘씩, 셋씩 아이를 낳았으니 새로울 건 없었다.

시어머니에게는 본인 아들이 낳은 첫 자식이었다. 첫 손주를 본 환갑도 안 된 시어머니의 감격의 정도는 짐작할 수 없지만, 병원에서 바로 아기를 안고 시가로 퇴원했다. 시어머니는 젊고 깔끔했고 똑똑하셨다. 모든 준비를 마치고 기다리고 있다하니 고맙고 기꺼웠다. 그 시절은 산후조리원 같은 것을 알지도 못했다. 아물지 않은 아랫도리를 엉거주춤 추스르고 처음으로 받아안은, 아직 이름도 없는 딸아이가 내 품에 안겨 그 쪼그만 턱을 덜덜덜 떨었다. 품에 안아본 것이 처음이라 아직 아기 얼굴이 낯설었다.

어머니는 순면으로 된 작고 도톰한 아기 이불을 몇 채나 지어 삶아 빨아 깔아놓고 안방 제일 따스하고 안온한 자리에 내 이불도 나란히 펴놓았다. 하루 다섯 끼 미역국을 끓여주었다. 젖이 잘 나오라고 팔뚝만 한 가물치를 고아 그 국물을 마시라 했고 누린

내 안 나는 우족과 돼지족을 절절 끓이고 고아 수시로 마시게 했다. 목욕통을 안방에 놓고 더운 물에 찬물을 섞어 팔뚝으로 온도를 맞추어 아기를 새빨갛게 목욕시켜 주었다. 하얀 기저귀를 푹푹 삶아 눈부시게 말려 착착 개켜주었고 뜨거운 방바닥에 누워 잠들 수 있게 해주었다.

부정(不淨)한 기운이 사라지는 기간 그 삼칠일, 21일 동안, 산후구완은 슬프지 않았고 따스했다. 친정 엄마라도 못 해줄 정성스런 보살핌이었다. 우리가 잠들면 값비싸고 좋은 아기 옷을 사다 날라주었고 시중에 나온 제일 비싸고 좋은 분유를 몇 박스씩 사다 쟁여주셨다. 내가 낳은 아기를 누군가가 예뻐해주고 소중하게 여기는 모습을 보는 것이 무엇보다 더 큰 기쁨이었다. '저 아이를 내가 낳았어'라는 기적 같은 그 느낌만큼 나까지 소중한 사람이 된 것 같은, 내가 다정한 보살핌을 받는 것 같은, 사랑받고 있다는 체감이 가능한 지극한 행복이었다. 5개월 동안 지복의 시간이 이어졌다. 그랬던 것이 5개월 후 씻은 것처럼 끝나버렸다. 시어머니는 큰아들의 아들을 안고부터는 그야말로 그 아기를 안고 있느라 내 아이를 안아줄 수 없었다. 안아줄 손이 없어진 거였다.

그럴 만도 한 것이 둘째 아들 부부인 우리는 분가해서 살고 있었고 큰아들 내외와 막내아들은 같이 살고 있었으니. 이미 나가 살고 있는 둘째 아들과 둘째 며느리인 나는 애초에도 관심권 밖이었다가 딸을 낳음으로써 좀 더 밀려났다가 아들 손주가 태어남으로써, 큰아들 내외와 장손 덕분에 완벽하게 남의 가족처럼 떨구어졌다.

공교롭게도 또 나는 전업주부, 큰며느리는 직장에 다니고 있었으므로 내 아이는 완벽히 내 아이로만, 저쪽 장손은 온전히 시어머니가 맡아 기르는 상황이 되었다. 시어머니는 할머니라기보다는 엄마와 진배없었다. 내 딸에게도 엄연히 '할머니'이지만 그 후로는 큰집 아들의 할머니로만 자리매김되었다. 단연코 한 번도 할머니로서 안아준 적이 없다. 신기하기도 하지. 어떤 기억은 이렇게나 뼈에 새긴 듯 남아 있게 된다. 별것도 아닌데도 세상 가장 큰 무슨 한처럼.

설날을 며칠 앞둔 그 밤이 이울며 새벽에 진통이 왔다. 첫째 딸을 낳은 같은 병원, 같은 의사 선생님을 찾아갔다. 첫째를 낳을 때처럼 열 시간 넘게 진통을 하고 그때처럼 마지막 힘을 주면서 혼절을 했다. 딸을 낳았는지는 휠체어에 실려 갔다가 깨어난 회복실에서야 알았다. 영화에서처럼 아기 탯줄을 잘라 엄마 품에 안겨주는 정경은 일어나지 않았다. 첫애 낳을 때도 마지막 순간에 완전히 기절해서 회복실에서 딸을 낳은 걸 알았었다. 병원에서는 둘째 아이인 데다, 또 딸인지라(아무래도 그랬을지도), 아기 낳았다고 찾아와 들여다보는 이도 없으니 바로 퇴원을 하는 게 어떻겠냐고 권했다. 설날이 낼 모레이고 하니 집에 가서 편히 쉬세요, 의사가 말했다. 핏덩이, 아직 이름 없는 새빨간 둘째 딸과 집에 남았다.

설날은 뽀송한 첫째를 데리고 애들 아빠만 가서 전 몇 가지와 떡과 고기를 챙겨왔다. 둘째의 산후구완은 뜨문뜨문 체계 없이 여러 손을 거쳐 진행되었다. 언니가 며칠 밥을 해줬고 친정 엄마도 와서 며칠 아기 목욕을 시켜줬다. 얼마가 지난 후에 시어머니가 찾아왔다. 큰며느리가 방학이라 장손 전담 돌봄 와중에 시간이 났다고 했다. 어머니로선 이제 세 번째 손주다. 명색이 산후구완을 해주러 온 어머니가 능숙하게 아기 목욕을 시켜주고 아이의 온몸에 분을 바르면서 열없이 한말씀을 던지셨다. 우리는 둘 다 아이의 발가벗은 빨간 몸을 보고 있는 중이었다.

"또 딸이라고 서운해 말고 그래도 잘 키워라. 네 사주에는 자식이 없다더라."

아니, 자식이 없다고? 지금 탯줄 끊은 자리도 아물지 않은 둘째 아기와 딸랑이를 흔들며 동생 옆에 걸어다니며 동생을 얼러보는 흉내를 내는 첫째 아이까지 내 눈앞에 확연한데?

구박도 비난도 아닌 말일 수는 있었다. 어쨌든 낳았다는 소식을 듣고 고기 사와 국 끓여주며 내 산후조리를 하고 있는 중이니까. 아이 둘을 지금 눈앞에 보고 있으니까. 잠깐 무슨 말인가, 가늠할 수 없었다. 지금 자신의 손으로 따뜻한 물에 목욕을 시켜서 분 발라 두드리고 있는 저 향기로운 분홍빛 뺨의 아기는 무엇이란 말인가. 저 짧은 말은, 아니 말이 아닌 것 같은 말은 발화하는 그 순간, 나와 딸 둘, 세 사람의 존재를 동시에 무화시키는 말이 되어 아프게 박혔다.

아하, 자식(子息)이 없다니. 저 아이들은 자식이 아니고 난 그 순간 자식이 없는 사람이 되었다. 자식은 아들만 의미하는 말이었나. 아들과 딸 통칭하는 말 아닌가. 딸은 콕 집어 여식(女息)이라고 해야 옳은가. 어쩌면 '네 사주엔 아들이 없다더라'는 말을 하고팠는데 나름 순화시켜서 해본 배려의 말이었을까. 차라리 "넌 사주에 아들이 없다더라" 하고 말했으면 내 마음에 좀 낫게 들렸을까.

사람과 사람을 잇는 마음의 끈은 한마디 말로 완벽하게 끊어지기도 한다. 어떤 슬픔은 단지 한마디 말에서 생겨나 돌처럼 덩어리로 굳어지기도 한다. 아직 아기 낳은 자리도 아물지 못한 내 몸은 저 말이 뚫고 들어가 속에 똬리를 틀고 굳은 채 벌려져 있었다. 세상으로 나오려고 하던 그 날, 내 몸속에 산소는 부족한데 산도를 뚫고 나오지 못해 위급했던 아기를 흡입기로 뽑아냈다고 들었다.

아기의 정수리는 뽑혀 나올 때의 압력으로 뾰족하게 튀어나와 있었고 채 아물지 않아 말랑말랑한 정문(頂門)으로 숨을 쉬고 있었다. 아직 만지기도 위험하고 머리로 숨을 쉬듯 부드럽게 일렁이는 그 숨구멍을 앞에 놓고 어떻게 저런 말을 할 수 있을까. 에코 많이 넣은 영화의 음향처럼 왕왕 그 말소리가 들려왔다. 천신만고 끝에 세상에 나온 내 자식들을 두고 딸만 낳아서 '사주에 자식이 없다'는 나를 앞에 놓고 '위로' 혹은 '추궁' 같은 말을 던진 시어머니를 나는 좀 오래오래 서운해하고 원망했다.

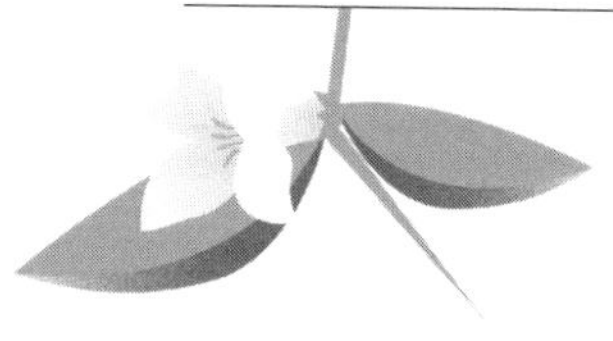

당신은 내 딸의 할머니가 아닌가요?

스물두 살, 당신 아들이 사귀는 여자라고 나를 인사시킬 때부터 시어머니는 잘 대해주었다. 같은 학교, 같은 전공이던 우리는 3학년 1학기 때 처음 만났다. 복학 첫날부터 말이 없고 수줍음이 많은 데다 보기 드물게 깔끔한 그 사람이 마음에 들었다. 아주 넓은 돼지갈비집에서 처음 시어머니를 뵈었다. 친정 엄마보다 더 엄마 같았다. 시간이 맞을 때마다 맛있는 것을 사주셨고 백화점에 데려가 옷을 사주셨고 심지어 용돈을 주셨다. 문학 전공 친구처럼 《토지》를 같이 읽고 책들을 선물했다. 살뜰하고 따뜻한 그 정을 몇 년 동안 마음 깊이 간직해왔다. 시어머니의 여자로서, 엄마로서의 삶의 무늬를 가만히 만져본 적도 많았다. 조금씩 알고 보니 어머니의 삶은 조선 시대 잔혹여성사 못지않게 평탄하지 않았다. 얼마나 기막히고 애통한 세월을 살아오셨을까, 주먹을 꼭 쥐고 영화를 보는 것처럼, 절절한 대하소설을 읽는 것처럼 당신의 지난 삶 전체를 연민하고 이해했다. 어느 때는 남편보다 시어머니가 더 좋았다.

그러나 딸 둘을 낳은 후에 시어머니가 던진 저러한 말들은, 저러한 태도를 겪은 후부터는 정다움이나 공감으로 그분의 삶 전반을 향해 다가가려던 내 마음의 발길을 고집스럽게 잡아챘다. 흘러가던 물길이 조용히 막혀버렸다. 곱씹으며 원망하느라 애가 닳았다. 자식이 없다니요, 여기 이 두 아이가 내 자식이라고요, 하늘에 대고 증거를 들이미는 심정으로 더욱 사랑하느라 안간힘을 써야 했다.

1990년대였다. 딸들이 엄마 뱃속에서 여자여서 숨 가쁘게 지워지던 엄혹한 시절, 여자는 아들을 낳아야 사람 구실을 한다고 믿던 우매하고 잔인한 시절에 나는 딸 둘을 낳아놓고도 자식이 없는 여자가 되었다. 어느덧 가슴 깊이 꽂혀버린 저 말을 들었을 때 울지는 않았다.

정작 대성통곡을 한 것은 3킬로그램도 안 되게 태어난 아기의 몰랑한 숨구멍이 닫힐 무렵 어느 스님에게 값비싼 돈을 주고 아기 사주를 넣고 받았다는 이름을 보고서였다. 자식 없다는 내 사주를 뒤집어서라도 모쪼록 아들자식을 보라는 의미를 담았으리라. 평생 불릴 둘째 딸 예비 이름은 '남동생을 보라고 지은' 것이 확연해 보였다. 남동생을 바라거나 여아는 이제 끝이어야 한다는 의미를 담은 이름을 앞에 놓고서야 울음이 터졌다. 획순을 따져 궁서체로 장중하게 지어 써놓은 딸아이 이름은 참으로 거창해 갓 3킬로그램인 작은 몸피에도 전혀 어울리지 않았다. 그 이름으로는 부르지 않겠다고 전했다. 새 이름 후보 세 개를 다시 받아 그중의 하나를 선택했다. 여자, 남자 가를 것 없는 평범한 이름이었다.

오로지 딸이라는 이유로 내 자식이 아니게 만들어 놓았으니, 두 딸을 낳고도 자식 없는 사람이 되었으니 시어머니도 아이들의 할머니가 되지 않았다. 그분은 큰아들의 아들에게만 할머니로 존재했다. 자, 할머니한테 가봐, 말할 수 없었다. 그게 뭐라고 이렇게 맺혔을까.

내 첫째 딸과 큰집 큰아들은 똑같이 90년생 말띠로 태어났다. 내 딸은 말띠라서 그것도 흰 말띠라서 팔자가 드센 여자가 될 거라는 소리를 들었고 아들은 말띠라서 튼튼하고 힘찰 거라고들 했다. 그 해엔 여자아이들이 많이 태어나지 못했다. 아들 선호가 점점 극심해져 여아들은 뱃속에서 선별당해 죽어갔다. 할머니인 시어머니는 평생을 큰집 아들과 이어 태어난 큰집 둘째 아이를 키우며 같이 살았다. 큰아들의 둘째 아이도 딸이었다. 명실상부 시어머니에게는 '아들자식 손주'가 단 한 명인 셈이었다. 아들 손주를 편애하는 와중에도 큰집 딸은 시어머니의 사랑을 받고 자라났다. 무진 애를 써도 이해가 가지 않았다. 어머니는 그 시절 새하얀 교복을 입고 여고까지 다닌 배울 만큼 배운 사람이었는데 한글도 못 배운 무학의 내 엄마도 차마 하지 않는 차별을 거듭했다.

정말 기함할 일은 첫째 딸 돌잔치에 오셨을 때 벌어졌다. 돌잔치 하는 두어 시간 내내 어머니는 큰집 아들만 껴안고 있었다. 큰집 아들의 진짜 엄마가 옆에 빈손으로 있는데도 불구하고 시어머니는 아들 손주를 빼앗길세라 돌보고 있었고 심지어 딸내미 돌잔치라 돌잡이를 시키는 짧은 순간도 참지 못하고 그 아이를 돌잡이 하라고 돌상에 들이밀었다. 내 집에서 하는 내 딸의 첫 생일, 첫 행사인데도 말이다. 뭘 더 말하랴. 생각해보면 그 시절 나는 서른도 안 된, 두 딸을 낳은 엄마라는 정체성으로만 살고 있는 중이었으니 거듭된 시어머니의 차별적 행동에 한이 맺힐 수밖에 없었다.

계속된 시어머니의 아들 손주만을 향한 눈먼 사랑의 행위를 읊을 수 있다. 둘째 딸 돌잔치 때는 딸아이가 케이크에 촛불을 끄려고 할 때 아예 큰집 아들을 촛불 앞으로 불러들였다. 단 하루 돌을 맞은 주인공인 아기까지 밀어내고 그렇게까지 손자를 빛나게 하고 싶은 것인지 그 애잔한 마음을 가늠할 수 없었다.

아기마다 서로 다를 아주 작은 성장 행동마저 내 딸들은 잘하면 잘하는 탓에, 빠르면 빠르다고 평가절하 받았다. 9개월에 걷고 돌 전에 말문이 트인 것이 자랑할 일은 아니지만 남자아이나 남의 아이와 비교당할 일은 아닌데도 시어머니는 굳이 깎아내리듯 말했다.

"원래 어릴 때는 여자애들이 발육이 빠르다더라. 원래 남자애들이 늦되는 법이란다. 내가 아들 셋을 키워봐서 알지. 남자애들은 커가면서 확 달라지거든."

모든 행동을 남아와 여아로 갈라서 비교했는데, 남의 아이라도 안 그럴 텐데 이상도 하시지, 고개가 저어졌다. 아기 때부터 한 10여 년, 꽤 많이 찍어놓은 사진과 비디오 속엔 시어머니 덕분에 내 딸들이 주인공이었던 순간들조차 장손에게 밀려난 모습이 고스란히 찍혀 있다. 화면에는 할머니의 왠지 절박한 손자 사랑이 적나라하게 드러난다. 아장아장 걸어 다가가는 딸아이를 슬그머니 밀어낼 때, 아들 손자를 품에 안고 내 딸들을 남의 집 아이처럼 냉정하게 바라볼 때의 표정은, 스스로도 쳐다보기 민망해져서 고개를 돌리게 된다. 그렇게, 그런 날들이 30년이 흘러갔다. 그 긴 시간을 딸들은 명절 때마다 할머니 집을 찾아갔다.

"너에겐 자식이 없다더라"는 말을 들은 후부터 나는 그 말을 들은 귀를 씻었다. 아이들 할머니를 그냥 이웃의 여느 아들 가진 엄마라고 생각했다. 진정 애들 할머니로 존재한 적이 없어서, 진짜 할머니라면 저럴 수가 없는데 싶어서, 그냥 자기 자식이니까 예뻐하며 맹목적으로 감싸고도는 큰집 아들의 엄마라고만 생각했다. 당신은 우리 애들 할머니가 아니니까, 자기 아들만 좋아하는 그냥 여느 엄마일 뿐이야. 엄마라는 사람이 자기 아들 좋아하는 건 너무나 당연한 일이고 탓할 수 없는 일이니까 나는 괜찮아. 혼자, 금이야 옥이야 '없는 자식' 보란 듯이 잘 키워내고 말겠다며 고군분투, 분골쇄신 딸들의 육아에 매진했다. 남들이 주는 것 없이 혼자 사랑을 퍼부으려면 서너 사람 몫을 더 줘야 하니까. 나로서는 기적처럼 받아안아 키웠지만 기적은 기적이라 믿는 사람에게만 일어나는 일이니까. 내 사주엔 없는 자식으로 태어난 두 딸은 훗날, 오늘날, 나에게 전생에 나라를 구한 공덕의 현현으로 드러났다. 사람들이 말했다. 전생에 나라를 구하지 않고서야 저런 딸들을 어떻게 만났겠어요. 어떤 나라였을까, 전생에 내가 구했을지 모를 아름다운 그 나라는. 얼마나 절박한 위기에 빠진 나라를 구했기에 저토록 아름다운 모습으로 자라나 어둠 속의 빛처럼 내 '자식'이란 이름으로 곁에 살고 있는 걸까.

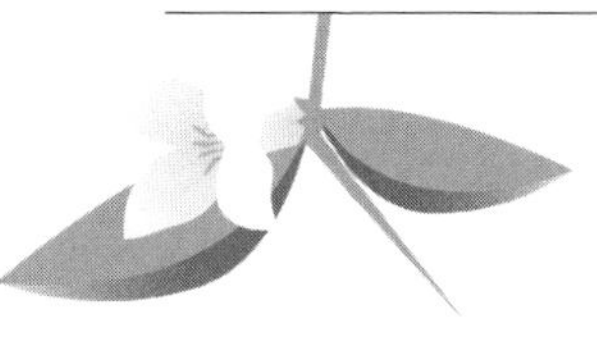

딸이 〈며느라기〉를 보라고 했다

몇 년 전 딸들이 수신지가 그린 〈며느라기(期)〉 링크를 슬쩍 보내주었다. 딸들이야 이미 속속들이 다 보았을 거였다. 2017년 3월에 까맣게 타고 한껏 말라서 한국에 돌아오고 나니 딸들이 돌연 중생의 몽매한 의식을 깨우는 스승처럼 자못 엄숙하게 말했다.

"여기 좀 앉아봐. 엄마. 엄마가 머나먼 남의 나라 오지에서 남학생들에게 한글을 가르치며 2년 동안 평화롭게 사는 동안 한국 사회는 아주 격변을 거듭했어. 특히 여성 의제가 다 새로 떠올랐어. 이른바 페미니즘 리부트 시기가 엄마가 없었던 2년이라고 할 수 있어. 아무리 엄마가 페미니즘 잡지사에서 일했던 왕년의 페미니스트래도 지금 현상을 단번에 따라잡기는 힘들 거야. 차근차근 현재 한국 여자들이 어떻게 변했는지 알려줄 테니 잘 듣고 어디 가서 옛날 이야기 하면 안 돼."

강남역 여성 혐오 살인 사건부터 메갈리아, 워마드, 미러링 등등 나 없는 2년 동안 요동친 젊은 여성들의 움직임을 말하는 거였다. 나야말로 《이갈리아의 딸들》을 읽고 '또 하나의 문화'를 섭렵하고 여아 낙태를 자행케 하는 남아선호사상과 호주제를 폐지하고 《나는 제사가 싫다》는 책을 만들고 명절증후군에 시달리는 여성들의 부당한 현실을 소리 높여 말한 사람이다.

안티 미스코리아대회를 주최한 구성원으로서 여성 몸에 점수를 매기고 심사평가하는 걸 막아내고 낙태죄 폐지를 청원하고 지식인, 문학인 남성의 성희롱을 고발하고 '아이 낳기 싫다'는 여자들의 심중을 간파해 저출산과 비혼을 특집 기사로 만들고 데이트 폭력의 실상을 파헤치고 직장 내 성차별과 임금 차별을 드러내고 군대 문제를 토론했었다. 한국의 여성 문제에 대해 배우고 익히지 않은 것은 거의 없다고 생각했다.

1997년에서 2007년까지 소리 높여 말한 것들이 나름 성과를 거두었다고 여겼다. 잡지사는 문을 닫았다. 그 후 2007년에서 2017년 사이, 페미니즘 의제가 소리 없이 사라지고 하나둘 목소리가 지워지고 위축되었다. 당연히 그 사이, 여성 문제가 없던 것은 아니었다. 모든 이슈들이 이름만 살짝 달라져 새삼 불타올랐다. 이갈리아의 딸들은 메갈리아의 딸들에서 메갈로, 워마드로, 안티 미스코리아 페스티벌 같은 외모 억압 문제는 '탈코르셋'으로, 그때까지 남아 있던 낙태죄 위헌 결정은 완전한 낙태죄 폐지로, 군가산점 운운은 '군무새' 비판으로 여자들의 명절증후군은 '며느라기'라는 만화로 그렇게 발달, 분화되어 복기되고 있었다.

"온몸으로 다 겪어서 모르는 게 없어. 탈코르셋, 미러링, 남자들 성폭력 같은 것도 다 예전에 목 터져라 말한 것들이야. 새로울 게 뭐가 있어? 다 우리 때 했던 말들인데."

한숨과 탄식을 뱉어 말했지만 사실 달라진 건 많았다. 특히 달라진 건 저 모든 일들의 정중앙에 20대 여성으로서 내 딸들이 있다는 거였다. 여성 문제들은 더 그악스럽게 더 교묘해지고 한층 끔찍해져서 모든 문제에 목숨이 달려 있는, 생 전체를 걸어야 하는, 싸워야 하는 난제가 되어 있었고 내 아이들이 바로 당.사.자.였다.

그리하여 시간이 흐르고 지나가 내가 딸에게 가르침을 받는 시기가 되었다. 그동안 '살아남아서' 고마웠고 저희들끼리 안간힘을 쓰며 버티게 만들어 미안한 마음으로 순순히 정좌하고 앉았다.

〈며느라기〉는 그렇게 보게 되었다. 직장을 다니는 민사린이란 여자가 무구영이란 남자와 결혼하고 남의 집 며느리가 되면서 겪는 부당하고 억울한 일과 새로 생긴 가족 관계에서의 갈등과 충돌을 그린 웹툰이다. 여자가 결혼한 후 느끼는 심적 갈등과 관계 충돌을 우당탕 소리 높여 이야기하는 게 아니라 민사린이 서게 되는 바로 그 자리에서 일어나는 일의 현재 상황을 그저 선 몇 개로 그린 것이라 입체적이지 않은데도 아주 미묘하고 섬세하게 한 여자의 내면에서 부서지는 충격파를 고스란히 보여준다. 며늘아기, 며느리 시기라는 단어를 합쳐 쓴 며느라期는 '며느리로서 어찌어찌해야만 할 것 같은 마음이 생기는 때'라 명명했다.

설마 내가 그 며느리 시기의 충격과 슬픔에 대해 모르겠는가. 나야말로 그 기간, 10년 동안 말하면서도 동시에 지겨울 만큼 괴로움을 토로했던 시절이다. 스승님인 내 딸들은 만화를 보는 건 물론 특히 댓글을 더 눈여겨보라고 했다. 한국 여자들 모두가 벌떡 일어서서 소리 지르는 것 같을 거라고 말했다. 여자들의 활화산 같은 분노의 현장을 볼 수 있을 거라고도 했다. 지침을 내려주고 죽비도 쳐주니 열심히 봤다. 과연 그랬다.

'속이 터져 죽겠다, 이혼해라, 갈라서라, 그냥 짐 싸서 나와 민사린. 무구영이랑 이혼하라고!!!'라며 민사린에게 보내는 응원의 말들이 엄청나게 달려 있었다. 티끌도 그림자도 반성도 없어서, 철없이 순진무구해서 이름도 무구, 무영, 무구영이 된 사린의 남편, 그 남자의 배려 없음을 욕하는 글과 시가 사람들, 그중 남자들에게 퍼붓는 격한 말들이 댓글로 쏟아지고 있었다. 무구영, 저 대리 효자 같은 놈, 한국 남자 무구영은 가부장제의 수혜자. 고구마를 먹는 기분, 답답해 죽을 것 같다. 무구영 아버지 진짜 싫어. 본인 밥은 직접 해서 드세요. 남자들은 왜 맨날 집에선 손 까딱도 안 하지? 만화 속 민사린만큼이나 힘들고 억울한 시기를 살고 있는 여자들의 아우성을 뚫고 끼어든 남자들의 글도 많았다. 남자도 힘들다거나, 젊은 며느리가 참아야 한다거나, 여자들이 모두 이기적이라고 욕하고 있었다.

《82년생 김지영》만큼이나 한국 남자들이 달려와 댓글 테러를 자행하고 있었다. 나이든 여성, 자기 엄마들의 고생을 옹호하는 척하면서 자기들의 여자 친구나 아내가 될 사람들을 비난하고 있는 꼴을 목 아프게 봐야 했다.

〈며느라기〉는 사실, 내가 일했던 잡지에서 연재하던 여성만화들보다 급진적이지도 혁명적이지도 않았다. 우리는 〈색녀열전〉 같은 만화로 여성혐오 단어 '색녀(色女)'를 '(索女)'로 바꾸면서 의미를 뒤집고 역할을 바꾸면서 통쾌하게 비틀고 뒤집으면서 웃기라도 했었다.

하지만 이 웹툰은 그 뒤 십몇 년이 지났는데도 그때와 하나도 달라지지 않은 명절 풍경, 시가 풍경, 결혼 상황, 남편의 어중간한 작태, 며느리의 무기력한 포지션 같은 것을 그저 사실적으로만 그린 것에 불과했다. 달라진 것이라곤 무구영이 내 나이 또래의 남편이 아니라 딸의 남편, 즉 사위가 될 또래이고 민사린이 지금 내 나이가 아니라 딸 나이와 비슷하다는 것뿐.

다만 결혼'만' 했을 뿐인데 남의 집인 시가에 가면 부엌으로 직행하고 늦게 왔다고(늦지 않았는데도) 혼나고, 같은 성씨의 남자들이 텔레비전 앞에서 입만 동동 벌려 먹거리를 재촉하며 웃고 떠들고, 성씨가 다른 남의 집 여자들은 서서 동동거리며, 요리하고 음식 갖다 바치고, 잘 차린 큰 밥상에 못 앉고 작은 상에 겨우 앉아 저들이 먹고 남긴 것을 대신 먹거나, 한 끼 때우자는 소리를 들으며 남은 음식을 처리하고 살고 있는 게 완전히 똑같았다. 나 젊을 때 겪던 일들을, 20~30년이나 지난 일들을, 만화 속에서 민사린이 그대로, 일점일획 다름이 없이 똑같이 겪으며 살고 있었다. 등장인물의 등퇴장과 이동선과 대사와 액션과 캐릭터가 하나도 변하지 않았다. 그렇게 부르짖었어도 며느리 역할은 30년 전 배우하고 완전히 똑같잖아.

애들 말대로 그림 속 이야기는 평범하고 답답해서 또래 여자들이 한꺼번에 동감을 한 거라는데, 폭발적인 반응을 보이는 댓글의 들끓음은 괄목상대할 만했다. 페이스북은 젊고 어린 여자 유저들은 드문 편인데, 10대나 20대 여성이 민사린이 시댁에서 받는 대우에, 시댁과 남편의 처사에 그야말로 들불처럼 분노하고 있었다. 거의 봉기 수준이었다. 뿐인가. '꼴페미냐', '메갈이냐' 질러대는 댓글도 수두룩했다. 시월드, 메갈, 메퇘지, 쿵쾅쿵쾅, 페미년 그런 말들을 다 댓글 타래에서 읽고 배웠다.

비말과 삿대질과 눈물이 뒤범벅된 〈며느라기〉 댓글을 관통하는 주제는 단 하나로 보였다. '사람 관계라는 게 노력을 하면 그만큼 돌아오는 게 있어야 하는데 사린이는 시댁 식구들한테 잘 보이려고 처음부터 결혼기념일도 챙기고 생일 밥상도 챙기고 자기가 할 수 있는 건 다 하는데 시댁 식구들은 사린이에게 잘 보이려는 마음이 눈곱만큼도 없음. 그냥 당연히 그렇게 해야 하는 존재.'

이 세상 어디에도 '당연히 그렇게 해야 하는 존재'의 관계는 없다. 그것을 일찍이 알게 된 2,30대의 여자들이 그래서 작가에게 이런 부탁 아닌 부탁까지 했을 것이다.

'우리 아빠 보여주게 단행본으로 만들어주세요. 고부갈등은 둘만의 문제니까 둘이 알아서 하라고 하는데, 제가 느끼기에 제일 큰 가해자는 아빠거든요. 무구영보다 더 극악무도하고 뭐가 문제인지 인식조차 못 하고, 옆에서 지켜보는 저는. 1일 1비혼! 다짐 중. 이 만화보다 현실이 더 심해요.'

시간이 흘러갔다. 어쩌면 1일 1비혼 다짐을 하고 있을 딸들과 함께 살고 있는 현재 나는 친정도 갈 수 없고 시가도 갈 수 없다.

아니, 갈 필요가 없어졌다. 친정 아버지는 10년 전에 돌아가셨고 친정 엄마는 요양원에 계시다 돌아가신 지 2년이 넘었다. 40년 넘게 시부모와 함께 살며 온갖 신산고초를 겪은 큰오빠와 새언니는 치르고 돌아서면 다가오는 봉제사에 수십 명 친척이 찾아오는 명절 차례를 지내느라 수십 년을 보내고 몸과 마음이 다 늙고 상한 후 이제 그만 종가 장손과 맏며느리 자리에 분연히 사표를 냈다. 제사에도 명절에도 '부디 찾아오지 마라'는 강경하고도 처연한 부탁의 말을 전해왔다.

새언니와 큰오빠는 40년 아니 70년 동안 차려냈을 마지막 제사상을 엄마의 49재 날 가장 성대하게 준비하고 진설했다. 크고 넓은 두 개의 교자상에 온갖 제기를 다 꺼내 올린 오방색 찬란한 제사 음식 앞에 절하고 음복하면서 늙은 새언니의 길고 긴 '며느리 기간'이 끝났음을 알았다. 그날 심은 주목 옆에 흙을 북돋아 친정 아버지, 친정 엄마의 유골을 뿌리면서 아주 오래 고향집을 못 오게 될 거라고 예감했다. 공연히 찾아가서 내 몫의 도리를 다한다는 생색을 낼 수는 없다. 새언니가 보낸 40년 동안의 며느리 삶을 봐왔고 나 또한 며느리라는 이름으로 30년 넘게 살아봤으니 완벽하고 서럽도록 그 마음을 이해했다.

시가도 마찬가지. 시아버지는 20년도 전에 돌아가셨고 시어머니가 돌아가신 지도 1년이 넘었다. 시가 큰집 큰아들과 큰며느리도 어머니가 돌아가시면서 30년 넘은 장남과 큰며느리 자리를 마감했다. 시부모 없는 시가는 이제 오라고 부르는 사람도 손짓도 명령도 없어졌다.

스물네 살에 결혼하고 한 집의 며느리가 되면서부터 맞이한 수많은 일들로 나는 정체성의 뿌리부터 뒤흔들렸다. 명절 전날부터 정규 전문직 큰며느리와 달리 전업주부이자 프리랜서라는 이유로 가장 먼저 호출됐다. 돈을 받지 않는 파출부 도우미 같았다. 처음부터 '일 없는 며느리'가 되어 생판 낯선 남의 집 부엌에서 아홉 가지 나물을 무치고 일곱 가지 전을 부쳤다. 큰아이를 낳고는 업고 안고 일하느라 밑이 빠지는 것 같았다.

아이 아빠는 동생이랑 형과 어울려 삼형제가 당구를 치러 가거나 영화를 보러 나갔다. 세 아들을 일에서 제외시켜 나가게 한 건 시어머니였다. 작은 일이라도 거들 기미를 손톱만큼만 보일라치면 시어른들이 남자들을 방으로 들여보냈다. 일하느라 얼마나 힘드니? 운전하느라 얼마나 피곤하니? 좀 자야지, 눈 좀 붙여라. 애를 업고 서서 동동거리는 나에겐 '아비 잠 좀 자게 문 닫아줘라' 했다. 남편은 방으로 사라졌다. 제 부모의 도저한 이해와 배려와 사랑을 받으면서. 둘째까지 뱃속에 갖고서는 명절 때마다 코피가 터져 베개를 빨갛게 적셨다. 친정은 한 번도 못 갔다. 명절 다음날 고모네 가족이 올 때까지 대기하다가 밥과 술상을 다시 차렸다.

내 아이들은 딸이어서 차례상 앞에 절하는 순서에서부터 장손에게 나중으로 밀렸다. 그 집에서 나의 존재는 서열 맨끝 며느리라는 자리, 그 뒤에 바로 내 딸들이 꼴찌의 위치로 서 있었다. 변비에 시달리다 집으로 돌아오면 매번 혈변을 봤다. 생리 기간도 아닌데 시뻘겋게 물든 변기 물을 내리노라면 이게 무슨 지옥의 형벌인가 싶었다.

딸들은 20년 넘게 제 엄마가 놓여 있던 며느리의 자리에서 벌어지는 일들을 말간 눈으로 다 지켜봤다. 어린아이 눈이 얼마나 투명하게 현실을 볼 수 있는지, 말 안 해도 기실은 다 알고 있는 것을 세상만 모르는 게 틀림없다. 나조차 그걸 몰랐다. 내 딸들은 그때 할머니네 집에서 며느리라는 사람인 나의 행동과 위치와 차별의 현장을 모두 캐치하고 있었다. 나중에야 알았는데 그 어린 것들이 일기장에 그림에 모두 다 기록하고 있었다. 손녀인 자기를 자꾸 뒤 차례로 미는 할머니의 말투를, 현격히 차이 나는 엄마의 밥상을, 마지막 나오는 순간까지 내가 부엌 끝에 서 있던 것을, 마지막 엄마가 하는 일이 설거지를 마치고 물 젖은 손을 닦는 것임을 다 바라보고 있었다. 결혼한다면, 딸로서의 미래 자신들 모습 위에 겹칠 수도 있는 며느리라는 존재의 불합리한 '로우 스테이터스'를 고스란히 투명하게 목도하며 자랐다는 얘기다.

세월이 흐르고 흘렀다. 딸들은 〈며느라기〉를 읽고 엄마에게 소개하고, 명절에는 혼자 쉬라고 호텔을 예약해주거나 함께 가서 묵을 리조트를 준비한다. 아빠에게는 더더욱 혹독한 일대일 스승의 가르침을 선사한다. 〈며느라기〉 속 남자 무구영처럼 가부장제에 대해 사색하고 반성하는 그림자라곤 한 톨 없이 무구하고 무기력했던 애들 아빠는 뒤늦게 《B급 며느리》를 읽고 다큐멘터리를 찾아본다. '나는 이 집에서 병들어가고 있다고! 결혼 전에 내가 얼마나 밝고 건강한 사람이었는지 생각하면 너무 억울하다'는 B급 며느리 '진영'의 울부짖음을 듣는다. 자기 아내가 겪을 때는 맹문이처럼 몰랐어도 금쪽같은 자기 딸들이 행여 겪을 일에는 걱정이 될 테니까.

어쩌면 세상의 모든 딸이 이미 '사린'이고 '진영'이다. 다큐멘터리 〈B급 며느리〉 주제곡은 맞춤하게도 산울림 노래다. '날 날 날 날 날 날 좀 놔줘요. 제발 나를 쉬게 해줘요. 지금 그냥 이대로가 좋아요. 다시 돌아가고 싶진 않아요'라는 김창완의 그 노래. 젊을 때부터 내가 좋아했던 노래다. 다시는 돌아가고 싶지 않은 '며느라기' 시절, 내 딸들이 'B급 며느리'가 되어 '며느라기' 시절을 똑같이 겪게 되는 것만은, 그런 날은 오지 않아야 할 텐데, 놀랍게도 2021년 현재 〈며느라기〉는 네버엔딩 괴담처럼 드라마로 만들어져 방영 중이다.

엄마가 가엾은 사람인 게 싫어

열여섯 살 산골 소녀가 주인공이었다. 자기 머리로 이해할 수 없으면 세상 모든 일을 납득하지 못해 어리둥절하는 좀 맹한 아이. 상상력은 그다지 풍부하지 않고 마음은 홀로 분주하고 불안에 쪼들리는 청승맞은 여자애이기도 했다. 신경줄은 빳빳하지 못해 흐늘거리고 둔하면서도 예민하고 잘 보면 궁기가 흐르지만 언뜻 보기엔 가난해 보이지 않는 진짜 가난한 소녀였다. 그 여자애의 이름은 윤이.

10여 년 다니던 잡지사가 문을 닫은 어느 시절 돌연히 방문을 걸어 잠그고 발을 묶고 장편소설을 쓰기 시작했다. 장편소설은 처음 쓰는 거였다. 열여섯 살이 되면서부터 아주 사소하고 불필요한 물건들을 친구 집 여기저기서 집어오고 주머니에 넣어 집으로 오는, 도둑질을 막 시작한 소녀의 이야기였다. 소녀는 친구 집 욕실 선반에 있는 여러 곽비누 중에 하나, 친구 책상 서랍에 뒹굴고 있는 줄 끊어진 옛날 시계 하나, 친구 집 탁자 위에 아무렇게나 놓인 1,000원짜리 지폐 두어 장이나 500원짜리 동전 몇 개, 그리고 대형 서점에 진열된 몇 권의 시집들을 훔쳐서 돌아왔다.

어떤 때는 친구 방 크로스 모양 나무 옷걸이에 걸린 줄무늬 티셔츠도 가져와 입었다. 주인공 소녀 윤이는 그런 것들을 무연히 훔치고 가져다 놓고 아무렇지도 않게 입고 끼고 사용했다. 훔쳐온 어떤 행위는 임자들이 눈치채 발각되었고 서류로 처리되기도 했다.

가끔은 원래 있던 자리에 도로 가져다 놓기도 했다. 그렇게 남에게서 가져온 것들의 액수를 소녀는 생각해보고 작은 수첩에 적었다. 정확하지는 않았다. 소녀가 열여섯에 시작한 도둑질을 멈췄을 때 남의 것이었던 모든 물건의 액수는 어림잡아 22만 원이었다. 그리고 소녀는 스물두 살이 되었다. 스물세 살이 되면서 소녀 윤이의 이야기를 매듭지었다. 윤이가 혼자 살던 낡고 좁은 다각형의 방을 떠난 나이가 스물세 살이었기 때문이었다.

아마도 어쩌면, 어쩌면 확실히 열여섯 살의 나를 주인공으로 삼았던 것일 수도 있었다. 상상 조금에 진실 더 조금 넣어 윤이는 나인가, 내가 윤이인가, 픽션인지 논픽션인지 쓰면서도 헷갈렸다. 아무려나. 얼개는 사실이되, 사건은 사실이되, 종종 상상이나 허구가 없는 건 아니었다. 글의 외피는 소설의 형상을 하고 있는데, 이야기를 지어내는 능력은 없는 것 같았는데, 왜 이 이야기를 이토록 전력을 다해 쓰고 있나, 갸우뚱하게 되었다. 열여섯의 이야기를 쓰고 있는 나는 마흔을 넘기고 있었다.

이렇게 나이를 먹어가서 이제 나는 어쩌나. 회사는 문을 닫았다. 서른 조금 넘어 시작한 회사생활을 마흔 조금 넘어 접고 나니 10년 동안 달리기만 한 것처럼 터무니없이 기진했다. 청탁을 받아 썼던 쪽글과 잡문들이 페미니즘 격문처럼 여기저기 널려 있었다. 감정의 부스러기들이 흘러넘쳐 사진 한 장 박아놓은 신문들에 돌아다녔다. 통장이야, 물론 신기할 만큼 비어 있었다.

어느 순간 들어앉아 소설을 쓰기로 한 것은 절체절명의 어떤 희망이었다. 긴 글을 쓰고 싶다. 긴 이야기를 하고 싶다. 흩어지지 않고 부서지지 않는 어떤 여자아이의 이야기를 쓰고 싶은 뜨거운 기운에 휩싸였다. 문간방 작은 책상에 앉아 몇 시간 동안 일어나지 않았다. 한겨울인데 엉덩이에 땀띠가 솟아났다. 그리고 정말 옥고를 쓰기 시작한 여느 작가처럼 머리를 싸매고 글을 써 내려갔다.

"뭐 해? 곰처럼 겨울잠 자는 거야?"

가끔 딸들이 굴속처럼 어둡고 연기 가득한 문을 열고 물었다.

"응응. 나 돈 벌고 있는 중이야. 일하고 있어. 나 돈 벌 거야."

아무렇게나 말해놓고 나서야 머리칼을 뒤집어놓은 열망의 정체를 알아챘다. 그래, 난 일확천금을 꿈꿨다. 한 달에 100만 원 좀 넘는 돈을 벌던 일은 녹아 없어진 지 오래. 머리털만 하얗게 세고 미간에 주름이 지고 있었다. 소설로 일확천금을 꿈꾸다니 소설을 쓰고 있는 행위만큼이나 소설 같았다.

열여섯 살의 소녀 윤이에게로 가는 길은 못 믿을 만큼 열정적이었다. 나는 시골 고향집 마루턱에 앉아 도시로 오려고 가방을 여미고 길을 나서고 있는 것 같았다. 그 나이에 떠났던 그 집 나무 대문이, 부엌문 빗장이 삐꺽, 끄르륵 열리는 소리가 종종 들려왔다. 처음에는 그저 우물물 길어내듯이 펑펑 글이 흘러넘쳤다. 손 놓았던 문장이 쏟아져 나와 소설을 쓰다가 시를 쓰다가 저 홀로 문학적 이야기가 솟아나와 손가락을 멈출 수 없었다.

윤이가 한 가지씩 물건을 훔쳐 오는 한 꼭지의 글을 마치자마자 옛 친구들에게 보내기 시작했다. 소설을 쓰는구나. 네가 그럴 줄 알았지. 글을 받아 보는 선배 후배 친구는 예닐곱 명. 그들은 흔쾌히 첫 독자가 되어주었다. 쓰는 사람만큼이나 열심히 읽어주었다. 피드백이 빠르게 돌아왔다.

'아, 정말 처음부터 슬퍼, 순식간에 읽히더라. 여자 이야기를 쓰는구나. 정말 재밌어. 다음 장을 기다릴게. 빨리빨리 다음 이야기 보내. 기다리기가 힘들어.'

착실하기 가없는 독자들이었다. 선하고 아름다운 지지자들이었다. (그때 그 사람들처럼 열렬하고 충직한 첫 독자를 만나긴 어려울 것이다) 독자들의 기대에 부응하기 위해 더더욱 소설 속으로 걸어 들어갔다. 윤이가 점점 자라 고등학교를 졸업하고 대학교에 입학해서 서점에서 시집을 훔치던 시절의 이야기까지 나아갔다.

마지막을 향해 가는 부분에서 윤이는 소설책과 시집을 서너 번 훔치다가 서점 직원에게 잡히고 말았다. 여느 손님처럼 판매대를 돌며 책을 살 것처럼 움직이면서 다른 손님들이 책이나 물건을 계산하지 않고 그냥 들고 가는지를 살펴보다가 진짜 도둑질을 하는 사람을 현장에서 잡는 것이 그 서점 직원의 일이었다. 소설 속 윤이는 대형 서점에서 읽던 책을 한 권 가방에 넣고 몇 걸음 걷다가 한 남자에게 조용히 팔짱이 끼어졌다. 팔짱을 끼는 사람도 팔짱 낌을 당한 윤이도 아무 소리를 내지 않았다. 그 남자가 "잠깐 같이 가시죠"라며 눈도 마주치지 않고 조용히 속삭이고는 곧장 윤이 팔에 힘을 주고 앞으로 안내해서 서점 깊숙이 자리한 어둑한 사무실로 데리고 갔다. 그냥 보면 끌려가는 게 아니라 연인이 같이 걸어가는 것처럼 아무렇지 않아 보였을 거였다. 책을 훔치지 않은 사람이라면 절대 들어가지 않을 서점 한구석 어두운 사무실로 윤이가 잡혀간 이야기까지 친구, 후배, 친구들에게 보냈던 날, '어디 공모에 넣어보는 게 어때? 단편이 아니니까 장편소설 공모하는 데를 알아보자'는 편지가 왔다. 내가 원했는지는 몰랐으나 원했던 피드백이었다.

언제나처럼 나는 돈이 필요했다. 돈을 많이 벌어서 내 공간을 만들고 싶었다. '작업실, 그 이름도 아름다운 작가의 작업실, 그것을 서울 저기, 부암동 언덕이나 옥인동 계곡 옆이나 성북동 꼭대기 골목 어디쯤에 얻을 수만 있다면, 내 방이 있다면, 나는 글 잘 쓰는 엄청난 작가가 되고 말 거야'라고 생각했다. '글을 제대로 못 쓰는 건 작업실이 없기 때문'이라 여기고 그것만 골똘히 생각했다.

결혼하고 잠깐 여행을 갔을 때를 빼고는 단 한 번도 집을 나가본 적이 없었다. 이제 사무실도 없어졌으니 내 책상도 없어졌다. 이 작은 방의 책상만이 내가 점유한 유일한 물리적, 심리적 공간이었다. 마치 방이 없어서, 작업실이 없어서 대작을 못 쓰고 있는 것처럼 완전히 몰입할 수 있는 내 공간을 간절히 원했다. 5,000만 원이 있다면, 5,000만 원만 생긴다면, 나는 작업실을 얻을 수 있으리. 장편소설 공모하는 곳을 찾아보고 상금 액수를 눈여겨보았다. 5,000만 원짜리와 1억 원짜리 공모전이 있었다.

1억 원, 1억을 소리 내어 그 액수의 사이즈를 발음해보았다. 받게 된다면 2006년에 생길 돈이었다. S일보 문학상의 1억 원의 상금이 곧 만져질 것처럼 어른거렸다. '상금을 받아서 집을 얻어야지. 홀로 그윽할 수 있는 나만의 집을 구해야지, 거기서 내리 소설을 써야지.'라고 마음을 정했다. '세금을 제하고 한턱씩 쏘고 그래도 될 거야' 하며 돈을 쓸 용처를 하나하나 기록해나갔다.

장편소설의 제목은 《외로운 폭탄》이나 《좀 사랑해주지 그랬어》라고 정했다. 윤이는 외로운 폭탄처럼 잠잠했으나 이내 터질 것 같았고 '좀 사랑해주지 그랬어'라는 말은, 윤이가 잠들 때, 사람들과 헤어질 때 울며 한 말이었다. 아직 소녀니까. 다 자란 것은 아니니까. 소녀는 성장하는 중이니까. 두 달이 종이 위로 아니 컴퓨터 화면에서 흘러가고 있었다. 나머지 한두 꼭지를 더 보냈을 때 읽고 난 나와 독자들은 공연히 들떠서 일등 당선을 따 놓은 당상이라 여겼다. 미리 1억 원짜리 작업실을 어디다 얻으면 좋을까, 떠들며 즐거웠다.

"왠지 정말 이 소설 당선될 거 같아. 미리 축하주를 좀 마셔도 될 거 같지 않니. 가고 싶은 곳 옆에 식당을 알아보고 거기서 만나서 미리 한잔하자."

주인공 윤이가 열여섯 살에서 스물두 살이 되어 작은 집을 떠나가기 직전, 소설이 거의 다 마무리될 즈음, 무던이가 열여섯을 넘어 열일곱 살이 되었다. 내 소설 주인공이 너하고 동갑이야. 한 번 읽어봐 줄래? 연기 무성한 문을 열어놓고 머리카락에 밴 냄새를 씻으려고 욕실에 들어갔다. 딸이 순순하게 읽어보겠노라 컴퓨터 앞에 앉는 걸 보고 난 후였다. 딸 나이가 주인공 그 나이라 소설을 읽어보고 어떠한가, 이야기해주면 좋을 것 같았다. 게다가 곧 당선되고 상금을 받아 소설가가 될 것이라고 믿어 의심치 않던 때라, 또 하나의 독자로서 안성맞춤일 것 같았다. 마음이 부끄럽지는 않았다. 다른 작가들 소설 읽듯이 읽어낼 줄 알았다.

긴 시간이 지났다. 목욕을 마치고 몸을 말리고 한참을 텔레비전을 보고 있어도 아이가 나오지 않았다. '뭐야. 아직도 못 읽었어…? 다음에 읽어도 돼…'라고 말하려고 무던이에게로 다가갔다.

무던이가 온 얼굴이 젖어 두 눈이 위아래가 붙을 정도로 울고 있었다. 원망인지 고통인지 미움인지 넘실거리는 눈물 속에서 빨개진 눈빛이 나를 향해 곧바로 다가왔다.

"왜…왜… 왜 이런 글을 쓴 거야? 나는 싫어. 나는 이런 글이 싫어. 이렇게 슬픈 이야기가 싫어. 엄마가…소설 속 그 애가 엄마라면… 정말 싫어…어디에도 내지 말았으면 좋겠어."

"이게 왜 그렇게 울 일이야? 아니, 소설 속 그 아이가 나 아니야! 울 일이 아니야. 울 일도 참 많다. 소설을 읽고 왜 울어. 그만 울어."

"싫어. 엄마가 이렇게 가엾은 사람인 게 나는 정말로 싫다고!!! 윤이는 너무 가엾고 불쌍하잖아. 이거 엄마 이야기잖아. 싫어, 나는 싫어. 이런 걸 왜 날 보여줘? 왜 읽게 만들었어?…."

딸이 울다, 울다 지쳐 만화처럼 눈물을 흩뿌리며 나간 방에 들어와 앉았다. 가슴이 거의 튀어나올 것처럼 두근거렸다. 도대체 어느 대목이 딸아이를 울렸나, 어떤 장면, 어떤 문장이 열일곱 살 내 딸을 발버둥 치며 울게 만들었나. 딸의 눈으로 다시 읽어보았다. 남의 소설처럼 글자들을 읽어내려갔다. 그렇게 서럽게 울 이야기는 아니잖아. 아무리 가난하고 불쌍한 소녀의 이야기라 해도 나는 울면서 쓰지는 않았단 말이다. 방을 나가버린 딸이 윤이를 어떻게 자기 엄마의 논픽션 다큐멘터리의 주인공이라고 알아채버린 것일까. 열여섯 살의 어떤 소녀인 나와(나 아니야), 그때 열여섯 살을 살아낸 내 딸의 뜨거운 부딪침은 핏줄이라서, 그런가. 도리질 치며 부정하면서도 무던이가 읽어낸 선명하고 서러운 마음이 만져질 듯 잡혀서 손발이, 가슴이 와들와들 떨리며 열이 올랐다.

그해 겨울, 어쩌면 받을 상금의 1억 분의 일이라도 쓰겠다며 10만 원인가, 20만 원을 미리 챙겨 들고 간 간송미술관 옆에 있던 조그만 일식집을 지금도 선연히 기억한다. 성북동 언덕 어느 돌길 위에 구보다 스시가 있었다. 간결한 디자인의 간판이 붙어 있는 흑백사진 같은 집이었다. 불빛이 난하지 않았고 화려하지 않았지만 어두침침하진 않았다. 아는 집처럼 다정하게 붙어 있던 조그만 나무문을 기억한다. 거기서 먹었던 요리마다 동양화처럼 놓이던 접시들을 기억한다. 사케, 바스락 발음하며 얼음에 재워져 있던 하얀 술, 두꺼운 잔에 델 것처럼 뜨거웠던 히레 사케 속 미미하나 강력했던 물고기 지느러미 냄새를 기억한다.

"이렇게 좋은 것을, 이렇게 예쁜 것을, 이렇게 맛있는 것들을. 이다음에 상금 타면 열 번이라도 여기 와서 먹게 해줄게. 오늘 먹은 그대로 또 사줄게."

독자 네댓 명과 예비 당선 작가인 나는 윤이와 함께 공연히 세상을 떠나온 것처럼 부풀어 올라 자꾸 허세를 부렸다. '그래, 윤이야. 여기로 잘 왔어'라며 스물두 살 윤이를 맞이하듯이 내 이름을 불러주었다. 윤이가 숨어 살았던 그 방을 나와 가야 할 곳을 여기로 미리 정한 것처럼 동네를 둘러보았다. 간송미술관 근처 여기, 성북동 여기 언덕길 어디쯤 작업실을 얻을 요량이었으니 구보다 스시에서 미리 축하 모임을 한 것은 적절하고 맞춤한 선택이었다.

무던이가 제발 아무도 보여주지 말라는 소설 원고를 투고했다. 보내기 전에 이름난 소설가 선배가 한 번 더 읽어주었다. 정성을 다해 읽어주셔서 책 만들 때 교정 보듯이 프린트한 종이에 빨간 줄이 가득이었다. 1,400매 원고와 대사에 빽빽하게 코멘트를 달아주었다. 주인공을 성장시키라고 했다. 자라지 않는 아이처럼 계속 윤이를 울고만 있게 내버려두지 말라고 했다. 제목마저 칭얼대고 있다고 해서 《외로운 폭탄》이자 《좀 사랑해주지 그랬어》로 지었던 것을 《개와 늑대의 시간》으로 바꾸었다. 작가인 선배 말과 무던이의 말이 맞물려 들어갔다. 여자아이가 가엾게 보이는구나. 윤이가 징징거렸구나. 소녀의 마음을 자라게 하고 의젓하게 하고 덜 슬프게 고쳐 썼다.

1억 원짜리 공모에 우편으로 보냈다. 줄여서 1,300매로 보낸 나의 첫 장편소설은 그러나 일등 당선작으로 뽑히지 못했다. 나의 소설은 일곱 명을 뽑아낸 예선 당선작에 뽑히는 걸로 끝났다. 당선 심사평이 실린 신문에 《개와 늑대의 시간》과 내 이름이 올라가고 두세 줄의 심사위원 평이 작은따옴표로 실렸다.

'한 여자의 성장 과정이 섬세하게 다뤄지고 잘 읽히는 문장이지만 기존 여성 성장 소설들이 이룬 성과를 뛰어넘지는 못했다.'

어쨌든 나는 소설가의 레테르를 붙이지 못했고 작업실도 구하지 못했다. 소설은 노트북 구석 창고에 들어갔다. 종종 '열여섯 살부터 스물두 살까지의 윤이를 사랑했었다'라고 말해주는 친구들과 술을 마셨다.

각설하고. 10년도 더 지났다. 이후로 몇 편의 소설을 더 써보기는 했으나 어디에도 내본 적은 없다. 저 소설도 다시 읽어본 적은 없다. 《개와 늑대의 시간》으로 공모했던 소설은 컴퓨터 폴더 'forgotten works'에 들어 있다. 제목은 다시 원래대로 바꿔서 저장했다. 애초대로 《좀 사랑해주지 그랬어?》로. '맘대로 칭얼거리렴' 하는 마음이었다. 아무래도 윤이는 정말 무던이 말대로 어린 나였는지, 딜리트 키를 누를 수가 없다.

무던이는 어른이 되었다. 자기 나이 열일곱 살이 되던 해 겨울, 엄마 방 컴퓨터에서 소설을 읽고 통곡하며 울어댄 것을 기억이나 하고 있을까, 궁금하다. 엄마가 왜 그렇게 가여웠니? 물어보고 싶었다. 나는 정말 가엾게 컸나. 스스로에게 물어보면 두 개의 대답이 나온다. 아주 가여웠던 것 같기도 하고 아주 유복하고 따뜻했던 것 같기도 하다. 엄마, 아버지가 남달리 몸이 불편했던 것만 빼면, 뭐 그리 내세울 만한 고생을 한 것도 아니니까. 그 시절 또 하나의 독자는 이런 말도 했다. 칭찬을 받고자 했던 내 마음을 콱 쥐어박듯이. 뭐. 하. 러. 쓴. 거. 야. 그. 소. 설. 대답을 온전하게 돌려주었는지는 기억나지 않는다. 다 지나갔다.

"내 인생은, 그때 내 짧은 소녀 시절은 너무 불행했어요. 하지만 내가 지금 이 꼴이 된 건 내 잘못이 아니에요."

어느 소설에서든 이런 종류의 문장이 나오면 내 글인 양 적어 놓았다. 그렇다 해도 내 어린 시절에 저 홀로 출렁였던 불행과 외로움을 내 아이가 겪게 할 순 없어, 나의 모토로 정해놓고 둘이나 낳고 키웠다. 다 큰 무던이가 어느 날, 마흔쯤 되어 방 안에 틀어박혀 또 다른 윤이의 이야기를 쓰게 될까 봐 종종 두렵다. 미륵이가 제 나이 열여섯 살부터 스물두 살까지의 삶을 소설로 쓸까 봐 영화로 만들까 봐 가끔 졸아붙는 마음이 된다. 나는 정말 딸들의 소녀 시절을 모르고 있는 것 같아서. 그 어떤 픽션의 글에 가엾은 한 여자아이가 나타날 수도 있을까. 만약 읽게 되면 '나는 네가 이렇게 가여운 게 정말 싫다고'라며 소리 지르며 울게 될까.

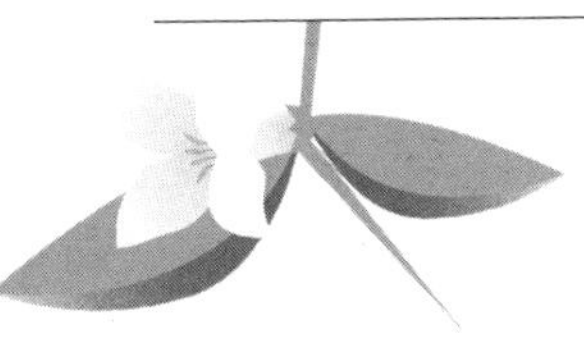

사랑이시다,
배워서 되돌려줘야 해

천애 고아인 내 친정 엄마의 생신날은 정월대보름이다.

내가 고등학생이 되던 해였던가 보다. 설날 지나고 정월대보름날을 보내고 나면 고등학교를 가기 위해 집을 떠나야 할 날이 얼마 남지 않았을 2월의 어느 날이었을 거다. 대보름날 전날 저녁 오곡밥을 먹고 아침 생신상을 차리는 부엌을 언뜻 들여다보다가 아버지가 새벽참에 드시고 둔 귀밝이술을 한 입 대보고는 부럼으로 땅콩을 깨물면서 엄마에게 물었다.

"어떻게 이렇게 좋은 날을 타고 나신 거야?"

그저 일종의 축사이자 말 떼는 용도였을 뿐인데 대답은 황당 아니 당황스러웠다.

"진짜 태어난 날이 언제인지 나도 모르지. 주민등록증 있잖아. 그거 만들면서 적어 놓은 날이 오늘일걸. 아니지. 내가 이 집에 살러 온 첫날인가."

여하튼 내 엄마의 엄마는 아이를 낳자마자 돌아가셨는지 얼마쯤 살다가 헤어졌는지 내 엄마는 자신의 엄마에 대해 아무 기억이 없다고 했다. 엄마 이름도 얼굴도 전혀 몰랐다. 내 엄마야말로 엄마 없이 평생을 홑몸으로 외롭게 산 사람이다. 없기로는 엄마뿐이랴. 아버지도 언니도 오빠도 동생도 없는 혈혈단신이었다. 아주 어릴 적에 어딘가에서 풍문으로 언니가 있다는 소식을 듣고 엄마는 큰오빠와 큰언니랑 방방곡곡 수소문을 한 적이 있었었다. 하지만 살아있으면 엄마의 언니이자 내게는 유일한 이모가 될 어떤 사람의 행방은 찾을 수 없었다. 주민증 자체가 없었던 엄마는 수양엄마를 만들어 그 딸로 들어가면서 생일을 정월대보름으로 맞은 거였다.

그렇게 만든 엄마의 생일 중 2013년의 기억을 잊을 수 없다. 다 잊는다 해도 노랗게 박힌 그 날의 풍경은 잊히지 않는다. 아버지 돌아가시고 네 번째 맞는 엄마 생신날. 여섯 자식 중에 셋이 엄마를 찾아 고향 집을 찾아왔다. 큰아들이야 원래 같이 사니까 그냥 있는 것이고 나머지 둘은 맏딸 큰언니와 막내딸인 나다.

나머지 아들인 둘째 오빠는 딱 보름 전 설날 행사로 아들답게 아내랑 자식들 데리고 다녀간 터라 잇대어 바로 오기 힘든 모양이었고 딸인 나와 큰언니는 설날에는 각자 시가에 가느라 친정엄마를 못 뵈었으니 생신날 찾아오게 된 거였다. 나머지 두 딸은, 그저 멀리 살고 먹고 살기 바쁜 모양이었다. 여섯 자식에게 딸린 손자 손녀들이 어릴 때는 왁자지껄 마당이 미어지게 모일 때도 있었으나 이번엔 어떤 손자 손녀도 찾아오지 않았다. 모두들 컸고 모두들 바빴다. 외할머니네 집이라면 싫은 표정 하나 없이 곧잘 따라오는 내 두 아이도 시험을 치르는 날이거나 해야 할 공부가 있어 이번엔 불참이다.

엄마는 언니와 내가 현관문을 들어서는 걸 보면서부터 불편한 다리를 끄을며(꼭 이렇게 써야 한다. 평생을 꼬부려 앉아 일하느라 허리고 무릎이고 관절염이 심해서 잘 걷지 못한다), 비닐하우스에 자라고 있는 겨울 시금치를 가운데가 다 닳은 창칼로 다듬고 쪽파를 뽑아 가지런히 늘어놓고 양지바른 땅에 일찍 싹 틔운 냉이를 캐느라 분주했다. 이제 간다고 나설 때 얼른 차에 담아줄 요량인 것이다. 저 비탈진 밭둑에 쪼그리고 앉은 엄마 연세는 여든넷.

언제부턴가 엄마의 불편한 걸음걸이를, 합죽해져 말려들어간 입술을, 꺼져버린 양 볼을 정면으로 바라보지 못하게 되었다. 그

연세에도 불구하고 늘 새까맣게 염색약을 바르는 바람에 흰머리가 반 넘어 차지한 나보다도 더 까만 머리카락 때문에 더더욱 마주보기 민망하고 안쓰러웠다. 여든넷이 되어도 엄마의 자식인 나를 향한 체념 같은 레퍼토리는 똑같다.

"내가 너한테 잘해준 게 하나도 없어서."

"어린 것을 서울에 보내놓고 해멕인 것도 없어서 니들만 보면 미안해서 아주 똑 죽겠다."

정면으로 잘 마주 보지도 못하는 주제에 나는 골백번 들은 그 말들을 듣기가 싫어 중간에 뚝 잘라버린다.

"이제 좀 그만하시지. 언제까지 그 말을 들어야 해. 아주 귀에 인이 박혔다고."

밭 아래는 논이다. 비스듬한 밭두둑에는 연보랏빛, 연초록빛 냉이가 소록소록 올라와 있다. 호미를 깊이 찔러 파면 아직 살얼음이 딸려 나오고 거름을 많이 한 비옥한 땅이 겉이 녹고 풀어져 질척거린다. 냉이라도 양껏 캐주겠다는 일념으로 엄마의 허리와 다리는 비스듬한 언덕에 사선으로 얹혀 있다. 경사진 밭둑, 경사진 몸, 경사진 마음. 그 옆에서 냉이를 캔다.

"아이고, 너는 아직도 나생이를 그렇게 못 다듬어 캐니? 캘 때 흙을 털어서 가생이를 정리해야 낭중에 먹기 편하지. 지금 그렇게 막 흙덩이 채로 집어넣으면 또 한 번 손이 가지 않니?"

엄마의 검은 봉지에 든 냉이는 깨끗하게 다듬어져 있고 내 봉지에는 누런 잎을 옆에 달고 흙마저 덜렁거리는 냉이 천지다. 이런 지청구는 그러나 달게 들을 수 있다. 몇 발자국 떨어져 봄 냉이를 캐면서 지금 이 모습이 언젠가 간절하게 그리워지고 아플 것 같은 예감에 몸이 떨렸다. 저 사선으로 기울어진 엄마, 무릎이 아픈 것도 잠시 잊고 재바르게 손을 놀려 냉이를 캐는 늙은 엄마. 사진을 찍어놨다. 엄마는 정갈해진 냉이를 큰언니 꺼, 내 꺼, 집에서 먹을 거 따로 몫몫이 신문지에 싸 담아두었다. 엄마가 지난해 봄 꺾어놓아 삶아 말렸다가 불려 볶은 부드러운 고사리나물, 산에서 따다가 말렸다가 볶았을 취나물, 김장 때 걸어 말렸다가 들기름에 달달 볶은 시래기나물, 시루에 물 줘가며 키워놓은 노란 콩나물, 명절 차례상에 올렸다가 고이 모셔두었다가 채 썰어 넣은 배가 사각사각 씹히는 칼칼한 물김치에 백화수복 두어 잔을 마시면서 이른 저녁을 먹었다.

친정집에 가 앉으면 나는 무슨 장 보러 온 오일장 술꾼처럼 행세했다. 괜히 큰오빠에게 술도 밥도 권하고 한탄이 늘어진 새언니 말에 맞장구도 쳐주면서 막내딸이 이리도 늙었으니 다들 오래들 사신 편이라며 흰소리도 지껄이면서 얼굴이 불콰해졌다. 시어머니인 엄마 속과 며느리인 새언니와 맏아들로 한생이 저물며 구부러져가는 오빠의 썩어가는 속을 헤집었다가 풀어지게 만들어

보느라 담장 밖으로 내 목소리만 울려 퍼지게 만들었다.

이제는 환갑을 넘겨 새언니가 아니라 '헌 언니'가 되어버린 올케가 손수 만든 시루팥떡에 콩가루 인절미에 고춧가루, 땅콩에 참기름에 볶은 나물 반찬에, 바리바리 엮은 보퉁이와 엄마가 신문지에 여며놓은 각종 나물과 야채까지 싸가지고 하루 만에 돌아왔다. 몇 번의 생신을 더 맞이할 수 있을까. 4년이 지난 아버지의 무덤은 봉분의 잔디가 깎아놓은 밤톨처럼 깨끗하고 엄마는 아버지 무덤을 보며 '나도 곧 저리로 가겠지'라며 공연히 들으란 듯이 한마디를 뱉었다.

무턱대고 챙겨온 것들은 부지런히 찾아 먹어도 확 줄어들지 않았다. 그로부터 보름쯤 더 지났을까. 냉장고 정리를 하다가 야채가 물렀겠다 싶어 늙은 엄마 정성을 생각해서라도 다듬어 먹고 버리려고 냉이와 쪽파를 싼 신문지를 벗겼다. 작년 날짜가 박힌 농민신문이 눅눅하게 젖었다가 힘없이 찢어졌다. 처음엔 발견하지도 못했다. 누렇게 시들어 끝이 바랜 쪽파 끄트머리에 노란색의 접힌 종이가 보였다. 머리를 틀어 올린 신사임당의 얼굴 반쪽이 나타났다. 색깔마저 누렇고 퍼런 쪽파하고 거의 똑같아서 5만 원짜리 지폐 한 장은 눈 밝은(?) 나니까 발견했지 다른 사람이 풀었더라면 그냥 버렸을 성싶을 정도로 하릴없이 보호색을 띠고 있었다. 신사임당 한 장은 더 깊이 속에 숨어 있었다.

우리 손녀딸들 설빔도 못 해줬다며 선물 받은 양말을 싸주고 기름값이나 하라며 자꾸 내 주머니에 넣는 엄마의 세뱃돈을 신경질을 내며 안 받았더니 결국 쪽파 속에 숨겨 넣은 모양이었다. 시들어버린 쪽파 꾸러미와 축축하게 젖은 신사임당 얼굴을 쳐다보면서 한참을 냉장고 옆 바닥에 앉아 있었다. 돌연 조용해진 부엌으로 냉장고를 뒤지러 나온 딸내미가 쪽파와 5만 원짜리 돈과 핏기 빠진 내 얼굴을 번갈아 보더니 "어이구, 외할머니…" 하고 웃고야 말았다.

"엄마, 돈에서 파 냄새가 나겠다."

다른 집 딸들은 매달 몇십만 원씩 친정 엄마 용돈도 드린다던데, 철철이 옷도 구두도 사드린다는데, 나는 그러지도 못했다. 그래도 이게 뭐란 말인가. 쉰이 다 되어가는 막내딸이 안쓰러워(엄마의 기억 속의 나는 열일곱에 집 떠나던 그 순간에서 꽉 멈춰 있는 것 같다) 용돈을 줄라치면 50만 원을 주든가, 500만 원을 주든가 하지, 도대체 쪽파 속에 숨긴 5만 원짜리 두 장이 뭐란 말인가. 엄마의 마음을 진심으로 받으려면 청승이 몰아칠 것이다. 궁상도 아주 수준이 높아지셨군. 킁킁거리며 냄새를 맡아보고 깨끗하게 펴서 장지갑 속에 가지런히 넣었다. 저 5만 원을, 10만 원을 어찌 써야 잘 썼다고 소문이 날까. 뭘 사야 옳을까. 저것은 앞으로 나의 비상금이자 부적이 될 것이다. 시든 파도 다 다듬어 한 올도 버리지 않고 썰어

담아 냉동실에 넣었다. 파가 뿜어낸 진액 때문인가. 눈시울이 파르르 떨렸다. 그러면서도 엄마가 평생 품어온 자식에 대한 평생의 죄의식과 미안함이 못내 버겁고 거추장스러워졌다. 혼잣말로 중얼거렸다. '엄마, 내 아이가 벌써 그때의 내 나이도 넘었어요. 이제 그만 멈춰도 돼요. 엄마 없이 살던 외로운 시절, 다 잊었다고요.'

친구에게 쪽파 속의 돈 사진을 보내며 냉이 캐던 이야기를 해줬더니 '사랑이시다! 배워서 되돌려줘야 해'라는 답장이 왔다. 사랑이시라고? 그 마음을 다 배워서 사랑으로 되돌려주어야 한다고? 궁상과 청승으로밖에 안 보였던 그 풍경이 사랑의 행위라는 말?

분명 감동을 받긴 받았는데 정확히 어떤 지점인지 모른 채로 시간만 흘러가, 이제 엄마는 비탈진 밭둑에 봄나물을 캐지 못하고 옆 나무에 뿌려져 있다.

엄마 제사는 내가 모시니까 좋더라

'갈랍'이라는 단어가 떠올라서였다. 이제는 갈랍을 부쳐야지. 몇십 년 전 엄마 목소리가 종종 귀를 넘나들었다. 가을쯤 돌아오는 시향 제사에 추석이나 설날이면 부모, 조부모, 증조부모 기제사까지 지내는 종갓집에서 자란 탓에 제사 관련 의례나 음식 준비하는 걸 자주 보고 도왔다. 여러 날 전부터 콩을 불리고 갈아 펄펄 김이 나는 가마솥에 두부를 쑤고 알알이 녹두를 맷돌에 갈아 두툼한 전을 부치고 나무틀에 눌러 담아 탁탁 다식을 빼내는 것들을 상시로 보았다. 돼지를 잡아 고기를 나누고 간을 나눠 먹는 사람들을 봤다.

아버지는 수돗가에서 닭을 잡아 털을 뽑고 모래주머니를 다듬었다. 두부를 부치고 녹두지짐이나 갈랍을 할라치면 장작불로 숯을 만들어 빨갛게 불을 피워 화로에 담아놨다. 불덩이 위에 '가생이'를 잘라내 꽃잎날개처럼 접은 양철 덮개를 놓고 둥그런 솥뚜껑을 뒤집어 올렸다. 옆 옆에 기름병을 준비하고 무를 손잡이처럼 철(볼록할 凸)자 모양으로 깎아 기름을 따라놓은 종지에 담갔다. 갈랍 양푼이 오면 전 부칠 준비 끝.

흙 다져진 봉당은 화로의 자리다. 나나 엄마, 전 부칠 사람은 마루 끝에 앉는다. 돼지고기와 간을 잘게 다진 것에 파, 당근, 두부, 숙주를 다져 넣고 계란을 여러 개 깨서 섞어 저은 되직한 갈랍 반죽거리를 뜨겁게 달군 번철에 한 숟가락씩 올려서 지글지글 익히면 된다. 뒤적이며 부쳐낸 노랗고 거무레한 갈랍은 채반에 한 김 나가게 올리거나 그전에 내가 몇 개 집어 먹는다. 제사상에 올릴 것을 먼저 먹으면 안 된다면서도 기름지고 따뜻하고 간간하고 부드러운 갈랍을 내가 먹고 입에 넣어주면 엄마도 손사래를 치며 맛있게도 먹었다.

결혼을 해서 권 씨네가 아닌 황 씨네 제사를 지내러 가보니 과일 빼놓고 제사 음식이 판이하게 달랐다. 우리 집에서 갈랍이라고 부르던 그것을 동그랑땡이라 불렀고 동그랑땡은 반죽을 한 후 손으로 동그랗고 두껍게 빚어서는 밀가루와 계란 푼 물을 묻혀 부쳐냈다. 속까지 익으려면 약한 불에 부쳐야 타지 않으므로 시간이 꽤 걸렸고 바닥에 앉아 부치느라 다리가 저렸다. 다 익은 동그랑땡은 너무 동그랗고 통통해서 먹기에도 퍽퍽한 편이었다.

생전 처음 보는 대왕문어가 통째로 한 마리 꽃 모양으로 턱 올라가 있는 것은 족히 시각적인 충격이었다. 바다가 없는 충북 산골 종가 운운하는 우리 집 제사상과 바닷가 동네 통영이 고향인 시어머니의 제사상은 냄새부터 달랐다. 비린내라곤 간갈치, 간고등어, 조기 두어 마리에서만 맡아본 나는 온갖 생해산물이 풍기는 비린내에 정신이 혼미해졌다. 들기름 냄새 없이 식용유와 참기름만으로 만들어내는 요리도 낯설었다.

문화 충격을 연달아 받으면서 옛날 엄마, 갈랍이 있던 제사상이 그리워졌다. 아무튼 수십 년 동안 '갈랍'이란 단어는 내 머릿속에만 살아있었다. 오랫동안 모든 사람들이 동그랑땡을 부치고 먹었지 갈랍을 부쳐 상에 올리진 않았다. 그랬는데… 엄마, 시어머니 다 돌아가시고 이제 내가 그분들 기일을 맞이하는 상황이 되었다. 시간은 흘러가고 사람들은 왔다가 사라져간다.

처음으로 제사를 차려 지낼 궁리를 한다. 아주 골몰해서는 아니고 그냥 자연스럽게 '엄마 제사'라는 말을 떠올린다. 무슨 음식을 할까. 제사 음식은 잘 아는 편이다. 돌아가신 엄마가 좋아했던 것 몇 개, 살아있는 딸들이 좋아하는 것 몇 가지를 준비해서 가만히 인사나 해볼까 하는 마음을 먹어본다. 그때야 몇십 년 전 웅웅 소리를 내며 보이는 것처럼 갈랍 부치던 풍경이 선명하게 떠올랐다. 새해가 된 지 열흘이 지났다. 제사는 돌아가신 날 전날, 살아있던 날로 잡아 밤에 지내는 거라 하니 제삿날 하루 전이다. 새벽 3시까지 이런저런 생각에 뒤척인다.

일찍이 출판사에서 《나는 제사가 싫다》라는 책을 만들었던 내가, 공영방송 9시 뉴스에 그 책을 쓴 필자를 인터뷰하게 만든 내가, 결혼해서 시댁에 가 낯선 제사상을 차리면서 혈변을 쏟아냈던 내가, 먼저 태어난 우리 딸보다 늦게 태어난 큰집 아들을 앞세워서 절하게 한 시어머니에게 한을 품은 내가, 언니, 오빠 다섯 명이나 있는 막내인 내가 순하게 엄마 제사 지낼 마음을 먹는다. 시키는 사람 없고 강요하는 사람 없어 밀어붙이는 이도 없으니 그냥 그렇게 된다. 그까짓 제사쯤이야. 싫고 좋고 할 이유도 없다. 그저 내 엄마니까. 얼굴도 모르는 이름도 모르는 할아버지, 할머니, 증조부모님이 아니고 더더욱 아무것도 모르는 시가 어른들을 모시는 것도 아니니까. 아무래도 제일 중요한 것은 누구도 나에게 제사상을 차리라고, 그것이 옳은 일이라고 가르쳐대는 사람이 없어서이다.

당신이 살아있다가 떠났다는 것을 내가 알고 있다. 그 얼굴을 잊지 않았다는 기억의 흉내라도 내고 싶으면 내가 차리고 인사하면 되는 거지 큰아들, 큰 손자, 큰 며느리 쳐다보고 이제나저제나, 설마, 혹시 하면서 욕할 일은 아니므로 내 마음은 정녕 맺힘 없이 움직여진다. 내가 제사를 지내자. 시장을 가야지. 적을 부쳐야지. 머리 닭을 사야지. 흰 고물 떡을 사야지. 동태전, 두부, 고사리, 도라지, 시금치, 무나물, 콩나물을 무쳐야지. 과일 그리고 포도를 사야지. 반드시 '환타'를 사야지.

감주를 만들 수는 없겠구나. 테이블보를 흰색으로 바꿔야지. 교자상도 버려서 없구나. 제기도 하나 없는데 흰 접시면 되겠지. 아버지가 지방 쓰는 것을 여러 번 봤기에 알지만 인터넷을 뒤져 다시 한자를 알아봤다. 그런데 지방을 써서 올려놓을 위패가 없구나. 기다란 촛대도 없다. 향도 친구에게 다 주었으니 피울 향도 없고 향로도 없다. 여행 가서 사온 동남아식 촛대를 찾아야지. 언젠가 불붙이고 기도했던 하얀 몽당 초를 꽂아야겠어. 종갓집 막내딸로서의 눈이 보배다. 순식간에 제사상이 한상 그려졌다.

엄마가 가르쳐준 음식은 식혜 만드는 법이 마지막이었다. 식혜라 하지 않고 감주라고 불렀던 엄마는 안 쓰는 보온밥솥에 삭히면 된다고 했다. 우리 집에 머물던 겨울이었다. 질금이 있니? 엿질금. 누룩도 아니고 엿기름도 아니고 엿질금이라고 했다. 시장에서 엿질금을 사다가 고두밥을 지어 낡은 보온밥솥에 넣었다가 들통에 넣어 다시 끓였었다.

그러고 보니 제사를 지낼 때 펴둘 병풍도 없다. 작년 내 생일날 죽은 내 친구가 쓴 글씨로 만든 8폭짜리 귀한 병풍은 일종의 혼수처럼 내 손으로 시댁에 가져다드렸었다. 《명심보감》을 서예로 쓴 그 병풍을 우리 집으로 다시 가져와야겠다고 이빨을 깨물며 다짐하는 새벽이다.

시부모도 다 돌아가신 시가에 덩그러니 놓여 있을 세상 떠난 친구가 만든 서예 병풍을 가져오면 어쩌면 시어머니 제사도 내가 지낼 수 있겠다, 그렇게 마음이 먹어진다. 그 집도 더 이상 아무 제사도 지내지 않겠다고, 올 필요 없다고 선언했다.

엄마와 새언니는 제사 때마다 두부를 직접 만들었다. 펄펄 끓던 가마솥 속 두부 국물이 떠오른다. 겨울 제사에는 얼음 속에 갇힌 두부를 꺼내 노르스름하게 구웠다. 구멍이 조금씩 뚫려 있던 단단하게 살얼음 낀 두부 모양이 아직도 선연하다. 아. 그 다식판은? 밤 가루, 송홧가루, 콩가루, 참깨 가루, 볶아서 말린 멥쌀가루, 까만 깨 흑임자 가루를 꿀에 반죽해서 5개의 다식판에 꾹꾹 눌러 만들어낸 다식 만들기를 좋아했다. 무늬가 어땠더라. 국화꽃, 태극무늬, 격자무늬, 6개의 동그란 꽃잎들이 박혀 있던 송화다식, 흑임자다식, 밤다식들은 제사가 끝난 후 모든 음식을 다 먹고 난 후 정 먹을 게 없을 때나 먹곤 했다. 다섯 개의 구멍이 파진 길쭉한 다식판은 어디로 갔을까. 송화다식, 깨다식 만들던 엄마의 두

툼한 손과 손짓은 어느 세상으로?

빨갛고 노랗고 하얗고 분홍줄 무늬가 있던 동그란 옥춘(玉瑃) 과자. 제사상에도 올리고 혼례상, 환갑상 같은 잔치 큰상 차리기에 반드시 올렸던 촌스럽게 예뻤던 옥춘 사탕의 정직한 단맛을 기억한다. 옥춘당. 박하 맛 저승캔디. 군것질이 드물던 시절 그 옥춘당은 쌀독에 넣어두었다가 어느 날 찾아 먹으면 혓바닥이 빨갛게 물들었다. 밥알이 붙어 있던 가벼운 산자, 끈적거리며 늘어나던 약과, 그리고 그 갈랍. 제사를 지내려고 했던 정서의 근원이 갈랍이었네. 아직도 그런 말을 쓰는 사람이 있을까. 내일이 제사인데 꼭두새벽 홀로 깨어 그 단어를 찾아본다. 고향은 충북인데 충남말로 나온다.

갈랍 명사

'돈저냐'의 방언(충남)

1. 동그랑땡이나 생선전 등 작은 전을 가리키는 말.
2. 갈랍 = 肝納의 변성어. 제사음식. 소의 간 또는 살코기를 잘게 다져서 계란을 풀어 동그랗게 모양내어 붙여서 올리는 안주격의 제물. 맛이 담백하고 부드러워 어린아이나 노인들이 먹기에 알맞다. 간랍干納, 肝納. '간납'의 변한 말.

제사 당일 아침, 두 번으로 나눠 시장을 봤다. 많이 살 것도 아니니 가장 좋은 것으로만 샀다. 잘 다듬은 굴비 세 마리, 뼈를 발라낸 동태전거리, 단감 다섯 개, 배 세 개, 사과 한 박스, 돌아가시기 며칠 전 먹고 싶다던 포도, 씨가 있어 못 넘기셨으니 샤인 머스켓으로 한 송이, 살아생전 그리 좋아하던 환타 세 캔, 백화수복 한 병, 잡채, 삼색나물, 녹두전 세 장, 흰 고물 묻힌 떡 한 장, 버섯전이랑 곶감을 샀다. 조율이시, 홍동백서 다 지키고 싶었지만 그것은, 마음만으로 충분하리라 생각했다.

최종적으로 이가 없어도 고기를 먹고 싶어하셨던 엄마를 위한 소고기 산적거리를 샀다. 마지막으로 소고기 한 근을 갈고 돼지고기 한 근을 갈아 두부와 당근과 양파와 쪽파를 다져 '갈랍' 반죽을 만들었다. 동그랗게 빚어 동그랑땡 모양으로 만들어 딸 먹게 만들고 엄마를 위해서는 부드럽고 촉촉하게 만들었다. 소고기 산적 세 장이야 굽기만 하면 되니까 갖은양념으로 재워놓았다. 쓰다만 초를 물에 닦아 씻어 말렸고 지방은 한글 문서마당에서 프린트했다. 위패가 없어 하얀 스탠드 달력 뒤에 지방을 붙였다. 엄마 아버지 손잡고 오시라고 두 사람 신위를 다 올렸다. 낮은 교자상이 아니어서 입식 식탁 위에 제사상을 차렸다. 누구도 부르거나 알리지 않아서 우리 가족뿐이었다. 재택 근무하던 작은딸이 상 앞에 서면서 검은 바지를 입었고 서둘러 퇴근한 큰딸이 손을 씻고 검은 스커트를 입었다.

제기가 없어 그저 흰 접시에 올려놓은 탓에 '본 데 없는' 제사상처럼 휘뚜루마뚜루 올린 건데도 딸들이 '정성 그 자체'라고 감동했다. 영정사진 대신 조그만 액자에 새로 찾은 사진을 꽂았다. 내가 학교 다닐 때 서울 구경을 와서 어린이대공원 벚꽃나무 아래 서 있는 젊은 엄마 모습이다. 모두 진설하고 나니 하나같이 어설퍼 보였지만 붉고 노랗고 파랗게 놓인 과일과 여러 전들이 제법 반가의 제사상 같아 보였다. 작은 원목 상에 백화수복 한 병을 주전자 한 개에 담고 퇴주잔으로 다른 주전자를 놓았고 돗자리가 없어 요가 매트를 길게 깔았다. 놀랍고 대견하게도 제사 모시기 바로 전에 무던이가 현관으로 달려가 철문을 활짝 열고 "할머니 할아버지 들어오셔야지"라며 스토퍼를 괴어놓았다. 영하의 찬바람이 세차게 들어왔다.

녹차 잔 두 개를 놓고 다 같이 모시는 첫 절을 올렸다. 나는 제사가 싫다고, 제사상 차리느라 여자들만 죽어난다고 제사를 없애야 한다고 절규하던 내가 이러고 있다. 막내딸이자 나름 제주인 내가 먼저 절을 하고 잔을 올린 후 나 없는 시간 동안 장모인 엄마를 찾아봐 준 막내 사위가 절을 올렸다. 어릴 때부터 많이 봐왔던 지라 딸들도 자연스럽게 외할머니 앞에 읍(揖)하고 있었다.

어른스럽게 곱고 사랑스럽게 무던이가 나의 엄마에게 잔을 올리고 절을 했다. 그다음 둘째 미륵이가 잔을 올리려다 맨발인 것을 알아챘다. 고개를 숙이다 보니 맨발이었던 것. 아이는 바로 뒤의 서랍에서 까만 양말을 꺼내 신고 키득 웃으면서 절을 올렸다. 할머니 생전의 시댁 제사에서 그랬다면 바로 혼쭐이 났겠지만 우린 모두 막내답다고, 역시 제일 어려서 남다르다고 같이 웃었다. 미륵이는 심지어 지금 지내는 것이 제사라는 걸 까먹었는지 마치 세배 드리는 아이처럼 "아프지 마시고 건강하세요"라고 새해덕담 같은 절 인사를 했다. 아무리 새해가 된 지 며칠밖에 안 지났다 해도 그렇지, 게다가 이미 돌아가신 지 2년째인데 '아프지 마시라'니. 철모르고 생뚱맞은 그 모습조차도 귀염성이 흘렀다. 엄마가 살아계셨다면, 여기 오셨다면 딸내미 머리 쓰다듬으며 웃어주었을 거였다.

탕 대신 물에 밥을 말아드리고 숟가락, 젓가락을 여기저기 꽂아드리고 어서 드시라고 뒤로 물러나 요가 매트에 나란히 앉았다. 마지막 이별의 절을 하고 철상하기 전에 음복을 나누었다. 무던이는 어릴 때부터 외가에서 먹어봐서 백화수복을 꽤 좋아하는 편이다. 우리는 스탠딩 파티에 온 사람들처럼 입식 테이블 주위에 서서 퇴주 주전자의 청주를 나눠 마시고 갈랍을 한 점씩 먹었다. 마른 눈물이 두어 방울 흘렀던가. 이런 제사라면, 이런 마음이라면 엄마뿐 아니라 아버지, 남편, 엄마, 아버지 제사라도 내가 다 차려줄 수 있을 것만 같았다.

나는, 우리는 2021년 1월 현재, 시대에 역행하는 사람인가. 제사가 싫다고 주장하던 페미니스트가 아니라 수구적이고 보수적인 전통 중시주의자로 변한 무지몽매한 사람이 된 것인가. 다들 없애거나 간소하게 줄이는 이때 가지가지 차려놓고 둘러앉아 허례허식을 중시하는 사람이 된 것인가. 제사 자체가 싫었던 게 아니었구나. 남의 딸인 며느리들에게만 효와 정성과 일 더미를 강요하는 암묵 혹은 노골적인 남자들의 태도가, 뻣뻣하고 뻔뻔한 부계질서가, 딸 차별 여자차별이 소름 끼치게 싫었던 거였다. 그걸 다 떠나보내면 그저 하나밖에 없었던 엄마가 돌아가신 날을, 단 하루 기억하는 몸짓이면 되는 거였다.

막내딸인 내가 차린 엄마 제사는 어쩐지 우리 집 누구 생일을 맞은 것처럼 조금 즐겁기까지 했다. 이 제삿날, 엄마 고향 큰오빠와 큰며느리가 제사를 지냈는지 나는 묻지 않았고 궁금하지도 않았다. 여기저기 살고 있는 세 명의 언니와 작은 오빠가 제사를 차렸는지도 묻지 않았다. 다만 차린 제사상을 단톡방에 보냈다. 엄마는 양력을 모르고 음력만 아시지만 그냥 양력으로 오늘 두 번째 제사 지내요. 엄마 좋아하는 소고기 산적이랑 동그랑땡이랑 환타, 술, 과일 사서 간단하게 지냈으니 멀리서 인사나 해주세요. 멀리서라도 그냥 오늘이라고 기억이라도 하면 좋겠다고 했을 뿐, 어떤 말도 아무것도 서운하지 않았다.

마지막 절을 마치고 무던이가 현관문을 닫았다. 찬바람이 너무 세차게 들이닥치고 있었다.

"벌써 문을 닫으면 어떻게 해? 아직 여기서 안 나가셨을걸?"

"에이. 괜찮아. 아직 안 나가셨으면 그냥 여기서 계속 사시라고 하지 뭐."

내 딸의 말이 하도 예쁜 데다 정다워 나는 그냥 아이를 껴안을 뻔했다.

"엄마 죽으면 뭐 놓을까? 엄마가 해주던 음식을 기억해서 놓아야 할까. 우리가 만들어야 할 텐데 언제 배우지? 음식은 하나도 못 하잖아. 콜라는 당연 차갑게 해서 놓아야 할 거고, 온 더 보더 퀘사디아 놓아줄까? 나초랑 살사도?"

"떡국 해줘. 김치만두랑. 죽어서 너희들에게 오게 되면 먹고 싶은 것이 그다지 많지는 않지만. 가만있자, 떡국, 리코타 치즈 샐러드, 만두, 그래 콜라 한 캔, 그거면 충분해. 너무 많나?"

산적이 너무 맛있어, 동그랑땡도 정말 맛있어(갈랍이라고 한단다)를 연발하며 딸들이 저녁을 먹는 동안 방에 들어와 보니 철상하며 내 방으로 옮긴 달력에 붙인 지방이 그대로였다. 아까 제사 마치면서 태워서 올려야 하는 건데 잊은 거였다. 곳곳이 허방이군. 뒤늦게 불을 붙여 지방을 태웠다. 개수대에서 훨훨. 프린트해 뽑은 지방 두 장이 불꼬리를 물고 재가 되며 날아올랐다.

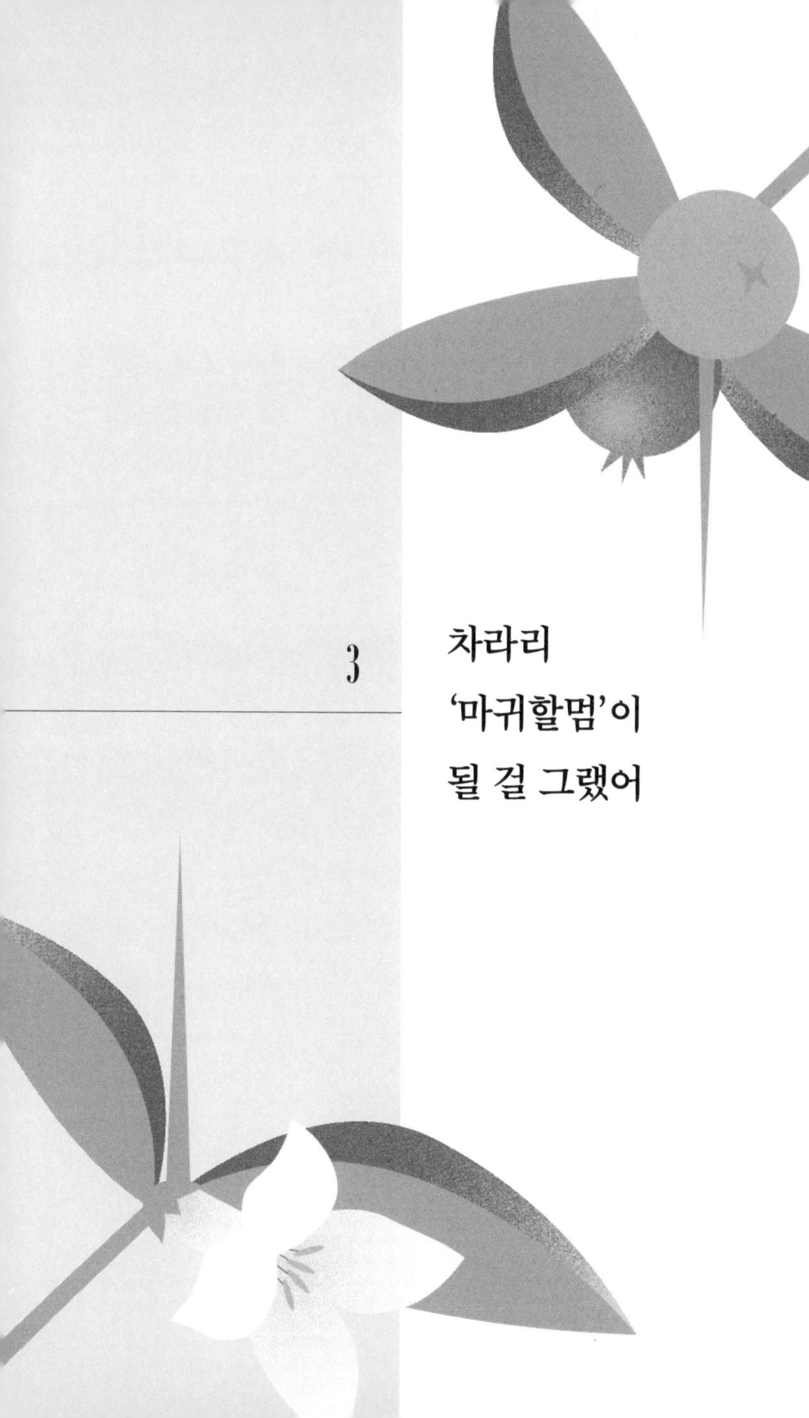

3

차라리 '마귀할멈'이 될 걸 그랬어

진짜 할머니가 될 수 있을까

#1.

90년생 무던이의 생일이 다가온다. 92년생 미륵이의 생일은 엊그제 지나갔다. 2월 마지막 주 무던이 생일까지 지내고 나면 긴 겨울이 끝이다. 문자 그대로 봄이 온다. 식구 네 명 모두 온몸이 오그라드는 겨울 한복판에 태어났다. 음력으로 동짓달, 12월에 내가 태어났고 크리스마스 며칠 전 아이들 아빠가, 새해가 되는 1월 말에 미륵이가, 2월 말에 무던이가 태어났으므로 모두 덜덜 떨며 세상 밖으로 나온 셈이다. 한겨울 석 달 동안 생일 케이크에 크고 작은 촛불이 잊을 새도 없이 켜지고 꺼진다. 케이크를 좋아하는 사람이 없어 촛불 꽂았던 자리에 옅은 곰팡이가 필 때쯤 새 케이크를 들여온다.

생일이 지나면 나이가 바뀌니까 해마다 바뀌는 네 사람의 나이를 기억하기 어렵다. 기억할 만하면 숫자는 커지고 뚱뚱해져 버린다. 점점 많아져서 내 나이조차 헤아리기도 헷갈리지만 딸들 나이까지 몇 살인가, 꼽다 보면 손가락이 저릿해지는 느낌이다. 내 생일인 12월 중순에 우리들은 아무 데도 나갈 계획을 잡을 수 없었다. 생일 파티 여행은커녕 코로나 바이러스로 괜찮은 식당 한 군데도 나갈 수 없다. 거리 두기가 나아질까, 확산세가 줄어들까, 행여나 가능할까 서성거리다가 모든 외출을 포기했다.

지난 5년 동안 내 생일은 무던이와 같이 간 휴가여행에서 맞았었다. 굳이 특별한 날이라고 명명할 필요조차 없었다. 어차피 매일매일 네 명이서 집밥을 지어먹고 집에서만 모여 있었으니까. 특별식을 만들었대도 '집밥'이 되니까 특별하고 새로운 표정이 지어지지 않았다.

아니, 별다른 것이 있기는 했다. 엄마 생일이라고 며칠 전부터 두런두런 뭔가를 준비하는 두 딸의 움직임을 봤다. 기대해도 좋아. 저녁에 일찍 퇴근하고 모두 모여 생일선물 증정식도 하고 미리 재워놓은 갈비에 향기로운 와인도 마실 요량이었다.

생일이 되는 날 새벽, 부고를 받았다. 친했던 친구가 이 세상을 떠났다. 그토록 아팠는지 몰랐었다. 다른 나라로 떠나기 며칠 전 만나 잘 다녀오라며 손수 만든 집 모양의 열쇠고리를 주던 친구, 몇년 전 그날도 우린 딸들의 미래를 이야기했었다. 얼음이 박히는 것 같은 겨울 거리로 나가 먼 곳에 있는 친구의 빈소를 찾아갔다. 어떻게 죽은 거야? 두 딸을 남겨놓고. 친구가 죽은 날이 내 생일인 것이 기가 막혀 정신없이 눈물이 나왔다. 여고 때부터 몇 번이나 생일축하를 거듭 해주었던 친구 얼굴이 영정으로 걸려 있다니. 생일 파티를 해주려고 기다리고 있다는 두 딸 전화를 받으면서 눈앞에서 울고 있는 상복 입은 친구의 두 딸을 보는데 도대체 현실 같지 않았다.

늦은 밤에 돌아왔다. 아직 살아있는 나에게 정교하고 아름다운 앙금 케이크와 줄줄이 묶은 돈다발을 선물로 내밀었다. 투명 풍선 꽃다발 속에 웃고 있는 두 장의 내 얼굴 사진이 들어있었다. 한 친구가 보내준 생일 꽃다발이 한쪽에서 시들고 있었다. 생일 밤은 친구가 죽은 날, 슬피 울며 마신 술로 이슥고 저물어 필름이 끊겼다. 발인하는 날, 양말을 두 켤레를 겹쳐 신었다. 살아있으니 그렇게 추위가 느껴졌다. 화장장에서 두 시간, 꽁꽁 언 땅에 친구를 묻었다. 수목장 나무는 갓 심었는지 작고 어렸다.

며칠 후 아이 아빠의 생일, 환갑이었다. 딸들은 다시 숨 가쁘게 환갑 기념 기다란 현수막을 준비하고 케이크를 준비했다. 아무래도 환갑 생일인데 까부라지는 몸을 추슬러 나도 여러 음식을 준비했다. 고우나 미우나 스물 즈음에 만나 이때까지 살고 있으니 무섭고도 고마운 인연이었다. 흰 바람벽에 인생은 60부터, 세 번째 스무 살 축하 문구 위에 머리칼 하얘진 얼굴이 새겨져 있는 현수막이 펄럭거렸다. 요령부득의 기이한 한 해가 저물었다.

미륵이 생일에는 내 생일 때 받은 쿠폰으로 케이크를 사고 꼭 먹고 싶다는 뷔프 부르기뇽을 직접 만들어주었다. 무던이 생일 때는 아빠 환갑 생일 때 받은 쿠폰으로 케이크를 장만할 것이다. 아이들 생일은 내가 출산한 날, 가장 수고한 사람은 낳느라 수고한 나란 사람이다. 낳아준 사람으로서 경하 또는 치하받으며 먹을 수 있었던 생일 음식마저 이 팬데믹 상황에선 내가 다 준비해야 한다. 어른이 되었어도 딸들이 부엌에서 엄마, 아빠 생일상을 차리지는 않는다. 자기들 낳아줬다고 자기 생일날 엄마를 위해 생일 밥상을 차릴 리는 만무한 일이다. 게다가 엄마, 아빠 다 집에 있는데 자기 생일 미역국을 스스로 끓일 일은 더더욱 일어나지 않는다. 부엌은 아직 아이들의 공간은 아니다.

이상한 세상에서 맞은 무던이의 생일날. 네 명 옷 입은 꼬락서니가 그야말로 가관이다. 코로나 바이러스로 발이 묶인 심상치 않은 날들이라 화장이고 패션이고 무감각해진 지 오래인데, 심지어 생일은 일요일이다. 네 명 모두 세상 사람 아무도 신경 쓰지 않을 가장 편한 옷차림을 하고 일어났다. 머리카락은 산발이고 걸친 거라고 해봤자 수면 바지에 늘어진 티셔츠에 뒤꿈치 닳아 너덜너덜한 양말이다. 머리카락은 제멋대로 흐르고 뻗치고 얼굴에 베개 자국이 선명하게 남아 있는 사람마저 있는데, 그거야 당연 나의 얼굴이다. 30년 전에 너희들을 낳고 나는 이제 베개 자국도 잘 안 지워지는 탄력 0퍼센트의 피부가 되어 있단다.

"이제 너 나이 셈하는 것도 장난 아니다. 어떻게 나이를 그렇게 먹어버린 거야. 밥 먹지 않아도 배부르겠다. 장하다 장해. 근데 말이야. 너희 둘 낳을 때마다 이 몸이 기절을 했다는 거 알지? 생일 때마다 선물 챙기고 나서 기억이나 해주길 바란다. 너희들을 낳다가 한 여자가 사선을 넘나들었다는 것을. 너희들 나이보다 훨씬 어릴 때 그런 중차대한 일을 두 번이나 한 사람이 이 사람, 바로 나라는 것을. 이 몸은 서른 살도 되기 전에 아기를 둘이나 낳았다니까."

나는 부러 기운을 내어 떠들어봤다.

아이들이 나란히 서서 허접한 수면 바지랑 덕지덕지 꿰맨 잠옷 원피스를 입고 휴대폰에 띄워놓은 '땅끄 부부' 스트레칭 비디오를 따라하면서 합창하듯 말했다.

"알지, 알지. 우리 낳을 때마다 얼굴도 못 보고 혼절한 거. 한

두 번 들었나. 그 영웅 탄생의 날 이야기를. 근데 엄마. 그렇게 목숨 걸고 낳아놓은 딸들이 이렇게 커서 이렇게 훌륭한 사람이 되었잖아. 세상에 도움 되는 우리같이 훌륭한 사람이 된 거, 얼마나 자랑스러울까. 아, 얼마나 자랑스럽겠어? 그 마음 짐작도 안 되네. 자랑스럽지 엄마?"

(말줄임표) (말없음표) 계속 침묵 중이다.

지금 나는 무슨 이등신, 삼등신 꼬마 인형 탈 쓴 애들 나오는 애니메이션을 보고 있나. 화면 전면에 선 트레이너들은 헛둘! 헛둘! 저리도 박력 있고 힘차고 절도 있게 움직이는데 딸내미 둘이 따라하는 동작은 아무리 봐도 어설퍼서 웃음을 참을 수가 없다. 팔 동작도 다리 동작에도 텐션이라곤 하나도 없다. 흐느적흐느적 고무다리 같고 근육이 어디 숨어 있나, 몸짓이 영 하찮아 보여서 내 자식이어도 한숨이 솟아난다.

"너희들이 아기를 갖고 온 힘을 다해 죽을 것처럼 힘주어 낳은 애들이 너희처럼 자라나서 생일을 맞고 너희 눈앞에서 이렇게나 훌륭한 몸짓으로 운동을 하면서 '엄마, 나 자랑스럽지?'라며 으쓱거리는 걸 보았으면 좋겠는데. 너희들이 엄마가 되어봐서 지금의 내 이 오묘한 심정을 느껴봤으면 좋겠는데. 어때? 그럴 생각 없어? 내가 낳은 아기가 마구마구 자랑스럽게 커서 돈도 벌고 잘난 척도 하는 거 보고 싶은 마음 안 들어? 지금 너희 둘이 얼마나 귀여운지 모르지? 아, 정말 혼자 보기 너무 아까워. 너희도 내 마음 똑같이 느끼고 싶지 않아?"

"오오 노노. 네버. 꿈꾸지도 마세요. 난 그럴 일 없음. 단호. 언니에게 부탁해봐."

미륵이가 가녀린 팔을 앞뒤로 흔들며 말했다.

"우우 노노. 절대. 나도 그럴 일 없을 듯. 한 살이라도 더 젊은 동생이 기회가 더 많을 테니까 걔한테 희망을 가져봐. 야. 넌 한 번 애기 낳아봐. 귀여울 거 같지 않아?"

스쾃 동작을 하면서 무던이가 숨을 고르면서 빙글빙글 말했다.

"아, 그럼 어쨌든 나는 할머니가 될 수는 없겠네. 나이 들고 더 들어 몇 년 지나 환갑 지나고 진갑 지난 그런 할머니는 당연히 되겠지. 몇 년 더 안 죽고 살아있다면 자연적으로 할머니가 되고야 말겠지. 진짜 할머니 말이야, 딸이 낳은 아기가 한마디씩 말을 배워서, 할머니, 할머니, 뒤뚱뒤뚱 걸어와 안길 그런 할머니가 될 일은 없을 건가. 언젠가 할머니가 될 수 있을까. 나이가 들어서 되는 자연적인 할머니 말고 딸들이 만들어주는 생물학적 의미의 진짜 할머니! 나 한 번은 할머니 되어보고 싶기도 해."

"난 안 될 거 같아. 언니가 가능성 있을 거 같아. 나는 진짜 아기가 별로야. 내 한 몸 살아가기도 힘든데 그 어린 걸 어떻게 낳고 키워?"

아직 스트레칭 체조는 끝나지 않았다. 여전히 팔다리를 움직이며 푸시업을 하고 있다. 내가 그림을 그릴 수 있다면 지금 이 코믹하고도 호러블한 장면을 그려보고 싶다. 생일에 딸들과 널브러져서 나누는 대화의 내용과 자세가 완전히 시트콤 장면 같다. 이런 말을 하는 나나 딸들이나 뭐 그다지 열의도 강박도 없이 떠드는 소리다. 전염병 창궐한 시대가 아니라면 요즘 우리는 셋 다 요가 학원을, 체육관을, 발레 학원을 다니면서 그나마 사람 꼴을 하고 심신을 단련 중일 것이다. 세상이 여의하게 흘러가는 날들이었다면 긴 겨울 큰딸 생일 점심, 외식이라도 나가서 주광빛 등불에 얼굴 윤곽을 살리면서 제법 진지하게 한치앞도 모르겠는 서로의 앞날에 대해서 이야기를 나누었으리라.

무던이와 미륵이가 체조를 마치고 각자의 휴대전화를 들고 자기 방으로 들어갔다. 꿈이란 여지없이 모순적이다. 딸이라 해도 남의 인생이 통째로 걸린 생로병사, 통과의례를 내 것처럼 가져와 꾸는 꿈은 불합리하다. 중구난방 떠들어봤지만 외할머니가 되어보고 싶은 것이 진짜 정밀한 욕망의 한 조각인지는 알 수 없다. 그래도 딸을 낳은 기억이 나름 선연하게 떠오르는 생일날, 이런 터무니없고 맥락 없는 꿈을 꿔볼 수 있는 것 아니겠나. 마틴 루터 킹의 연설 첫 대목처럼, 아바의 노래 첫 구절 'I Have a dream'처럼 시작해보자면.

#2.

나에게도 꿈이 있었다. 소녀인 딸이 소년 친구를 집에 데려오는 꿈. 숙녀가 되어 청년친구가 생겨서 나와 사이좋게 지내는 꿈. 애인이 생기면, 남편이 생기면 더 다정하고 더 좋은 사이가 되어 같이 놀고 술 한잔 나눠 마시는 꿈, 같은 것들이. 중학생도 안 된 어릴 때부터 그런 꿈을 꾸었다. 유치원 다닐 때부터 호시탐탐 좋은 엄마가 될 기회를 노렸다. 어떤 소년이 하트 엽서를 보내올 때, 또 다른 소년이 여행 다녀오면서 선물을 사왔다고 예쁜 소리 나는 풍경을 가지고 온 날, 정작 딸보다 내가 더 설렜다. 어서 서로 좋아하는 사이가 되어라, 기대를 키웠다. 내가 못한 어린 시절이나 젊은 시절의 연애를 생각해보면서 딸이 연애를 하게 된다면 나 대신, 아름답고 건강한 관계를 맺는 걸 보고 싶었다. 그리고 곁에서 돕고도 싶었다. 연애의 행로를 딸의 사귐을 통해 복기해보고도 싶었다. 단연코 집착이나 간섭, 통제하고픈 건 아니었다. 진짜 영화 같은, 만화 같은, 현실 같지 않은 꿈같은 거였다.

내가 제대로 할 수 없었던 연애라는 것은 무엇이었을까. 젊은 시절의 나에겐 마음에 둔 사람이나 내게 마음을 준 사람에 대해 이야기해 볼 사람이 아무도 곁에 없었다. 나의 연인에게 관심을 기울이거나 인성이 어떤지 살펴보거나 만나보고 조언해줄 어른이 없었다. 나쁜 사람인지 좋은 사람인지 눈여겨봐 주는 사람이 하나도 없다는, 그 고아 같은 막막한 마음. 그 시절 어려서부터 사귄 남자 친구를 온 가족이 다 알고 있는 내 친구의 행운이 참으로 부러웠었다. 내가 지금 이런 사람을 만나고 있다고 터놓고 말할 수 있는 엄마가 있기를 얼마나 바랐었던가. 그런 좋은 엄마가 되어주고 싶다는 꿈을 갖고 있었다.

나만큼 너를 사랑해줄 사람이 있었으면 해

참 괜찮은 엄마가 되어주고야 말겠다는, 기적처럼 멋진 엄마가 되어주겠다는, 누구도 기대하지 않을 오기에 찬 각오에도 불구하고 딸들은 감감소식이었다. 중학생 지나 고등학생이 되어도 대학생이 된 후에도 소개시켜주는 사람 하나 없었다. '혹여 마음에 안 든다 해도 뜯어말릴 것이 아니니 언질이라도 주면 좋겠다'고 해도 여전히 종무소식이었다. 그렇게나 사람들에게 인기가 없나. 호감을 표시하는 사람이 없으면 먼저 좋아진 사람이라도, 짝사랑 상대라도 말해보라 해도 어느 이름도 흘러나오지 않았다.

세상이 하도 험하고 사람 마음이 워낙 조변석개일 거라 지레 짐작하고 마음조차 안 내보는 걸까 싶어 물어본 적이 있었다. 내가 너무 기대에 차서 남자 친구나 애인이 생기기를 기다리는 것 같아서 아주 신중하게 생각하게 되었다는 거였다. 좋아하는 사람이라야, 진짜 오래 갈 것 같은 사람이라는 믿음이 생겨야 엄마에게 말해줄 텐데 그런 사람은 아직, 없었다는 대답이었다. 딱히 남자 친구라는 이름을 붙이고 얼굴을 마주하게 인사를 시킬 정도로 깊은 관계는 없다고 했다. 우리는 행여 인사를 시켰을 때 맘에 안 들면 뱉어내는 '내 눈에 흙이 들어가더라도', '이 결혼은 반댈세'와 같은 드라마의 뻔한 말들을 흉내 내면서 농담과 장난을 해봤을 뿐.

설마 30년이 다 가도록 한 번도 누군가를 좋아하거나 좋아해 주는 사람이 없었단 얘기일까. 그럼에도 불구하고 그럴 리야 없지. 한두 번 조금씩 흘려버리듯 전해준 이야기가 있긴 있었다. 다정하고 어여쁜 마음을 가진 사람인 이상 호감을 주고받은 사람이 단 한 명도 없을 리 없잖은가. 아주 옛날 내 첫사랑 상대를 말했을 때 큰언니가 그랬던 것처럼 딸들 앞에 무릎을 맞대고 바투 앉아 이야기를 들었었다.

날이 가고 해가 가도록 줄곧 메고 다니는, 랩톱을 넣어 여행을 다니고 있는 낡은 가방은 딸의 예전 남자 친구가 딸에게 선물한 것이다. 기억이 잘 나지 않는 어느 날 그 사람의 이름과 나이를 들은 적이 있었다. 언뜻 휴대전화로 사진 한 장을 보여주면서 '사귀기 시작했다'고 말했다. 드디어 오래 기다린 순간을 맞이한 거였다. '그래. 그래. 어떻게 너를 안 좋아할 수 있겠어?'라며 설레발을 쳤지만 설핏 들은 그 이름과 나이와 윤곽이 각인되지 못한 그 얼굴을 완전히 잊을 때까지 내 눈앞에 데려오는 일은 생기지 않았다.

어느 날 딸이 꽉 찬 책상 서랍과 책꽂이와 옷장을 정리하고 있었다. 주섬주섬 책과 수첩과 사진과 옷과 가방과 편지들을 버린다며 쌓아두고 있었다. 버려질 운명으로 분류된 물건들은 아직 온전한 데다 좋은 거였고 심지어 나한테 필요한 것이었다. 가방은 더더욱 내가 갖고자 했던, 사려고 했던 브랜드의 심플한 디자인이었다. 헤어진 지 시간이 지났다고, 이제는 만나지 않는 사람이 준거라 했다. 선물받은 것들을 죄다 재활용함으로 가져가려는 그 찰나 내가 주워서 들여놨다. 어린 나이에 어쩌면 저리 단호하고 미련을 남기지 않을 수 있나, 존경심마저 일었다. 나는 이 나이가 되도록 그 어린 날 친구에게 받은 편지, 엽서, 레코드판 한 장도 버리지 못하고 있는데. 그리하여 지금까지 몇 년째 얼굴도 몰랐던 딸의 옛 남자 친구가 선물했던 그 가방을 쓰고 있다. 그 가방을 메고 도서관을 가고 카페를 가고 머나먼 탄자니아, 스리랑카 여행을 다니면서 온갖 데를 친구처럼 데리고 다녔다.

언젠가는 얼굴 마주하고 앉아 물어봤다.

"왜 사람을 안 사귀니? 다른 집 딸들은 고등학교 때부터 남자 친구를 데려와 인사시킨다는데, 다른 집 아들들은 벌써부터 여자 친구 선물은 물론 여자 친구 엄마에게도 선물을 한다던데, 그래서 내 친구인 엄마들은 탄식도 하고 환호성도 지르는데 왜 너희는 감감무소식인 거야? 너희들 태어날 때는 아들 선호사상이 최고조일 때라 아들들만 줄곧 낳고 여자아이들은 안 낳고 없앨 때라 남자가 여자보다 훨씬 많거든. 아이러니하게도 지금 얼마나 여자가 귀한 시절인데!"

한 호흡을 고르고 들려준 대답은 솔직한 데다 길었다. '간섭과 참견이 싫어서 속칭 소유물처럼 주장하는 게 싫어서, 사귀기로 하자는 결정을 내린 1일부터 '이제 너는 내 여자 친구!' 하고 못박는 게 싫어서, 밤마다 잠들기 전까지 전화로 이야기하기를 원해서, 기념일을 챙겨야 하는 게 번거로워서, 자꾸만 서로의 만남을 축하하고 환기해야 하는 것이 귀찮아서, 어디에서 누구와 현재 무엇을 하고 있는지 시시콜콜 알려줘야 한다는 게 어이없어서, 내 일, 내 공부 내 생각에 바빠 잠시만 소홀해도 관심을 쓰지 않는다고 칭얼대서, 사귄다고 결정하면 그의 미래와 현재에 큰 관심을 쏟아주기를 원해서'였다.

연애의 진행이 어려워지는 상황들을 정확하게 이해할 수 있는 이야기였다. 왜들 사귀기 시작하면, 서로의 애인이 되자는 말을 시작하면 해야 하는 게 이토록 많아지냐며 황당하다고 했다. 세상에서 말하는 여자 친구로서의 애교와 배려, 관심과 집착, 챙김과 케어, 달달한 이야기들 나누기, 일거수일투족을 공유하고 공감해야 서로의 애인이라는 규정을 적용한다면 나 같아도 싫어질 일이었다. 아무튼 '서로 사랑하는 사람 사이에서라면 당연히 요구하고 스스로 챙겨야 한다는 부담 때문에 헤어지게 된다'는 대답을 듣다 보니 완벽할 만큼 이해됐다. 나도 똑같이 그러니까. 좋아서 만나더라도 너는 너, 나는 나. 내 삶의 많은 부분은 너와 함께하지만 나의 삶 자체는 온전히 나의 삶, 그렇게 생각하고 살아왔다. 성장이 아니라 훼손이라면? 관심이 아니라 집착이라면? 그런 관계라면 지속할 이유가 없다.

딸들이 한국 젊은 여자의 평균치였으니 조금이나마 호감을 주고받을 남자들도 한국 젊은 남자의 평균치에서 그다지 벗어나지 않을 것이다. 그렇게들 평균치의 두 사람이 만나서 사귈 것이다. 그러나 평균치의 상대방이 원하는 것이 연인이라면, 여자 친구라면, 당연히 이래야만 한다고 주장하는, 일대일의 폐쇄적 관계와 소유욕, 관심을 뒤집어쓴 통제 욕구라면 여자에게 좋을 이유란 없다.

다정과 배려라는 이름으로 쳐들어오는 간섭과 집착이 싫어지는 것이야말로 당연한 일이다. 지금 내가 정교하게 맞춰놓은 나의 루틴과 나의 미래를 향해 나의 리듬에 맞게 걸어야 하는 길을 연인이라는 이유로 붙잡는 거라면? 내 생각과 내 일에 관심과 애정을 쓰는 것이 당연한데도 그걸 나눠주지 않아 짜증내고 불만을 토로한다면? 너는 여자니까 모른다고 무시한다면? 지금 내 삶의 무늬를 디자인하느라 궁구하고 애쓰는 중이라면 애인이란 극구 피할 만한 존재가 되는 것이 불 보듯 뻔한 일이었다. 딸아이는 좋아하는 사람을 주려고 수제초콜릿과 쿠키를 만들던 수많은 향 가루와 과자 빵틀, 자수 실 뭉치를 버리고 한때 설레며 같이 찍은 사진들을 버렸다.

나라도 섣불리 남자 친구, 애인이라는 관계를 들이대며 '일대일 독점적 배타적 관계'를 요구해온다면 십 리 아니 백 리를 달려 나갈 거였다. 내가 좋아하던 사람들도 거의 다 자신만을 봐주기를 원했다. 자기의 꿈, 자기의 현재와 미래, 자기의 고민을 자기 일처럼 중대하게 여겨주길 바랐다. 여자 친구가 자기와 똑같은 시간을 쓰고 똑같이 미래를 꿈꾸고 결정하고자 고민하는 사람이라는 속 깊은 배려나 이해를 하는 사람은 많지 않았다.

그래서였을 것이다. 딸들은 아주 먼 곳에 있는 사람, 책이나 텔레비전 영화에서나 볼 사람, 차라리 가질 필요가 없는 사람, 내 맘껏 그냥 좋아할 수 있는 사람, 만날 수 없어서 개인적 관계를 맺을 필요 없는 가수나 배우, 작가들을 멀리서, 가만히 오래 성실하게 좋아했다. 현실에서 개인적인 관계로 얽히게 되면 따라오는 '리얼', '찐' 인간관계에 돌입해 다른 의견을 제시하고 말하고 표현하고 다투고 싸우고 울고불고해야 하는 게 옳다는 연애의 정석을 푸는 걸 원치 않았다. 차라리 같은 관심사를 가진, 소리 내어 싸울 필요 없는 동성 친구들을 소중하게 여겼다. 시간이 생기면 남이 키우는 강아지와 고양이를 지켜보며 아무리 퍼내도 줄지 않는 애정의 우물을 길어 올렸다. 그렇다 해도 아직 나는 기다리고 있다. 터무니없게도 그 애들과 연결된, 연결될 사람들에 대한 고귀한 기대를 버릴 수는 없다. 내가 이토록 사랑하는 딸을, 내가 혼절할 정도로 온 힘을 다해 낳은 딸을, 내가 엄마라서 무작정 사랑하는 마음보다 더욱 사랑하고 이해해주는 사람이 있다면 그것은 얼마나 기막히게 좋은 것일까. 그런 사람이 있다면, 아이들 앞에 나타나 옆에 서 준다면 상상만으로도 행복했다. 누군가가 나를 사랑하는 것보다 더욱 기껍고 고마운 마음이 될 게 틀림없었다.

허허실실, 농담처럼 그러나 진심으로 언젠가 말해본 적이 있다.

"너희들 남자 친구가 생기면 딱 한 번 나를 업어보라고 해보고 싶어. 그 사람이 몸은 물론 마음도 튼튼한지 딱 한 번만 반응을 보면 알 거 같아."

마르고 가늘고 힘이 세지 않은 딸들은 나를 업어보려다가 휘청거리거나 앞으로 고꾸라지곤 했다. 한 번도 마음 놓고 업혀보지 못한 게 아쉬웠다. 혹시나 예비사위에게라도 업혀보고 싶었다는 말을 듣자마자 딸들은 기함하며 도리질을 했다. 소위 요샛말로 '빻은' 소리를 하는 꼰대로 보인 모양이었다.

"이런, 이런 엄마였다니. 당신 배운 사람 맞아요? 오오. 영원히 이루어지지 않을 꿈을 꾸시는군요. 차라리 우리가 열심히 운동해서 한 번이 아니라 원 없이 업어줄게. 우리가 아무리 힘없어도 엄마 정도를 못 업을 체력은 아니지! 딸을 믿어."

"하루빨리 우리가 튼튼해질게. 근육을 키워볼게. 팍팍 업어줄게. 그런 소리는 이제 그만."

"사위에게 한 번 업혀보는 것도 안 돼? 칠순잔치 그런 거 보면 사위들이 장모 업고 막 한 바퀴 돌던데? 업고 막 노래도 불러주고. 좋아 보이던데?! 그런 일도 없으려나."

혀를 차며 아이들이 내 옆을 떠났다.

일부러 전형적인 옛날 할머니 흉내를 내보면서 주고받는 말들이 재미있었는데 저렇게 되도 않는 농담을 할 때가 차라리 좋았다. 이제는 점점 더 세상이 무서워지고 남자들이 흉악해지고 포악하고 잔인해져서, 사실은 나조차도 연애를 해보라거나 결혼은 어떠냐고 권하지 않게 되었다. 이즈음은 남자 사람을 마음 놓고 사귀다가 헤어질 수 있는 세상이 아닌 듯했다. 뉴스를 보면 세상의 모든 남자들이 연애하면서 여자의 몸과 마음을 착취하고 디지털 범죄를 저지르고 폭력을 자행하고 있다.

좋다는 마음을 거절하면 앙심을 품고 해쳤다. 만나지 말자 하면 스토킹하고 무참히 죽였다. 이별을 말하면 끊임없이 괴롭히거나 폭력을 썼다. 싫다고 하면 협박하거나 자해했다. 집까지 찾아와 죽이고 거절당한 여자들의 가족들도 죽였다. 이별 살인 뉴스들이 뉴스 하나 잊히기 전에 연이어 터졌다. 결혼한 후에도 폭력을 휘두르고 '가스라이팅'을 했다. 어렵사리 이혼한 후에도 때리고 죽이겠다며 여자를 찾아다니는 남성들이 수두룩했다.

무얼 믿고 남자 사람을 만나 사랑을 하고 연애를 하고 결혼을 해보라고 말할 수 있을까. 수많은 날들을 딸들과 함께 죽어가는 여자들의 이야기들을 보고 들으며 소스라치게 놀랐는데 하도 많아 충격이 무뎌질 정도다. 이제는 장난으로라도 농담으로라도 아무하고나 사귀어보라고 말할 수 없다. 사람은 여럿을 만나봐야 알 수 있는 법이라고 도저히 이야기할 수 없다. 진정 안타까운 것은 어딘가에는 괜찮은 사람이 분명 있을 거라고, 꼭 좋은 인연으로 만날 누군가가 있을 거라고 믿을 수 없다는 것이다. 그런 사람이 진정 없을 수도 있다.

그래도 그런 사람이 생기기를 바랄 것이다. 내 사랑하는 딸을 내가 사랑하는 정도만큼이라도 사랑해주는 사람이 이 지구상에 있다는 걸 확인할 수 있는 때가 오는 꿈을 아직 버리지는 못하고 있다. 이 세상에 사랑을 이유로 내 딸을 죽이지 않을, 폭력적이지 않고 다정하고 따스한 사람이 한 명이라도 있을 수 있기를. 이제는 꿈의 색깔이 흐릿해지고 희박해지는 것인지 아니면 더 정확해지고 선명해지는 것인지 모르겠지만, 그 대상이 생물학적으로 남성이 아니어도 괜찮다. 더 간결하게 말하면 사람이 아니어도 괜찮다.

차라리 '마귀할멈'이 될 걸 그랬어

스무 살인가, 개나리가 피고 떨어진 자리에 연두 이파리가 나고 벚꽃이 흩날리며 벽 쪽으로 모여 분홍 무덤이 되던 4월, 김승희 시인의 '배꼽을 위한 연가 5'를 읽었다. 친구가 책상에 뒤집어놓은 시집에 한 여자가 형형한 눈빛으로 빛나고 있었다. 교양 필수 인문지리학 개론 시간이었다. 제목이 〈왼손을 위한 협주곡〉이었다. 지리학 교수님 목소리가 우우 울리며 중세 쪽으로 사라졌다. 세 시간 연강을 듣는 동안 머리를 들이밀고 시들을 읽어갔다. '배꼽을 위한 연가' 시리즈가 다 그랬지만 '배꼽을 위한 연가 5'는 첫 줄부터 천둥이 치는 것 같았다. 멀리 있는 엄마를 향해 '어디에도 인당수는 없습니다'고 부르짖는 심정이 되었고 '저는 살아서 시를 짓겠습니다'라며 입술 뜯으며 다짐하게 만들었다.

수업이 끝나고 시집 주인인 친구와 충동적으로 제주도 여행을 떠났다. 대리출석이고 뭐고 다 팽개치고 광주 가는 버스를 탔다. 완도에서 하룻밤 자고 배를 타고 제주도로 들어가면서도 귤밭에서도 한순간도 시집을 내려놓지 않았다. '그 대신 점자책을 사 드리겠습니다. 어머니, 점자 읽는 법도 가르쳐 드리지요.' 무슨 수행의 잠언처럼 또박또박 그 구절들을 씹으며 봄빛 난만한 섬을 돌아다녔다. 배꼽을 위한 연가들은 시가 아니라 이후 삶의 무슨 교본처럼 내 마음을 이끌어갔다. 먼 훗날 지금은 알 수 없는, 모르는 나의 딸들이 태어나 이 시를 읽을 것만 같았다.

아이가 유치원을 다니기 시작한 네 살부터 아이를 깨워본 적이 없다. 네 살 이전에야 품 안에 있는 아이라 무작정 많이 자주는 것만이 그때 할 수 있는 최고의 효도인 법, 자는 아기를 구태여 깨울 일이 생길 리 만무했다. 2월생 무던이는 또래가 다섯 살이던 네 살, 유치원에 입학했다. 단 세 시간만이라도 혼자 있는 시간을 갖고 싶어 옆 아파트 놀이방에 데려갔다가 토하도록 우는 바람에 한 시도 못 떼놓고 껴안고 있었던 시절이 끝났다. 천만다행히도 유치원에선 울지 않았다. 네 살부터 여섯 살까지 3년 동안 세 시간씩 유치원에 다녔다. 미륵이도 1월생. 똑같이 네 살부터 3년 동안 같은 유치원을 다녔다. 둘 다 일곱 살에 초등학교에 입학했다.

아무튼 나 대신 아이를 돌봐주는 천사나 다름없는 선생님이 있는 고마운 유치원 등원 시간은 아홉 시, 걸어서 5분 정도 거리에 있었다. 이제나저제나 밤도깨비 체질이라 두 아이 엄마가 되었어도 나는 늦게 자고 늦게 일어났다. 엄마의 리듬 따라 아이들도 늦게 잠든 탓에 일찍 일어나지 못했다. 겉으로 보면 늦잠꾸러기로 보이겠지만 따지고 보면 게으른 건 아니었다. 수면 시간은 남들과 비슷하거나 적었고 아침을 맞이하는 시작점만 달랐을 뿐이니까. 하필이면 그 시절 아이 아빠마저 오후에 등교하는 학교에 근무하는 교사라 누구보다 올빼미로 살았다. 밤 열 시쯤 아파트 이웃들이 조용해질 시간, 우리 집은 아연 활기찬 대낮이기 일쑤였다. 그나마 나는 식구 중에 제일 먼저 일어나는 부지런한 엄마 새였는데도 불구하고 늦잠이 많아 벌레도 못 잡아먹을 게으른 새로 여겨졌다. 그즈음 온통 일찍 일어나는 새의 부지런함을 칭찬하는 말들이 세상에 가득했다. 더욱이 엄마라는 이름을 가진 존재는 부지런함과 성실과 희생의 아이콘으로서 꼭두새벽에 소리 없이 움직여 일해야 당연한 사람이었다. 가족을 위해 신새벽에 일어나 정화수 떠놓고 기도쯤은 해야 합당한 존재로 그려졌다.

유치원에 보내놓으면 혼자로 존재할 수 있게 확보한 시간은 단 세 시간, 엄마로 불리지 않을 그 시간을 간절히 기다렸다. 정화수 길어 올릴 새벽 서너 시에 겨우 잠든 나로선 멀지 않은 유치원에 아홉 시까지 보내는 일이 생각만큼 쉽진 않았다. 아홉 시가 턱밑에 다다를 때쯤 눈을 뜨면 당연히 아이들이 자고 있었는데 그렇다 해도 부랴부랴 아이들을 깨워 유치원으로 끌고 가진 않았다. 원래 잠에서 깨어나 서두르는 것을 좋아하지 않았다. 눈을 뜨고 잠깐이라도 여기가 어딘지, 내가 누구인지 가만히 정신 차릴 시간이 필요했으니까. 일어나자마자 무슨 말을 하는 것을 극도로 꺼렸다. 나는 자는 '어린이'를 깨우지 않았다. 저절로 눈을 뜨면 옷 입히고 밥 먹여 데려다주느라 늦은 적이 있어도 자는 사람을 흔들어 깨워 일으켜 세워본 적이 없다. 젊어서나 나이 들어서나 내 잠은 나의 잠이고 너의 잠은 너의 잠이라 여기고 살아왔다. 내 잠을 깨우는 것을 싫어하면서 남의 잠을 왜 흔들어 깨운단 말인가.

어린 나이에도 그 모든 걸 알아챘나. 무던이는 네 살, 어렸던 그때부터 스스로 일어났다.

한 번도 잠을 깨우지 않았던 것은 현재까지도 그렇다. 학교 수업에 늦든 중요 시험에 늦든 최종 인터뷰를 준비하는 날에도 내가 먼저 조바심치며 채근한 적이 없다. '자기 일이니 스스로 알아서 하겠지'라고 믿었다. 몇 년 후 아이 아빠의 직장이 여느 회사원처럼 아침 출근으로 바뀌었을 때도 그를 깨워본 적은 없다. 종종 길에서 부딪치는 딸 친구 엄마들이 애가 안 일어나서 속 터진다고 할 때나 텔레비전에서 널브러진 남편을 흔들어 깨우며 짜증 내는 아내 역할 배우의 연기를 볼 때는 혀를 차기도 했다. 아니 왜, 애를 깨워서까지 학교를 보내지? 아니 왜 잠든 걸 소리쳐 깨우면서 속을 태우지? 회사를 다니는 건 남편인데 자기가 깨서 나가야지, 자기 잠은 자기가 조절해야 하는 거잖아. 게다가 잠을 깨워서 일으켜 앉혀서 억지를 밥을 떠먹여 주면서 화를 내는 건 뭐지? 잠을 더 잔 것도 당사자고 못 일어난 것도 당사자고 밥을 먹든 못 먹든 당사자가 알아서 해야 할 일들을 무슨 정성으로 밥까지 떠먹이며 그의 삶을 대신 보살펴주고 있는 걸까. 먹고 잠자는, 그토록 개인적인 일은 본인이 알아서 해야 하는 거잖아.

텔레비전에서 아이를 흔들어 깨우고 안아 달래고 따라다니며 밥을 먹이면서 한 팔, 한 발씩 옷을 꿰어 입히는 엄마들이 모정의 표본처럼 나오는 게 아주 보기 싫었다. 서른 살은 훌쩍 넘었음직한 직장을 다니는 남자가 아내가 깨워줘야 겨우 일어나는 모습이나 아내에게 안 깨웠다고 신경질 내는 걸 보고 있노라면 미성숙한 그 태도에 도리어 내 속이 상했다. 제 입맛에 맞는 반찬 안 해놨다고 투정하거나 입을 꼭 다물고 있는 아이나 국이나 나물 간이 어떻고 저렇다는 미간 찌푸린 남자 얼굴을 보노라면 도리질이 쳐졌다. 과일 한 쪽, 우유 한 잔을 못 먹여서 안타까워하고 자못 애달파하고 소리 지르며 쩔쩔매는 여자 배우 얼굴은 제발, 그만 보고 싶었다. 옛 시대 하녀처럼 전전긍긍하는 여자들이 자녀와 남편 수발하는 장면들이 아무렇지도 않게, 천연덕스럽게 반복되는 게 꽤나 당황스러웠다.

물론 성공의 자리에 우뚝 선 사람들은 으레 부모의 가혹하고 철저했던 가르침과 훈육에 감사하며 눈물 흘린다. 〈위플래쉬〉 교수 같은 그들이 한 일이 늦잠을 깨우는 것 정도에서 그쳤을 리가, 그들은 아예 잠을 못 자게 만들거나 때리거나 철저하게 먹을 것을 챙기거나 금지했다.

비범한 아이를 훌륭하게 키워내는 비범한 엄마들이 전설처럼 떠도는 마당에 세상에서 가장 평범하고 미욱한 엄마일지도 모를 나는 가장 기본일 수 있는 잠 깨우는 일조차 하지 않았으니 내 딸들이 이름난 사람이 되지 않고 집념에 찬 훌륭한 사람도 되지 못했을 것이다. 이다지도 평범하고 두루뭉술한 평균치의 사람이 된 것은 내 탓이 클 것이다. 이즘에는 종종 나 스스로 지난날을 반성하고 싶어 하는 기미가 느껴져서 고약한 마음이 된다. 엄마로서 무슨 짓을 한 건가. 왠지 모두 내 잘못인 것처럼 돌이켜지는 기억들이 밀려와 때아니게 고개를 떨구게 되면서 마음이 졸아붙는 것만 같다.

아무려나. 둘째 미륵이도 유치원생이 되더니 자기가 알아서 일어났다. 일찌감치 둘 다 엄마가 비빌 언덕이 아니고 믿을 건 자기 자신뿐이란 것을 안 것만 같았다. 식구 중 누구도 자기의 기상을 남의 돌봄 시계에 맡기지 않았다. 초등학생이 되고부터는 웬만한 준비물까지 챙겨 나갔고 점점 더 제 물건들을 스스로 갈무리하는 습관이 들었다. 내 잠, 내 생활, 내 시간을 알아서 하는 일에 아예 인이 박혔다.

어릴 적 각자도생의 습관이 착실하게 이어지며 자란 아이들 덕에 나는 잔소리를 하지 않아도 되는 엄마가 될 수 있었다. 일어나라거나, 밥을 먹으라거나, 빨리 자라거나, 잠들지 말고 공부를 더 하라거나, 학원을 다니라거나 채근할 일 자체가 없었다. 자기 밥 자기가 먹는 거고 자기 공부하는 것이 남을 위해서 하는 것이 아니란 것을 다 알아챈 것 같았다.

무던이가 고3때였다. 말하자면 우수하고 성실한 학생만 들어갈 수 있는 '성실반' 교실, 속내로 보면 불법으로 우열반을 편성해 '우'반이 된 소수의 무리들 속에 무던이가 들어갔다. 전교 1등에서 30등까지만 끊어 모은 그 반 학생들만 새벽 한 시까지 따로 만들어놓은 학교 도서실에서 공부할 수 있었다. 불합리하다는 찜찜한 마음 한쪽에 비싼 학원도 안 다니고 특별과외도 받지 못하는 중이라 대견하고 장한 일이라고도 생각했다. 무던이 덕에 공부 잘하는 성실반 학생을 둔 엄마가 되었다.

이른바 특별반에 딸을 진입시킨 서른 명의 엄마들은 자랑스럽고 기꺼운 마음으로 도서실을 청소했다. 공부에 집중할 아이들이 청소할 시간을 대신해야 한다고 했다. 엄마가 안 되면 돈을 주고 도우미를 사서 청소 당번을 맡겼다. 딸들 이름이 쓰여진 서류를 받아 한 장씩 넣고 자기 딸들 이름 옆에 전화번호를 적어놓고 엄마들은 당번을 짰다. 매일매일 당번 엄마가 저녁 간식을 30개씩 준비해서 교실에 넣어줬다. 성실반 담당교사가 따로 있었고 엄마들은 물심양면 딸아이들의 간식과 도서실의 온도와 청결을 살피고 좋은 선생님들을 암암리에 알선했다. 체계적으로 착착 엄마 모임에서 문자가 오면 조용히 햄버거에 음료수를 들여놓았다.

새벽 한 시가 되면 교문 앞에 차들을 나란히 세워놓고 깜빡이를 켜고 딸들을 기다렸다. 한 시 십 분이면 어둑한 운동장을 걸어와 아이들이 하나씩 제 부모 차 속으로 스며들어갔다. 1년 넘게 아빠가 그 일을 담당했고 나는 가끔 피치 못할 사정이 생긴 날에만 교문에 나가 서 있었다. 그런 날들이 이어지던 어느 날. 집에 오면 한 시 삼십 분. 씻고 나면 두 시. 어서 잠들어야 네 시간 정도 자고 여섯 시쯤 일어나 일곱 시까지 등교할 수 있을 거였다. 극한의 수면시간이구나 싶던 그런 날, 씻고 나온 딸내미가 피곤해 보이고 안쓰러워서 근래 드물게 자애로운 표정으로 어서 꿈 없는 깊은 잠이 들어라, 침대맡에 앉아 쳐다보고 있을 때였다.

"엄마는 다른 엄마들하고 참 달라. 다른 애들은 이 시간에 집에 가도 못 잘 때가 많대. 걔가 잘까 봐 엄마가 옆에서 지켜보고 있다고 하더라. 진짜 쇼크 먹었어. 애들이 둘러앉아서 마귀할멈 어쩌고저쩌고 이야기하고 있어서 누구 이야긴가 했더니 자기 엄마를 그렇게들 부르더라고. 난 선생님을 욕하고 있나 생각했었어. 하여튼 요새 애들은 자기 엄마를 마귀할멈이라고 불러. 그리고 욕도 막 해. 옆에서 엄마라는 마귀할멈이 맨날 지켜보고 있는 게 소름 돋는대. 엄마는 하나도 안 그러잖아. 우리가 언제 자는지 언제 일어나는지 공부를 어떻게 하는지 별 관심이 없잖아? 어떤 때 아주 다행이라고 생각해. 엄마가 마귀할멈이 아니어서."

그래서 좋다는 건가, 싫다는 건가, 서운하다는 건가, 잠시 당황했다. 아무려나 나는 별 관심을 기울이지 않았던 건 맞다. 관심이 있었다 해도 남의 몸에 그 몸의 리듬에 개입하는 것은 싫어했으니. 마귀할멈이라 불리는 것보단 차라리 무심한 엄마가 낫지 않겠나 싶었다.

큰아이는 말마따나 성실하게 공부해 제힘으로 대학에 입학했다. 열아홉 살에 대학생이 되자마자 컴퓨터실에서 아르바이트를 시작해 자기 용돈은 물론 가끔 나의 옷과 화장품을 사주었다. 몇 학기는 장학금을 받아서 동생과 엄마 아빠를 데리고 외식을 시켜줬다. 자기가 힘들게 공부하고 불안에 쫓길 때 헤어지네 마네 집

안 재정이 무너졌네 뭐다 뭐다 해서 그야말로 자식 속을 한껏 썩게 한 엄마 아빠가 원망스러울 만도 한데 (진심이야 알 수 없지만) 부모를 대할 때 거칠지 않고 분노하지 않고 다정했다. 가만 보면 부모보다 딸들이 더 어른 같고 의젓했다.

2년이 지나 작은 아이가 고3이 되었다. 나는 직장을 옮겨 여행 일을 시작했다. 무던이 때처럼 고3이 된 미륵이 옆에 있어주지 않고 히말라야로, 발리로, 오키나와로 답사 여행을 떠났다. 아이는 새벽에 일어나 밥을 먹고 학교에 가서 점심도 저녁도 급식으로 먹고 언니가 그랬듯이 성실반에 들어가서 공부하고 새벽 한 시 넘어 귀가했다. 둘째 아이도 열아홉 살에 대학생이 되었다. 둘 다 고3일 때 같이 있어주지 못하고 제대로 먹을 것을 못 챙긴 것에 대해, 공부를 잘할 수 있게 여느 엄마처럼 돕지 못한 미안함을 표할라치면 두 아이는 마귀할멈이 아니어서 다행이라는 말 대신 조용히 말했다. 마귀할멈 운운할 때만큼이나 진의가 알쏭달쏭 헷갈렸다.

"엄마 덕분에 차라리 더 공부할 수 있었을지도 몰라. 친구들 엄마가 내 친구들 닦달하는 동안 마귀처럼 변해갔었잖아. 엄마는 엄마 일에 바빠서 아무 관심을 안 쓰는 통에 마귀할멈이 안 될 수 있었던 거잖아. 엄마가 다른 엄마들처럼 무섭게 신경을 안 써주니까 되게 불안해지기도 했어. 차라리 더 공부하게 된 셈이지. 우리 엄마는 내가 대학 안 가도 아쉬워할 사람이 아니라고 생각하니까 정신이 막 들었어. 다른 엄마들은 대학교 떨어지면 딸자식을 사람 취급도 안 할 거고 세상 다 실패한 루저라고 생각하고 혼낼 테지만 엄마는 만약에 내가 떨어지면 돈 안 들어서 잘됐다, 할지도 모르잖아? 대학 안 가도 괜찮다고 생각할 거잖아. 재수도 안 시켜 줄 것 같고 학원도 안 보내줄 거 같았어. 대학교는 내가 가고 싶은 거니까 내가 열심히 공부하는 수밖에 다른 도리가 없더라고."

아이는 그러면서 웃었다.

아. 차라리 마귀할멈 소리를 듣더라도 무섭도록 혹독한 엄마가 되어 관심을 좀 더 기울였더라면 좋지 않았을까, 지금은 생각한다. 열아홉 살 대학생이 되기까지 오롯이 저들 스스로 알아서 열심히 살아준 덕택에 애들 잘 키웠다는 소리를 참으로 많이 들었다.

그러나 그때 조금 더 애들에게 욕을 들어먹더라도 좀 더 챙기고 좀 더 다그치고 잠도 좀 깨워주고 공부 더 하라고 등을 떠밀고 책상에 앉혀 눌렀다면 지금보다는 좀 더 수월하게 성공(?!)하지 않았을까, 더 대단한 사람이 되지 않았을까, 후회로 몸서리가 쳐질 때가 있다. 둘 다 우수한 성적으로 졸업했지만 애초에 가고자 했던 곳에 입학하지 못했을 때, 졸업하고도 취업이 어려워서 한참 힘들어할 때 그 시절 마귀할멈 소리를 들으면서 제 딸을 다그치고 철저하게 보살폈을 내 또래 엄마여자들을 생각했다. "차라리 나도 마귀할멈이 될 걸 그랬어"하고.

가끔 딸들은 이렇게도 말했다.

"조금만 더 공부하라 챙기는 엄마, 아빠였더라면, 고교 시절 엄마, 아빠가 그렇게 난리법석을 부리지 않았더라면 우리는 좀 달라진 모습으로 살고 있지 않을까 생각해."

원망기가 많이 들어있지 않은 회한조의 말이라서 심히 억울하진 않았다. 반론하지는 않았지만 '나는 나, 너는 너', '내 삶은 내 삶, 너의 삶은 너의 삶'이라는 방목의 양육방식을 허세처럼 적용한 내 딸들의 어리고 푸른 시간들에 진심으로 미안했다. 게다가 그 규칙을 너무 빨리, 어린 네 살부터 시작한 것이.

'공양미 삼백 석을 구하지 못하여 당신이 평생을 어둡더라도 결코 인당수에 빠지지는 않겠습니다.' 스무 살 내 몸에 지진을 낸 것 같은 저 구절을, 머지않아 내 딸들이 씹어 먹을 듯 읽을 것 같은 예감이 든다.

딸은 부지런히 엄마를 잊으리

지병이 있었다고 한다. '지병(持病)', 오랫동안 잘 낫지 아니하는 병. 몸에 가지고 있는 고통스러운 병, 죽음으로 데려가는 병. 2018년 2월, 박서영 시인이 쉰에 세상을 떠났을 때 나는 시인보다 많은 나이가 되어 있었다. 그때 고혈압, 무릎 통증, 요통, 신경통을 지병으로 가진 늙은 엄마의 마지막을 돌보고 있었다. 나의 지병은 청승이라고 문약하게 떠들던 시절이 있었는데, 내 몸의 지병은 아직 지병이라 칭하면 안 됐다. 지병이란 말을 시적 허용으로 사용하면 안 되는 말이었다.

2019년 2월, 시인의 1주기에 《연인들은 부지런히 서로를 잊으리라》는 시집이 나왔을 때 진짜 지병인 폐병으로 엄마가 죽은 지 채 한 달이 되지 않았다. 어쩌면 제목이 이래. 너무 좋구나. '연인들은 부지런히 서로를 잊으리라'는 제목에 탄복하면서도 제목을 자꾸 이상하게 읽었다. 연인이란 말이 귀에 설어서 그랬을까, 그 몇 달, 몇 년 동안 속으로 제일 많이 부른 말이 엄마, 엄마여서 그랬을까. 글자를 엄마로 읽었다. '엄마들은 부지런히 서로를 잊으리라' 그게 더 맞춤해 보였다. 이상한 일이었다. 글자를 계속 잘못 읽어버리다니.

어느 날 시집을 뒤져 표제작을 찾았으나 저 제목의 시를 찾을 수 없었다. '연인들은 부지런히 서로를 잊으리라'도 없었고 '엄마들은 부지런히 서로를 잊으리라'도 당연히 보이지 않았다.

몇 달의 시간이 더 지난 후에는 오독이 제 맘대로 흘러갔다. '엄마들은 부지런히 서로를 잊으리라'로 무심히 읽었던 글자가 '딸들은 부지런히 엄마들을 잊으리라'로 읽혔다. 뻔히 보면서도 그랬다. 모르지는 않았다. 이런 문자의 뒤엉킴은, 문장의 재조립은 내 마음이 시킨 일이었다. 그즈음 작은 머리통 속 웬만한 관심의 촉수가 죽은 엄마에서 딸들에게로 옮겨갔고 나야말로 언제라도 떠날 수 있다는, 아무것도 없는 텅 빈 어딘가로 사라질 시간이 아주 가까울 수도 있다는 강박이 뒤따라 왔으니까. 내 마음의 행로를 그대로 남의 글자에 비춰보고 읽어버리고 있었다.

그렇게 딸들은 부지런히 엄마들을 잊으리라. 그렇게 되겠지. 주문처럼 일부러 잘못 엮은 문장을 중얼거리며 몇 달 며칠을 살다가 가을 어느 날 하루 종일 김장을 담글 준비를 했다. 전염병 확산의 흉흉한 시절이라 더욱 그랬지만 아무렇지 않은 평범한 가을날이어도 혼자 김장을 담글 터였다. 김치를 담가주는 사람은 이제 아무도 없다. 배추와 무를 뽑아 실어주는 사람도 있을 리 없다. 그 일을 해주던 사람은 모두 죽었다.

그러나 아이들은 내 엄마의 손맛을 이어받은 내 김치를 좋아한다. 저기, 봉화 비나리 마을 청량산 언덕 밭에서 자랐을 절임 배추를 주문했다. 두어 번 가봤던 친구 집 밭에서 자란 거라서 배추의 얼굴 생김을 다 알아볼 것만 같았다. 고춧가루를 보내주던 고향집 새언니도 이제는 참깨 한 톨도 줄 수가 없다. 엄마 살았을 때 받아온 고춧가루는 냉동실에 두었다가 작년 김장할 때 탈탈 털어 써버렸다. 그해의 김장김치는 애들 말대로 '엄마 김치 레전설'이었다. 어떻게 그렇게 맛있게 담가졌는지 김치라기보다 집안 신줏단지처럼 귀하게 모시면서 자못 경건하게 먹었다. 김치볶음밥, 김칫국, 김치국수, 김치전, 김치수제비를 먹을 때마다 나를 숙수(熟手) 대접을 해주었다. 작년의 김치는 실은 본 데 없이, 배운 바 없이 검색창에 쓰인 레시피 따라 담갔던 첫 김장김치였는데도 말이다.

기억이 청승이 되기 전에 비나리 마을 화가에게 배추와 함께 고춧가루도 주문했다. 선물 받은 새우젓을 꺼내고 마늘을 다지고 생강을 깎고 청갓, 적갓을 썰어놓고 찹쌀풀을 쑤고 멸치와 표고버섯 채수를 내어놓고 황매실액을 꺼내놓았다. 이고 지고 사온 무를 채 썰고 석박지용으로 길쭉하게 썰어놓고 사각사각 배 두 개를 갈아놓고 양파즙을 내리면서 아무 소리도 없는 집 안에서 곧 택배로 오게 될 절임 배추를 기다리는데 마음이 이상하게 슬퍼졌다. 잠깐씩 손에 맥이 풀려 툭 내려놓게 되었다. 방향 모를 눈을 위해 틀어놓은 텔레비전이 저 혼자 번쩍거리고 있을 뿐, 사위가 고요했다.

나는 왜 이렇게 김장을 잘하나, 배운 적도 없는데. 엄마네 고춧가루 한 방울도 없는데. 아이구야. 네가 김장을 다 할 줄 아는구나. 배운 사람이 역시 다르다더니. 사람이 배우는 게 그렇게나 무섭다니까, 감탄해줄 사람도 없는데. 고동색 옛날 '다라이'에 김칫소를 다 만들어놓고 노곤한 하룻밤을 잤다. 청량산 언덕에서 온 배추도 그 옆에서 소금물을 품고 하룻밤을 더 잤다.

수굿하게 하룻밤을 잘 잔 배추와 양념 김칫소와 혼곤했던 내가 같이 깨어나 김장을 담갔다. 수육을 삶아놓고 김장김치 담그기가 막 끝나갈 무렵 무던이가 퇴근해왔다. 손목까지 빨간 물이 든 두 손에, 바닥에는 김칫소 다라이와 차곡차곡 담아놓은 김치

통들이 쌓여 있었다. 마스크를 쓰고 들어선 무던이가 다가와 옷도 안 갈아입고 선 채로 버무린 김치 줄기를 막 받아먹었다. 한 줄기 두 줄기 자꾸만 입을 벌렸다. 빨간 내 손가락마저 핥아먹을 기세였다.

이 아이는 나 죽으면 얼마나 슬플까. 엄마에게 정 없던 나도 엄마 죽어 이리 슬픈데. 수육에 빨간 배추에 쌈을 싸서 먹여주면서 기어이 말을 건네보았다.

“맵지도 않니? 너는 이다음에 이 장면 진짜 생각나겠다. 그치? 얼마나 생각날까. 김치 냄새까지 스쳐 가겠지. 엄마 없으면 되게 슬프겠다. 그치?”

무던이는 더 맛있게 김장김치를 먹기 위해서, 햇김장김치랑 먹으려고 같이 샅샅이 찾아보고 주문했던 맛있는 12도짜리 해창 막걸리를 마시면서 말했다.

“아마 슬퍼서 미칠 지경이겠지. 미칠 지경이 되었다가 슬퍼서 울다가 또 잊어버리고 살게 되겠지.”

아하. 그럴 거였다. 거봐. 부지런히 딸들은 엄마를 잊을 거였다. 오독한 것이 아니었다니까. 알코올 도수 12도인 막걸리라 두어 잔에도 겉절이처럼 빨갛게 술기운이 오를 무렵 미륵이가 퇴근해왔다. 출근하느라 화장한 얼굴과 차려입은 외출용 옷차림새가 피곤해 보이는 와중에도 (술이 취했나) 예쁘게 보였다. 내 딸이다.

눈부시게 환한 빛 같은 사람.

"우리 딸 왜 이렇게 예쁘나? 누구 닮아서 이렇게 예쁘나?"

안아주며 안기며 말했다.

"엄마 닮아서!"

내 말이 끝나기 무섭게 미륵이가 말 배우던 애기 때부터 말했던 것처럼 똑같은 목소리와 억양으로 대답했다. "엄마 닮아서!!!"를 옛날처럼 따라해보며 나도 웃었다. 터무니없이, 울겠다는 어떤 의지도 없는데 눈물이 맺혔다.

내년 가을까지 먹을 김치가 여러 통 쌓여 있는 거실 바닥 위에서 엄마와 딸들은 작은 식탁 위에서 탁구공을 주고받는 것처럼 죽이 맞아, 합이 맞아, 실없는 티키타카 말장난을 주고받았다.

언젠가는 선명하게 기억나 슬프게 될 말들을. 그러다가 슬퍼져서 부지런히 잊게 될 목소리를. 엄마가 크게 웃는 그 호탕한 소리는, 온 얼굴이 다 웃어대는 그 표정은 죽어도 못 잊을 거야. 딸들이 말했다. 마침내 대취한 나는 웅변하는 연사처럼 대사를 쳤다. 나, 이 말이 왜 이렇게 좋지? 죽어도 못 잊을 거라는 그 말. 그러나. 그리고 딸들은, 부지런히 엄마인 나를 잊으리라. 딸들은 모두들, 부지런히 엄마들을 잊으리라.

4

분노의 도로 한복판에서 내 딸들이 질주한다

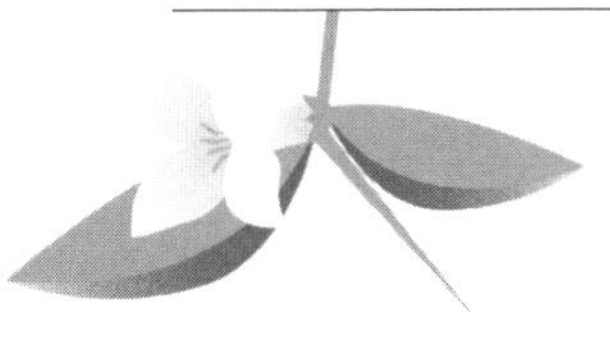

90년대생들을 당신들에게 보낸다

문을 두드린 딸이 《90년생이 온다》라는 책을 내밀었다. 종종 나눠 보는 소설도 아니고 시집도 아니었다. 그 애 방 책상에 얼마 동안 놓여 있던 책 제목은 봤었다. 한밤중에 골똘히 읽는 모습도 봤다.

"나랑 내 친구들, 몇 살 더 많은 우리 또래들 얘기야, 관심 있으면 한번 읽어봐요."

그래? 집안에 90년생들이 둘이나 이미 왔고 옆에서 왔다 갔다 하는데 새삼 또 90년생이 오고 있는 이야기를 읽어보라고? 사람들이 자기가 서른 살을 앞두고 있을 때 〈서른 즈음에〉 노래를 듣듯, 마흔 즈음에 《두 번째 스무 살》을, 이제 다시 시작이라며 책을 읽듯, 자기들 이야기를 거울처럼 들여다본 모양이었다. 읽고 난 후 누군가에게 읽어보라 권하는 것은 이해받고 싶은 마음일 것이다.

'〈응답하라〉시리즈가 한참이더니 드디어 너희들 차례가 왔구나'라고 했더니 표정이 약간 더 진지해졌다. 솔직한 마음으로는 엄마들 또래인 50대보다 30대 후반, 40대 초·중반의 회사 선배나 상사들이 읽어봤으면 좋겠다는 거였다. 즐겁게 본 〈응답하라〉 시리즈 중에서도 가장 공감했던 〈응답하라 1988〉 주인공들 또래보다 먼저 태어나고 더 나이 먹은 우리 세대, 《82년생 김지영》이 출간된 후 온 나라 남녀들이 들썩거릴 때 지영이의 엄마쯤으로 출연하면 딱 맞을 우리 또래, 세칭 586세대인 우리는 이미 많이 늙었다. 나와 우리 또래들은 90년대생들의 엄마 아빠뻘이니까, 그 애들이 만나려면 까마득한 사장이나 대표 세대일 수 있는 거지음으로 양으로 직접 관계 맺을 회사 상사나 선배 또래를 지났으니까. 90년생들은 일터에서 지금 3,40대 어른들, 80년대 즈음 태어난 사람들과 그야말로 지지고 볶고 있는 중이다.

현재 90년대생 두 딸은 목하 고통스런 청춘의 복판을 지나고 있다. '찬란하고 반짝이고 빛날' 아름다운 나이, 푸른 나무 잎사귀나 꽃처럼 싱그러운 나이지만 윗사람들에게서 받는 험한 말들에

베이고 부정적인 눈빛에 치여 얼굴색이 흐려지고 있다. 선배와 상사들의 이해불가한 행동에 돌발적으로 맞닥뜨리는 일은 다반사, 반짝이는 눈빛은 피로로 뭉개져 귀가하는 중이다. 물 만나러 나갔다가 돌연 땡볕에 내던져져 마른 흙범벅이 된 채 바스락 말라가는 연체동물 같은 처지에 놓여 있다고 할까.

어떤 날은 눈물을, 어떤 날은 분노의 절규를, 많은 날들을 기절하듯 피로 증세로 쓰러졌다. 그런 와중이었으니 개인의 특성과 상황이 천양지차 다른데도 불구하고 그저 일반적으로 뭉뚱그려 한 구덩이에 집어넣고 성글게 뭉쳐놓은 자기들, 90년생들의 어떤 항변이라도 누군가 해주길 기다리지 않았을까. 좀 더 어른인 사람들이 자기 또래의 표정을 담아주지 않았을까 간절히 기대했을 것이다. 자기들이 서 있는 땅의 기반과 위치와 경사도를 보여주고 어쩔 수 없이 현재 새기고 있는 삶의 문양을 속속들이 다룬 글에서 모종의 이해와 위로를 받았을 것이다. 그 마음을 내가 알지, 어루만져 보듯 《90년생이 온다》는 책을 읽었다. 딸이 권한 거니까 그 애 말 듣는 것처럼 더 꼼꼼히 봤다.

어느 날은 아이 방에 쌓아놓은 책 더미 중에 《일단 오늘은 나한테 잘합시다》란 제목이 달려 있는 걸 봤다. 뭐지? 이 중학생 자존감 증진 표어 대회에 출품한 것 같은 심플한 제목은? 들춰 보는 내게 저도 민망한지 웃으며 대답한 책을 산 이유인즉슨 그저 '제목에 끌려서'라고 했다. 두 딸 모두 각자 회사에서 가장 어린 직원인데(신입이니 당연하지만) 위로 첩첩사다리 같은 선배, 사수, 상사들 공히 긍정적인 피드백을 다정하게 해주는 이들이 드물다고 했다. 순수하게 일적인 측면에서라도 친절하게 가이드를 하거나 예의 바르게 대해주는 사람이 손에 꼽다 보니(거의 없으니) 스스로라도 응원해주고 싶었다는 거였다. 나한테 도무지 잘해주는 이가 없으니 '일단. 오늘은. 나에게. 잘하자'고 위안 삼아 산 거라는데 참 '오죽하면 여북할까' 싶었다. 도대체 얼마나 잘해주는 사람이 없기에 그렇게까지?

'병아리 신입 사원입니다'라는 노란 명찰을 달고 일을 시작해 이제 몇 년이 지난 큰딸은 종종 눈이 퉁퉁 붓도록 울면서 퇴근했다. 일하는 도중에도 참아보려 해도 눈물이 쏟아져서 당황한 적이 여러 번이라고 했다. 일의 특성상 대면 업무를 하느라 고객이 내뱉는 무례한 말과 이해불가한 삿대질에 무방비로 노출되어 떨다 오기도 했다. 무턱대고 목소리를 높이고 선후좌우를 가리지 않는 사람들의 방향 모르고 퍼붓는 분노 어린 태도에 인류애가 사라진다고도 했다. 오죽하면 '화의 민족' 같다고 느꼈을지. 방패가 되어주지 못하는 선배와 상사에게 서운해하고 직원의 안위를 보호하지 않는 회사 조직의 현실을 답답해했다.

어느 날은 상사들이 자기를 두고 이유 없는 험담을 하는 걸 우연히 듣고는 며칠을 가슴 아파했다. 뒷소리나 험담의 내용이 어이없이 불합리하고 일과 관계없는 개인적인 것이어서 더 크게 속을 상했다. 인턴과 계약직을 거쳐 어엿하게 직장에 들어간 둘째도 일을 시작하던 첫 해는 각종 병증을 앓았다. 신경이 예민해지고 긴 시간 긴장 상태를 유지하느라 속병이 여러 가지 찾아왔다. 종종 코피를 쏟고 눈물로 베개를 적셨는데 고통과 슬픔은 거의 다 회사의 인간관계에서 생긴 것들이었다. 오랜 시간 준비하고 남들만큼 애써서 바늘귀만큼 좁고 가느다란 취업의 문을 뚫고 들어간 딸들이었다. 가족과 친구 외에 새로 관계 맺은 사람들 앞에 제 이름으로 또렷이 서서 일하고자 애를 쓰고 노력하는 성실한 딸들이 기대를 꺾은 목소리로 묻곤 했다.

"엄마도 회사 다닐 때 그랬어? 후배들한테 막말하고 면박 주고 앞뒤 없이 맘대로 판단하고 그런 적 있어? 일 말고 개인적인 이슈로 사람을 괴롭힌 적 있어? 나는 선배 되고 승진하면 절대 안 그럴 거야. 정말 신입에게 잘해줄 거야. 납득할 수 있게 말하고 합리적으로 행동하는 게 그렇게 어려운 일일까."

단호하게 '아니!'라고 말하진 못했다. 나도 나쁜 선배이고 상사였던 적이 분명 있었다. 후배들이 내가 한 나쁜 말들을 삭이려고 몇 시간씩 울며 걷고 밤잠에 악몽을 꿨다는 것을 들어 알고 있었다. 내 불합리한 언행으로 인해 상담실을 찾아다니는 사람들이 있다는 것을 일하던 당시엔 몰랐었다.

남아 선호사상(사상이라니? 남아만을 좋아하는 행태가 무슨 고귀한 사상에 속하는 것이 아닐진대)에 찌든 구세대의 마지막 인물들, 즉 60년대생들이 90년대에 아이를 낳았다. 문리는 트였다 해도 가부장적인 사고를 벗지 못한 다수의 60년대생 어름의 남녀들은 그즈음 태아 감별을 해서 여아들을 소리 없이 없앴다. 또 그즈음에는 팔자 세고 성격이 드셀 거라며 출생연도의 동물 띠를 들이대며 양수 검사로 성별을 알아내 여자아기들을 태어나지 못하게 했다. 태아일 때부터 여자이면 무자비하게 죽임을 당했기 때문에 90년대쯤의 성비는 심각하게 균형이 맞지 않았다. 그토록 엄혹하고 끔찍한 페미사이드(여성 살해)의 시대에 기적적으로 태어난 90년대생 딸들은 초등학교 교실에서부터 어이없게도 도리어 '귀한' 존재가 되었다. 여자가 기록적으로 꽤나 적었기 때문이었다.

그럼에도 불구하고 딸들은 어린 시절부터 차별적인 별 소리를 다 들었다. 결혼하면 끝일 텐데 여자애가 뭘 그리 열심히 공부하나? 같은 말. 딸을 둘 둔 나마저도 무지한 소리를 다 들었다. 딸 둘이라 좋겠어요, 같은 말. 좋은 의미가 아니었다. 이다음에 직장 갖고 집 사고 자식 부양할 걱정은 안 해도 되잖아. 아들은 다르거든. 한 집안의 가장이 될 텐데, 얼마나 공부를 시켜야 하는지 몰라. 믿어주고 방목하듯 딸들을 자유롭게 키운다는 얘기라도 할라치면 딸이라서 공부 안 시키고 슬렁슬렁 키운다는 애먼 소리까지 들었다. 그래서인가. 딸들은 개미처럼 성실하게 말처럼 오래오래 열심히 달리며 자라났다.

'알파 걸' 세대란 소리를 들었고 여자라서 공부를 대충해도 된다거나 나중에 직업을 갖지 않아도 된다는 생각은 꿈결에도 해본 적 없이 20년 넘게 열심히 살아왔다. 여느 아들과 다를 것이 한 가지도 없었다. 새벽까지 도서실에 앉아 엉덩이가 네모가 될 정도로 공부했고 할 수 있는 모든 인턴 활동과 취업 스터디를 거듭했다. 스펙을 경쟁적으로 쌓아야 하는 시대라 벽돌 같은 수험서를 수십 권 사들였고 수백 장의 자기소개서를 고쳐 썼다. 정장 구두를 싸안고 몇백 리를 달려가 면접 위원 앞에 섰다. 정자세로 허리를 곧추세우고 앉아 몇십 번이나 똑바로 자기를 소개했다. '커피 타라면 타 올 거냐? 결혼은 언제 할 거냐? 아이를 낳고도 회사에 다닐 생각이 있느냐?' 같이 압박 면접을 빙자한 차별적 언사의 면접 질문에 분노하지 않고 대답하려고 혼신의 노력을 기울여야 했다.

1990년대에 386세대로 불리다가 세월이 흘러 586이 된 엄마, 아빠들이 한 달에 한두 번씩 부고를 받아 장례식장에 문상을 다니는 동안 요양병원에서 늙고 병든 부모를 붙들고 중환자실을 오가는 그때쯤에야 천신만고 끝에 사회로 나갔다. 그렇게 맞은 첫 사회가 지금 이 사회다. 30대 후반의 선배와 40대 어름의 상사들이 이미 자리를 잡고 저 90년대생들, 신입 병아리를 이끌어주고 회사일 가르쳐주고 친절하게 잘 대해주었으면 좋겠는 지금 이 사회 말이다. 딸들은 그즈음 변호사 채용 인턴십 프로그램 〈신입사원 탄생기-굿 피플〉을 홀린 듯이 보았다. 제 또래 남녀인턴의 면접 태도, 옷차림과 표정의 굴곡, 일할 때의 행동과 동료들의 관계를 안투지배할 듯, 아니 안투지화면, 뚫어지게 바라봤다. 인턴이 실수를 하거나 능력 발휘를 못해 속상해할 때는 같이 눈물을 흘렸다. 동병상련과 공감의 맞장구, 응원을 거듭하면서 멘토로 나오는 선배 변호사들의 태도와 평가까지 눈여겨보면서 자기 회사의 상사를 떠올렸다.

우리도 언젠가는 선배가 되겠지, 상사가 되겠지, 좋은 어른이 될 거야, 다짐을 거듭했다. 90년대생들의 상사는 이제 우리 또래보다 훨씬 젊다. 내 딸들 또래를 죽일 수도 살릴 수도 있는 위치에 있는 이들이 나보다 더 젊고 어리다는 게 모골이 송연하다. 하긴 내가 요즈음 일하기 위해 만나는 사람들마저 또래가 아니라 더 어리고 젊다. 그들은 사회의 중심 같은, 허리 자리를 맡은 이들이다. 십몇 년 전 X-세대로 불리던, 트인 데다 자유롭고 개성 있는 것으로 유명했던 세대의 사람들이다. 《90년생이 온다》는 책에 나온 대로라면 간단한 걸 좋아하고 '병맛'을 즐기고 재미있는 것을 절대적으로 신봉하는, 솔직한 태도를 몸에 두른 밀레니얼 신인류를 열심히 키워 보내는 내 마음이 이리 간절하니 부디 환영과 환대는 아닐지라도 적대와 박대는 아니기를. 공정과 다정하게 대해 주기를. 칭찬은 아니어도 괴롭히지는 않기를.

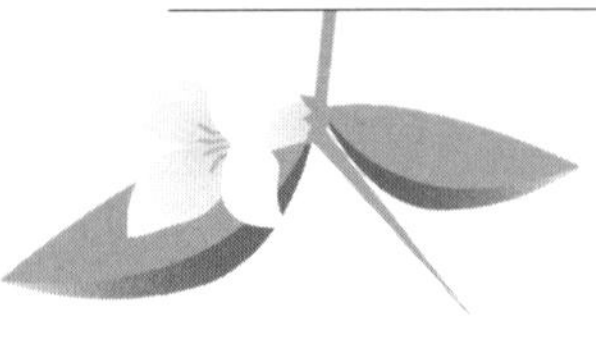

연애 No, 결혼 No, 아기 No, 나 YES

토요일 아침, 집에는 소리가 거의 나지 않는다. 사람이 아무도 없는 빈집인 것 같다. 주중 아침에는, 아니 새벽에 제일 먼저 큰딸이 일곱 시쯤 출근하고 작은딸이 바로 이어 출근하고 회사가 가까운 남편이 마지막에 현관문을 빠져나간다. 아침 식사, 욕실 사용 동선이 엇갈리듯 그러나 질서 있게 세 명의 움직임이 분주하고 욕실에 물방울이 맺히고 습기가 어리는 아침은 금요일 오전으로 끝이다.

토요일이 되면 어느 방에도 소리가 없고 행여 일정이 있는 사람은 가장 조심해야 할 수칙을 누군가 통제하는 것처럼 스스로 알아서 까치발로 그림자처럼 움직인다. 일주일 만에 누리는 서두름 없는 아침 시간을 누구도 방해하지 않고 방해받지 않고자 서로 배려한다. 가급적이면 서로의 방문을 열어보지 않고 말도 걸지 않는다. 자연스럽게 깨어나는 시간을 존중한다. 이미 눈 뜨고 깨어 있는 것이 분명하다 해도 그 시간은 그 사람만의 것, 웬만하면 참견하지 않는다.

오후쯤 각자의 바이오리듬대로 일어나 가장 먹고 싶은 시간에 먹고 싶은 것을 먹고 자고 싶으면 자게 내버려둔다. 현관문을 조용히 닫고 행선지는 조용히 가족 단톡방에 올린다. 늦게 시작한 날은 일찍 저무는 법. 오후가 되면 같이 먹을 수 있는 메뉴를 의논해서 정해 저녁밥을 해먹고 맥주나 와인을 한잔하면서 영화를 보거나 산책을 하고 따로 또 각자의 방으로 헤어진다. 둠칫둠칫 토요일 저녁은 금세 밤이 된다. 각자가 가장 좋아하는 시간을 보내러 흩어졌다가 거실 디지털 시계 숫자가 11자를 만들어내면 거실에서 만날 사람이 있다. 열한 시 십 분. 〈그것이 알고 싶다〉를 시작하는 시간이다.

무던이가 저쪽 자기 방에서 나오고 내가 반대 방향 문간방에서 나와 주섬주섬 쿠션을 꺼내고 담요를 꺼내고 눕거나 기대어 텔레비전을 켠다. 나는 폼 롤러를 꺼내어 머리에 벤다. 준비 끝. 거실에 텔레비전이 켜지는 드물지만 정확한 시간이다. 토요일 밤, 〈그

것이 알고 싶다〉를 둘이서 보는 것은 근 몇 년을 이어온 토요일 밤의 루틴이 되었다. 우리 두 모녀는 매주말 밤마다 거의 신성한 약속을 수행하듯 텔레비전 앞에 앉는다. 6년 전 헤어져 따로 살 때 나는 다른 나라에서 어렵게 데이터를 구해 프로그램을 시청했고 무던이는 한국에서 혼자 보았(을 것이)다. 5년 전 돌아오고부터 토요일 밤의 신묘하고 으스스한 의식 같은 시청이 정착되었다.

주제는 거의 다 미스터리한, 억울한 죽음을 다루었지만 여자가 죽고 죽임을 당하고 맞고 버려지는 스토리가 대부분이었다. 남자들이, 남편들이 여자들을 죽이고 때리고 버리고 묻어버리는 이야기들을 숨죽이거나 비명을 지르면서 여자 둘이 쳐다봤다. 우리는 한 시간 내내 거의 아무 말도 하지 않았다. 무서울 때마다 머리칼이 곤두서는 내가 팔뚝에 돋아난 소름덩어리를 쓸어내리거나 깊은 한탄의 한숨을 뱉을 뿐. 무던이는 평소와 다름없는 무덤덤한 표정에서 거의 변함이 없었다. 얼마나 많이 저런 사건을 보고 들었으면 체념 같은 정서에 도달했을까.

텔레비전에 나오는 죽은 여자들 가운데 여럿이 무던이와 미륵이 정도의 젊은 나이였다. 잔혹범죄의 희생자는 당연히 현실에서도 여자가 훨씬 많았다. 그 프로그램을 집중해보던 세월 동안 무던이는 20대의 정중앙을 살아냈다. 이전부터 지금까지 〈그것이 알고 싶다〉뿐 아니라 각종 미디어에서 한국 남자의 여성 혐오

범죄의 현장을 목도했다. 우리 둘이 그 끔찍하고 잔인한 범죄사건에 눈을 부릅뜨고 있는 동안 유일한 남자인 아이 아빠는 종종 그렇게 무서워하고 치를 떨면서 왜 그걸 보고 있는 건지, 그토록 끔찍한 이야기를 왜 굳이 찾아서 보냐고 물었다. 볼 때마다 마음이 상하는 걸 극구 볼 필요가 있냐고도 물었다. 둘째 딸은 이 프로그램에 그다지 흥미를 갖지 않았다. 둘째와는 일요일 아침 영화 프로그램을 보는 것이 오랜 시간 지속된 루틴인데 이즈음 달라진 것은 마음 편히 볼 만한 영화마저 드물어졌다는 말이었다. 감독의 시선, 배우의 역할, 대사의 비중과 언사까지 여성을 다루는 방식이 차별적이거나 혐오적인 것에 민감해졌다.

무던이는 원래부터 로맨스 드라마, 멜로드라마 같은 연애 이야기에 아무 관심이 없었다. 웬만한 스토리에 멜로의 기미가 살짝 끼어들어 서로서로 좋아하고 밀고 당기는 장면만 나오면 바로 흥미를 잃었다. 성향 자체가 어떤 아름다운 환상이나 달달한 말들, 연애 관계에 무관심해 보였다. 대신 모든 CSI 시리즈나 해리포터 시리즈, 반지의 제왕 시리즈, 어벤저스 시리즈에 몰입했다.

나는 빅 팬처럼 열심히 〈그것이 알고 싶다〉를 보는 이유로, '해원'과 '정의'를 꼽았다. 억울하게 죽은 사람들의 한을 풀어주는 것, 숨어 있는 가해자와 살인자를 잡아내는 것, 나쁜 인간들의 맨얼굴이 속속들이 파헤쳐 백일하에 드러나는 것, 그래서 정의가 마침내 승리하는 모습을 볼 수 있기를 간절히 원했다. 어디서도 억울하게 죽어간 여자들의 소리 없는 삶과 죽음을, 사라진 얼굴을, 목소리를 밝혀주지 않는데, 이 프로그램만이 그 일을 해주고 있다고 생각했다. 아무 데도 말할 데가 없는 한 맺힌 피해자들이 하지 못한 말을 이 프로가 해준다고 믿어왔다. 가끔 나의 정치적 성향에 맞지 않는 시국진단용 시사 프로그램을 만들어내 시청자를 가르치려 하거나 여론을 호도하려는 목적을 드러낼 때는 단호하게 시청을 거부했다. 아무튼 나를 끌어당기는 힘은 온전히 피해자의 해원과 정의의 구현에 있었다.

'남자는 여자가 자신을 무시할까 두려워하지만 여자는 남자가 자신을 죽일까 두려워한다'는 말은 옛날 남존여비를 부르짖어 민망했던 시절부터 2021년 현재까지 관통하는 기막힌 진실이다. 남녀 사이에서 벌어지는 서로 다른 크기의 공포와 고통을 가르는 이 문장을 한국의 현실로 들여다보면 더 가혹해지고 잔인하게 바뀌었다는 것을 알 수 있다.

남자는 여자가 자신을 무시하는 것을 두려워할 뿐만 아니라 무시를 당하면 적의로 바꾸어 여자를 죽이고 있고 여자는 남자가 자신을 죽일까 두려워하는 것을 넘어 실제로 죽임을 당하거나 죽었거나 죽어가고 있다. 현재는 한 사건을 잊을 새도 없이 여자들이 남자들에게 죽임을 당했다는 뉴스를 보고 들을 수 있다.

애초에는 이렇게나 남자들이 여자들을 범죄의 대상으로 삼는 잔인하고 끔찍한 세상에서 내 딸들이 이 프로그램을 봄으로써 경각심을 갖고 조심하며 살기를 바라는 마음이었다. 위험하니 밤길을 다니지 않기를, 술 마시지 않기를, 혼자 으슥한 길을 걷지 않기를, 혼자 택시를 타지 않기를, 나쁜 남자들을 조심하기를, 사람을 사귈 때 조심하기를, 옷차림도 말투도 조심하기를, 사람 보는 눈을 세심하기 갖기를. 다른 도리가 없었다. 위축되고 방어하느라 급급하더라도 범죄의 대상이 되지 않기만을 바랄 수밖에.

그러나 그런다고 안전한 세상이 아니었다. 내 딸이나 2,30대 여성들이 스스로 조심한다고 해서 살아남고 행복해질 수 있는 상황은 좀체 당도하지 않았다. 어떤 잘못을 하지 않아도, 그냥 자기 상황에서 자기로서의 삶을 살아간다 해도 안전하기가 어려워졌다. 엊그제 뉴스에는 우리 사는 바로 옆 동네에서 세 모녀가 한 남자에게 동시에 죽임을 당했다. 합의하고 사귄 것도 아니라던데, 좋은 마음으로 연애한 것도 아니라던데, 안 만나줘서 스토킹을 하다가 집을 알아내고 끊임없이 여자 집 앞을 배회하고 찾아가 여동생을 죽이고 엄마를 죽이고 그저 호감을 느꼈다는 여자를 죽였다고 하는데, 거기에 몸조심하라는 것이, 옷차림을 조심하는 것이, 밤길 안 걷는 것이 무슨 소용이 되었나, 말이다.

우리 동네에서 벌어진 세 모녀 살인 사건은 턱 밑까지 찾아온 공포가 되었다. 이별 살인, 안전 이별(安全離別), 데이트 폭력, 죽음을 부르는 스토킹 같은 기사나 그 주제의 프로그램을 보는 날은 마음이 진정되지를 않았다. 안전 이별이라니. 안전 이별을 검색하면 '물리적, 정신적 폭력을 당하지 않고 사귀던 사람과 헤어지는 일', '사귀는 사람과 헤어지면서 스토킹, 감금, 구타, 협박 없이 자신의 안위와 자존감을 보전하면서 이별하는 것을 가리키는 신조어'라고 나와 있다. 안전 운전도 아니고 안전 귀가도 아니고 안전 이별을 기원하며 살아야 한다니. 사랑이라는 말의 껍데기를 뒤집어쓴 폭력이 이토록 흔한 것이 참담하고 소름 끼쳤다.

텔레비전 뉴스를 보거나 〈그것이 알고 싶다〉를 보면서 딸들은 희망의 기미 없이 말하곤 했다.

"도대체 사람 무서워서 어떻게 연애를 하지? 남자 무서워서 결혼을 어떻게 해? 그리고 아기를 어떻게 낳아서 길러? 얼마나 강심장을 가져야 저 모든 단계를 다 거칠 각오를 하고 온전히 잘 살아남을 수 있을까?"

'연애도 독립도 결혼도 아이도 원하지 않아'라는 말을 내 맘처럼 완전히 이해할 수 있게 되었다. 오죽하면 나 자신이 지금 이 끔찍한 시절에, 몰아치는 백래시의 흐름에 2,30대의 여자가 아닌 것이, 그런 인생의 통과의례를 오래전에 지나온 것이, 지금보다는 그나마 덜 그악스러운 시절을 살 수 있었던 것이 다행이었구나 싶을 정도로 그 마음의 꺼림을 납득했다. 미제 사건 속 가해자가 누구인지 찾아내고 피해자의 한을 풀어 정의를 바로 세워가는 것은 그저 우리의 작은 위안일 뿐 현실의 사람들은 서서히 저 범죄가 만연한 세상으로 발들이기를 꺼리고, 피하고, 선택하지 않기로 결정하고 있었다. 나까지 딸들에게 연애하라고 결혼하라고 아이 낳으라고는 단 한마디도 권유 못하는, 안 하겠다는 심정이 되었다.

연애 안 함, 결혼 안 함, 아기 안 낳겠음. 몇 년 동안 뉴스나 범죄 탐사 프로그램 몇 편을 보고 나면 저러한 결정의 마음은 그저 당연하게만 보인다. 세상이 좀 더 달라지면 모를까. '한국 남자는 멀쩡해 보여도 일단 욕하고 나면 욕할 일을 스스로 만들어낸다'는 서글픈 문장을 본 적이 있다. 여성 대상 잔혹 범죄를 저지른 평범해 보이는 남자들에게, 여자 동기들을 성희롱하고 강간하고 스토킹 한 똑똑해 보이는 남자 대학생들을 고발하는 글에, 해맑은 이미지의 남자 연예인이 저지른 가공할 만한 성범죄가 드러난 수많은 기사 끝에 저 말이 쓰여 있었다. 누구도 믿을 수 없다는 것, 인간됨의 시작과 끝을 알 수 없다는 것, 젊고 어린 남녀, 모두가 너나없이 관계에서 불행하다.

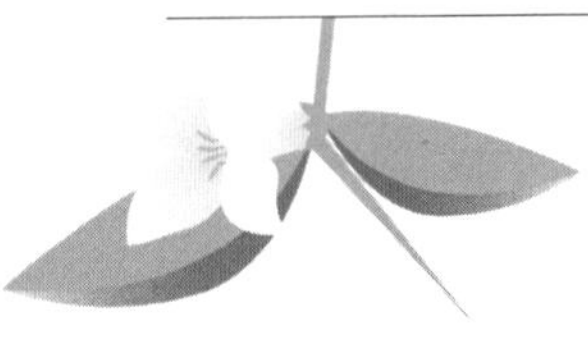

인생엔 틈이 있기 마련이고

만화와 일러스트, 이모티콘에 곧잘 나오는 표정, 이마에 빗금이 빽빽하게 그어진 그림이 있다. 핏기가 없이 창백해지거나, 쓰러지기 일보 직전이거나 심각하게 충격적인 말을 들었거나 상심으로 애가 닳아 온 마음에 먹구름이 낄 때의 사람 표정을 화가들은 그렇게 그린다.

휘청. 삐끗. 털썩. 가느다란 빗금이 사선으로 그어진 이마를 한 사람들은 다음 컷에서 으레 풀썩 쓰러지고 몸져눕고 의식을 잃고 아프거나 죽는다.

빗금 여럿 그어진 창백한 이마를 짊고 살던 시절이 나에게도 있었다.

그럴 이유도 없을 사람에게서 공연히 나쁜 말을 들었을 때, 때아닌 오해에 휘말렸을 때, 무례한 막말을 들었을 때, 작정하고 들이붓는 욕을 들었을 때, 뜨거운 물을 들이붓듯 면전에 대고 비난을 퍼부을 때, 하지도 않은 일을 했다고 덤터기 씌우거나 버젓이 한 일도 안했다고 주먹을 들이댈 때…. 회사를 다니는 수년 동안 이마에도 미간에도 만화처럼 빗금이 내려쳐진 날들이 많았다. 집에 들어와 쓰디쓰고 짜디짠 눈물을 흘리며 그림 속 인물처럼 철퍼덕 바닥으로 쓰러졌을 날들이.

이제는 이어달리기 바통터치를 한 것처럼 저 먹구름 몰려오는 빗금의 이마를 하고 무던이가 귀가한다. 미륵이가 근심·걱정 가득한 상심의 주름을 턱 끝에 달고 기진해서 집으로 온다. '여기까지가 최선인가 보다'며 현관문을 열고 무거운 가방을 떨어뜨리며 문턱에 쓰러질 때도 여러 번이다. 오늘은 누구에게서 애먼 말을 들었는가. 어느 나쁜 사람이 회사의 가장 어린 사원, 성실 근면의 대명사, 내 딸들의 뜨거운 열정의 이마에서 핏기를 빼내버렸나. 무슨 말을 귓가에 퍼부어 넣었기에 저렇게 도리질로 귀를 털어내게 만들었나. 털어도 남아서 잠 속까지 따라와 울리는 못된 말들을 어째서 쏟아부었나.

회사를 다닌 지 무던이는 벌써 6년, 미륵이는 3년째다. 직업이 없이 취업을 안 하고 살 수도 있다는 것은 생각조차 해본 적 없이 자라온 밀레니얼 세대 딸들은 몇 년 동안 나아질 기미가 없던 최고조 취업난의 시기를 거쳐 무사히, 다행히, 아무튼, 취직을 했다.

무던이 입사 초창기에는 내가 딴 나라에 가 있어서 처음 맺는 사회적 인간관계에 따른 고통의 말을 들어주지 못했다. 가끔 가족 단톡방에 뜨는 눈물바다에 잠긴 이모티콘과 서너 줄 호소하다 지치는 한탄의 글을 읽어줄 뿐이었으니 멀리서 속수무책, 해결해 줄 수도 없었다.

어느 날은 깊은 오지에 여행가 있던 중에 보이스톡을 걸어와 뭐라 설명은 하지 못하고 하염없이 울기만 했던 적이 있었다. '신호가 불안정합니다, 연결이 잘 되지 않습니다'라는 글자가 영어로 연이어 떠오르고 띠링 띠링 띠로롱 끊어지는 보이스톡에서 아이의 울음소리는 끊어졌다 들려오고 커졌다 작아지더니 이내 사라졌다.

아, 무엇이 회사에서 일하고 돌아온 아이를 이렇게 울게 만들었을까. 듣는 것밖에는 아무것도 할 수 없던 날들 중에 울음소리마저 제대로 들어줄 수 없던 그 날은 오래 마음 쓰린 기억으로 남았다. 전혀 도움이 안 되는 엄마라서 미안한 마음까지 또르르 말려왔다. 나중에 와이파이 터지는 곳에서 문자로 나눈 회사에서의 사연은 통곡에 비해 평이했다. 아직 초보사원인 자신에게 일을 잘 가르쳐주지 않고는 '왜 그렇게 일을 못 하냐'는 말을 들었다는 것이다.

“다 처음인데, 맞닥뜨리는 사안마다 다 처음 하는 일이니까 프로세스를 잘 가르쳐주던가, 스스로 알아갈 때까지 조금만 믿고 기다려주던가, 잘못했다 해도 처음 하는 일이니까 다그치지나 말던가, 들어보지도 않고 혼을 내지나 말던가.”

맞는 말이었다.

“그렇지, 그렇게 소리를 질러대면 어느 누가 울지 않겠어, 다 잊어버리고 자자. 오래 괴로워하는 사람만 손해야. 미워하는 것도 에너지가 많이 들어.”

소심하게 위로의 글자를 적으며 밤 인사를 전했었다. 위로도 소용없이 2년 넘게 그렇게 힘들어하더니 3년째는 좀 가만해졌다. 포기할 건 포기하고 넘길 건 넘겨가며 다스려가는 모양이었다. 그러다 다시 근래 5년 차에는 더 굵은 빗금을 잔뜩 친 이마로 귀가하는 날이 많아졌다. 퇴근하면 갈 데도 없는 격리의 시절이라 곧장 집으로 오는 수밖에 없는 터라 어디서도 이야기할 곳이 없었으리라.

미륵이도 마찬가지. 출근은 정확해야 하지만 퇴근은 들쑥날쑥한데 회사마저 멀었다. 일을 찾아서 하는 스타일이라 어영부영 떠맡은 일들에 치이는지 퇴근길마다 기운이 빠져 입을 다물지 못했다. 혼절하듯 잠들어 내려야 할 역을 지나쳐 종점까지 갔다 오기를 반복했다. 딸들의 어두운 이마에 대해서 일일이 왜 그러느냐, 묻기는 어려웠다. 저들이 먼저 입을 열어 말하기 전까지는 가만히 두었다. 사람은 누구나 혼자 있고 싶을 때가 있으니. 아무리 힘들고 슬픈 일들이라 해도 미주알고주알 이야기할 수는 없을 테니까. 말하다 보면 봉해둔 상처가 헤집어질 때가 더러 있으니까. 다만 요샛말로 또 누구한테 '다구리'를 당했나, 염려하면서 등허리를 밀어 욕실로 들여보냈다. '슬픔은 수용성이라 뜨거운 물이 치료제래, 머리도 몸도 다 씻어봐. 슬픔도 눈물도 다 녹아버려 사라진대'라는 흰소리를 반복하면서.

무던이의 루틴은 직장 생활 2년이 지나고부터 퇴근한 후 하루도 빠짐없이 집에서 맥주 한 캔 마시기가 되었다. 목도 마르고 속이 막혀 흘려보내야 할 일이 있고 식혀야 할 열받은 일이 있으니 맥주 한 잔은 생명수나 다름없다고 했다. 어느 날엔 사람 독과 말의 독을 씻어내야 한다고 말했다. 아주 많이 속상해하는 날에는 옆에 앉아 내가 더 많이 마시면서 당사자인양 화를 터뜨려주었다. 위로는 서툰 편이지만 올바른 방향은 어찌 되었든 노력은 해봐야 했다.

"회사 일에서 무슨 자기실현이야. 일은 일일 뿐이지. 회사 사람들에게서 좋은 관계를 맺으려고 여전히 노력 중인 거야? 너무 애쓰지 마. 회사 사람은 회사 사람일 뿐이야. 회사에 일하러 가지,

사람 만나러 가나. 우정? 사랑? 신뢰? 가족 같은 믿음? 그런 게 회사에 있을 리가 없잖아? 일로 만난 사이에 그런 건 불가능하지."

신소리에 불과하고 잘못 들으면 위로는커녕 반박의 말을 들어야 할 어른스럽지 못한 표현이기는 해도 다독이는 포즈를 해볼 수밖에 없었다. 할 수 있는 것이라고는 딸 입장에 서서 차마 못하는 말을 대신 해주는 것밖에 없었다. 무조건 내 딸 옆에 나란히 서서 같은 마음으로 화내주고 욕해주는 것만이 내가 아는 위로의 한 방법이었다. 선후를 따지거나 상대방의 입장을 폭넓게 헤아려, 그에게도 일리가 있다거나 관계의 맥락을 아는 양 잘난 척을 하지 않으려 나름대로 애썼다. 너도 잘못했네, 네가 이상하네, 라는 말만은 안 하려고 입술을 깨물며 다짐했다. 왜, 냐, 하, 면, 진짜로 내 딸이라서가 아니라, 무던이나 미륵이는 피의 성분상 일을 피하거나 안 하거나 성실하지 않거나, 무례하거나, 게으름을 피우거나, 소리를 지르거나, 유해한 행동을 남에게 하는 것 자체가 안 되는 종류의 사람이라는 걸 알았다. 머리는 잘 돌아가는 편이고 일을 무서워하지 않았고 말이 많지도 않았다. 이 세상에서 누군가가 '성실하고 충실한 사람이 누구인가?' 혹시나 물어오면 나는 손을 들어 '바로 저 아이입니다'라고 자신 있게 가리킬 만한 아이가 무던이나 미륵이었다.

무던이는 허리까지 내려오는 기나긴 머리칼을 헤르미온느처럼 늘어뜨렸다. 소녀 때부터 길러온 머리카락, 짧게 자른 적이 없다. 하늘하늘 나풀나풀거리는 원피스와 짧은 스커트를 입는 걸 좋아한다. 심지어 분홍색 계열의 옷과 사물을 아주 좋아한다. 귀걸이를 하겠다고 여러 개의 구멍을 뚫었다. 향수를 좋아해서 여러 향을 뿌리고 다니고 자그맣게 반짝거리는 액세서리를 좋아한다. 세칭 '여자여자'한 스타일인데 누구도 강요한 적은 없는 개인의 취향이다. 무던인 종종 여성스런 외양을 두고 수군거리는 말을 들은 적이 있다고 했다. 20대 중반의 여자가 삼단 같은 헤어스타일을 한 것이 수근댈 일은 아니지 않나. 일할 때는 단정하게 올리고 핀을 꽂거나 묶어서 아무렇게나 풀어헤치고 다니는 것도 아닌데. 짧은 치마를 즐겨 입는 것도 흉볼 일은 아닐 것이다. 내가 아이의 10분의 1도 안 되는 길이로 머리카락을 짧게 자른 채 30년을 살고 아이 치마 길이의 세 배가 넘는 긴 치마를 입고 다닌다 해도, 취향은 각자의 고유 영역이라 엄마인 나조차도 딸의 외모에 뭐라고 말하지 않는다. 젊은 여자들에게 재차 불어온 '탈코르셋'의 시대에 꿋꿋하게 긴 머리에 짧은 치마를 입고 화장도 종종 하고 다니는 것이 신기해 보일 뿐이다.

엄마인 나는 초창기 페미니스트들처럼 브라 안하기를 찬성하고 긴 머리는 아예 귀찮고 화장은 선크림 바르는 걸로 마감하는, 소위 탈코르셋의 첨병, 메갈이나 페미로 불리기에 합당한 외모를 지향하지만 여성스러운 모든 것을 충실히 재현하는 무던이를 교정할 마음은 전혀 없다. 자기 몸이고 자기 머리고 자기 패션인데 남들이 무슨 권리로 뭐라 관리하고 통제할 필요가 있나, 본인이 좋으면 그만인 것이다. 하물며 1980년대에 미니스커트 입고 소위 '날라리'처럼 꾸민 채 거리 인터뷰한 여자도 "이렇게 입으면 내 기분이 조크등요" 하고 멋지게 말했었다.

개인적이고 민감한 취향이나 사소한 습관에 여자라는 이유로 어리다는 사실을 들어 간섭 혹은 통제나 흉을 보는 것은 선배나 상사라 해도 어른으로서 할 일이 아니다. 여자 같네, 남자 같네, 입이 짧네, 어린애 입맛이네 같은 평가의 말들은 거의 신성불가침이나 진배없다고 생각한다. 소중한 개인의 경계를 넘나드는 소리를 듣고 괴로워할 때는 듣고 흘리고 잊어버리라는 말밖에는 더 해줄 말이 없었지만.

연차가 쌓여가면서 이제는 아이들의 회사 일에 대해 모르는 것들이 많아졌다. 네가 무조건 옳다며 맞장구치는 것을 지나 일의 전문성이 깊어져서인지 나로선 못 알아듣겠는 게 천지다. 그 쪽 업계가 어떤 방식으로 움직이는지 승진과 월급 체계가 어떤지 일의 전망이 어떤지 변화의 방향과 속도를 잘 알아채지 못하게 되었다.

다행히도 둘 다 조금씩 직장일에 안착을 하는 모양이다. 승진과 호봉과 성공에 대해서는 아직 모르지만 딸들에게도 변화가 생겼다. 울거나 빗금을 긋고 돌아오는 횟수가 줄었다. 후배 직원도 생겼다. 경험 따라 속도 겉도 탄탄해지는지 이제는 단호하게 분노의 문장을 구사한다. 물리적 힘을 기르겠다며 운동을 하는가 하면, 분노의 활화산이 되어 무서운 말을 꺼냈다가도 객관적으로 상황을 파악해낸다. 시간이 흐르고 여러 종류의 사람을 겪어가면서 조금은 사회적 관계 맺기에 노하우가 생긴 것 같다. 살다가 만나는 모든 이가 날 좋아하진 않는다는 것, 열 명이 만나면 여덟 명은 나에게 관심이 없고 한 명이 호감을 갖고 있고 한 명이 이유 없이 미워할 수도 있다는 것을 알아챈 것만 같다.

"회사에서 인간관계 넓다고 해서 사람 인생이 드라마틱하게 확 바뀌지는 않아. 협소한 사회적 관계 맺음이 부끄러울 일도 아니야. 나쁜 사람 때문에 속을 썩으면 속 썩는 네가 더 가엾어져. 부디 경주마처럼 양쪽 시야를 가리고 안 좋은 관계에 집중해서 고통받지는 말아줘."

무슨 안 좋은 일을 당하고 돌아올 때 해준 말이다. 그리고 〈우리도 사랑일까(Take this waltz)〉에 나오는 문장을 문자로 보내주었다.

"인생엔 당연히 빈틈이 있기 마련이야. 그걸 미친놈처럼 일일이 다 메울 순 없어(Life has a gap in it, it just does. You don't go crazy trying to fill it like some lunatic)."

때로는 사수가, 선배가, 상사가 죽이고 싶을 만큼 미운 짓을 할 것이다(했다). 저 사람이 인간의 탈을 쓴 악마인가 싶을 때도 있을 것이다(있다). 차마 같은 공간에서 같은 일을 하며 살아가는 사람에게 터무니없이 비하하고 괴롭힐 이유가 없을 텐데, 그럴 리가, 그럴 이유가 없다고 해도, 꼭 그렇게 나쁘게 행동하는 이도 있을 것이다(당연히 있다). 퇴마사라도 불러 물리치고 싶을 악령이나 사탄처럼 터무니없이 괴롭히는 사람도 있을 것이다.

아무튼 어떤 위로의 말도 소용없이 퇴근한 지 한참 후에도 진정하지 못하고 마음이 부대낄 때 나는 가슴을 스스로 치며 멋짐 하나도 없이 장렬히 산화하는 쪽 역할을 택한다.

"어쩌면 나도 그랬을 수 있어. 너희들 나이 또래의 어떤 후배들에게 아마도 악마 같은 선배인 적도 있었을 거야. 그런데 봐봐. 지금 너희가 보는 것처럼 나는 이렇게나 평범한 사람에 불과하다니까. 그때 그 사람에게 생이 무너질 괴로움을 주었다 해도 별 힘없는, 아무 영향도 미치지 못하는 일개 한 사람에 지나지 않다니까. 회사 그 사람들도 그럴 수 있어. 그러니까 하루 종일 회사 생각만 하고 살지 마. 회사 일에 빠져서 온 생애의 힘을 다 쓰지 마. 회사 사람 생각 외에는 아무 생각도 하지 않고 거기 푹 빠져 허우적거리지 마. 고통스럽게 이름을 되새길 만한 사람이 아닐 거야. 어떻게 맨날 일 이야기만 하고 살겠어? 24시간 전체를 회사 위주로만 돌아가게 하지 마. 그 좁은 세계의 그 몇 명의 사람들에게 젊은 인생 대부분의 감정을 영향받지 않도록 조율할 수 있기를 바라. 남의 말, 남의 행동, 어쩌면 그럴 수 있나, 이해하려고 애쓰고 분노하는 그 열정으로 그냥 내 생각을 해보라는 말이야. 잘 안 되겠지만, 아직은 어렵겠지만 한 귀로 듣고 한 귀로 흘려. 엄마를 봐. 그들의 인생이, 이 관계가 시기가 지나면 정말 하잘것없어진다니까. 헤어지면 그만이라니까. 그 영화처럼 새 왈츠를 추게 한 불같은 연인도 싫어지는데, 아무리 사랑한 연인도 한번 헤어지면 끝인데, 부디 회사에 대해서 일에 대해서 너무 큰 열정을 쏟지는 말아줘. 그렇다고 일하면서 좋은 사람을 만날 수 있는 행운을 완전히 버리지는 말고. 나를 한 번 더 봐봐. 수많은 사람들과 갈등을 일으키고 구설수에 빠져 허우적거리면서 고통스럽기도 했지만 잘 지내고 살아 있잖아. 좋은 사람은 아직도 잘 만나잖아. 회사가 아무리 중요하고 일을 그만둘 수 없다 해도 거기서 만난 사람 몇몇 때문에 애를 끓이고 슬퍼하는 건 단호하게 접어."

솔직히 회사를 다니면서 오로지 '일이 많아서' 죽도록 힘들 때는 드물다. 일이야말로 진짜로, 하면 된다. 어려워도, 많아도 일하기만 하면 끝이 난다. 해결되지 않는 문제는 일 자체보다 사람 때문에 생기는 법. 그놈의 사람 하나. 이름을 가진, 얼굴을 가진 아주 평범한 한 사람이 다른 사람을 죽게도 하고 살게도 만들어버린다. 둘은 어쨌든 의젓하게도 안 좋은 관계로 얽히게 되거나 안 좋은 말을 들어도 예전 세상에서 보던 시각처럼 인간관계의 파탄, 여자의 적은 여자라는 고리타분한 방식으로 풀지 않게 되었다. 날이 갈수록 회사에서 좋은 사람을 만날 수 있는 기회나 희망이 적어지겠지, 앞으로도 선배와 상사와 동료들과 갈등이 일어나겠지, 그리고 몇 년이 지나면 후배가 들어와 자기들이 선배가 되고 상사가 될 수가 있겠지.

아무튼 아이들이 관계에서 고통스러워할 때는 저 위에 쓴 저 말을 위로라고 해주는 것이다. 그리고 옛 광대처럼 노래를 불러주려고 시도하는 것이다. 다행히도 두 딸은 나의 공연을 눈물을 흘리며 보아주고 웃어준다. 세상에서 엄마가 젤 재미있다고 손가락을 올려준다.

"인생에는 틈이 있기 마련이야, 일일이 다 메꾸고 반응하려는 것은 미친 일이야. 노래도 있잖아. '어떤 이는 남의 꿈을 뺏고 살아.' 안타깝지만 그렇게 사는 이도 있다니까. 하나하나 어떻게 다 반응해? 노래는 이렇게 불러. 들어봐. 너희들이 어떤 사람이 될지 정해."

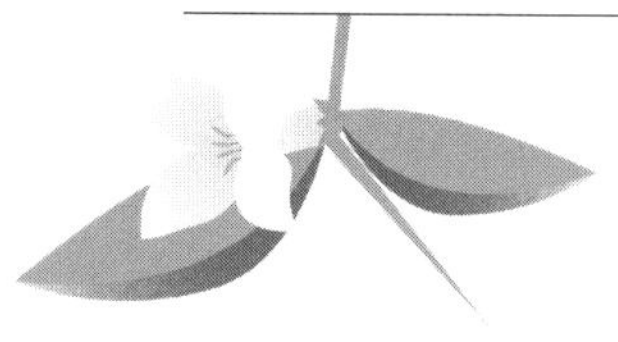

분노의 도로 한복판에서 전사 퓨리오사처럼

〈매드 맥스: 분노의 도로〉를 열 번 넘게 보았다는 거였다. 볼수록 최고 명작이라고 추켜세웠다. 텔레비전 화면에 노란 모래폭풍이 휘날리고 있었다. 탕탕탕 일렉 기타 소리를 내가며 우우우, 우우 주제곡을 따라 불렀다. 내가 알던 딸들의 이전 영화 취향과 잘 맞아떨어지는 것 같지 않아 웬일인가 싶었다. 어리둥절할 수밖에. 나는 몰랐던 영화다. 그럴 만도 한 것이 내가 여기 없던 시간, 문화적 환경에서 멀리 떨어진 곳에서 외장하드 속 옛 영화나 뒤적이던 시절에 개봉한 영화다. 2015년 5월에. 그때 나는 스리랑카 최남단 지도 끝 바닷가 마을에 파견되어 혼자 살고 있었다.

우연히 〈분노의 도로〉를 같이 보게 된 날은 2017년 5월 어느 날. 개봉한 지 2년이 지나 있었고 돌아온 지 두 달쯤이었다. 샤를리즈 테론, 그 예쁜 배우가 맞나 싶어 보이는 여주인공이 머리를 빡빡 밀고 얼굴 가득 검은 기름을 묻히고 중장비 화기를 들고 뜨거운 도로를 종횡무진하고 있었다. 저 여자는 뭐 하는 사람이지? 게다가 저 어리고 여린 헐벗은 여자들은 또 뭐야? 그렇게나 여러 번 봤다면서 딸들은 다시 한 번 영화음악에, 여자의 액션과 스토리를 설명해주면서 환호를 멈추지 않았다. 과연 사령관 여전사 퓨리오사는 멋짐의 끝판왕이었다. 가녀린 여자 다섯 명은 인류 생명의 근원이었고 그녀들은 정조대를 끊고 자궁을 해방했다. 물과 기름을 독차지하고 폭정을 일삼는 임모탄에게서 여자들은 스스로를 구원해냈다. 남자들, 맥스와 녹스와 워 보이들은 여전사와 동등한 조력자이자, 노예에서 각성한 자유인이 되었다. 가뒀던 수문을 퓨리오사가 열어 메마른 사막에 폭포처럼 흐르게 했다. 'What a lovely day!' 영화 헤드카피처럼 감탄이 흘러나왔다.

뭔가가 확실하게 변해 있었다. 영화 주인공 여자들의 캐릭터가, 이 나라의 젊은 여자들이, 그리고 내 딸의 취향과 사고회로가. 나 없는 그 사이에 페미니즘 대각성이 이루어졌다. 2015년부터 2017년까지 딱 2년 사이에. 두 시간 동안 〈매드맥스: 분노의 도로〉를 보면서 느낄 수 있었다.

강남역 화장실 사건은 2016년 5월 17일 새벽, 서울 서초동의 노래방 상가 남녀공용 화장실에서 무죄한 젊은 한 여성을 한국 남자 김성민이 칼로 찔러 살해한 사건이다. 일면식도 없는 불특정 여성을 오로지 여자라는 이유로 살해한 사건은 '묻지 마' 살인으로 축소, 은폐되려다 분노한 한국 여성들에 의해 여성 혐오 살인 사건이 되었다. 젊은 여자들뿐 아니라 온 나라 여성들이 분노했다. 슬픔이 터져 나왔다. 그때 피해자 여성은 딸들과 비슷한 연배였다. 한 여자가 죽임을 당한 강남역 근처 음식점과 화장실이라는 장소는 그 또래 여자들에게는 특별한 곳이 아니었다. 금지된 장소도 위험한 장소도 아닌 누구라도 언제라도 갈 수 있는 보편의 자리였다. 그 여성을 죽이기 전에 살인자는 소변 보러 들어온 여럿의 남자를 죽이지 않고 그냥 보냈다. 누구라도 운이 없으면, 불행히도 단지 여자라는 이유만으로 여자에게 적의와 살의를 가진 남자에게 죽임을 당할 수 있는 끔찍한 거였다.

'운이 좋아 살아남은' 슬픔을 품은 여자들이 추모 시위를 계속하던, 노란 스티커의 물결과 촛불이 흔들리는 강남역 거리 사진을 남의 나라에서 보았다. 여자라는 단 하나의 이유로 화장실에 갔다가 죽을 수 있다는 두려움과 무력감, 공포와 슬픔과 분노로 일렁이는 여자들의 얼굴을 하염없이 쳐다봤다. 그 분노와 깊은 슬픔의 도로 한복판에 내 딸들과 딸들의 친구들이 있었을 거였다. 우연히 갔다가 우연히, 세상에 아무 관계도 없는 낯모르는 남자에게 잔혹하게 죽는 일이 나의 일이고 내 딸들의 일일 수 있다는 각성이 공포를 넘어서며 생겨났다.

그 2년 사이, 강남역 여성 혐오 살인 사건이 일어난 후 1년 동안, 한국 여성들이 달라지기 시작했다. 페미니즘의 지형도가 달라졌다. 문학이나 영화와 노래들이 달라졌다. 텍스트와 맥락과 가사가 그대로라도 여성들이 그것들을 받아들이고 해석하고 분노하는 지점이 완전히 달라졌다. 〈매드맥스: 분노의 도로〉를 같이 보게 되면서 우리 딸들이 가혹하고 잔인하고 끔찍한 한국 사회에서 젊은 여자의 나이로 살면서 세상을 보는 눈이 어떻게 달라졌는지 확연히 알 것만 같았다. 내가 10여 년 넘게 페미니스트 저널에서 일했다는 것, 그때 어떤 책들을 펴내고 어떤 주제로 특집기사를 만들었는지, 어떤 대상과 무슨 상황을 밝히고 다루고 싸웠는지 다른 세상의 일처럼 어렴풋하게 알고 있었던 딸들이 딱 2년 사이에 여성 문제 돌풍의 중심에서 살고 있었다. 거의 모든 여성 문제의 센터, 핵심 당사자였다. 우리가 페미니즘 잡지에서 다뤘던 모든 문제들이 한꺼번에 다시 불거져 나오고 있었다. 하나도 새로운 이야기는 아니었으나 양상은 더 끔찍해지고 더 가혹해지고 더 잔인해지고 교묘해졌다.

당사자인 아이들이 한국에서 여자로 지금 살아가는 현실을 거꾸로 내게 '가르쳐 주겠다'고 했다. 여성 문제에 관해 아직 모르는 게 있을까, 이전에 다 겪고 보고 들었던 것들인데? 그러나 배워야 했다. 지금 당사자는 나보다도 딸들이니까, 소용돌이 가운데 서 있는 당사자의 현실은 비껴 선 자와는 다를 테니까.

예습 삼아 복습을 겸해 책꽂이에 꽂힌 페미니스트 저널 〈이프〉, 우리(내가)가 만들었던 잡지를 꺼내 특집 주제들을 다시 읽었다. '어떻게 이럴 수가 있나?' 지금 일어나는 있는 모든 상황은 예전에 다 했던 말들이었다. 그것도 한참 전에 아주 오래전부터. 남성 문인들의 성희롱, 성폭력은 1997년도 특집인데 그 후 2007년, 10년이 더 지난 2017년 현재까지 활화산처럼 타오르고 있다. 백일하에 남자 작가, 남자 교수, 남자 시인, 남자 소설가들의 여성 혐오와 성희롱, 성폭력의 작태가 드러났다. 문장에 감춰 놓은 더러운 성희롱의 기미를 전혀 시적이지 않은 '시적 표현'이라며 주장하는 혐오의 행태를 샅샅이 파냈다. 묻어주고 건너가고 '피의 쉴드'를 쳐주면서 서로를 의기양양 추어올리던 성희롱 남성 작가들의 몰락은 2021년 지금도 진행 중이다. 여성을 외모로 점수 매기고 평가하는 변태적 사회 풍조는 안티 미스코리아 페스티벌과 외모지상주의 주제로 샅샅이 파헤쳤는데 작금에 와서는 '탈코르셋'으로 주체를 바꿔 화장과 꾸밈 노동을 거부하는 움직임이 되었다.

낙태죄의 문제, 여성의 결정권과 태아의 생명권, 낙태죄 위헌 소송과 함께 낙태죄 폐지는 10년도 더 전에 주장한 건데 2020년까지 지지부진 존치니 폐지니 말이 많더니 2021년 1월 1일 완전히 폐지되었다. 저출산 문제는 20년 전, 2000년 초 '아이 낳기 싫다'는 여자들의 절규하는 목소리를 저 아래에서부터 끌어올리면서 시작되었다.

20대의 여성들에게 설문을 돌리던 날들이 선명하게 기억났다. 조목조목 왜 아이를 낳지 않겠다고 생각하는지 물었을 때 여자들이 했던 대답이 2021년 현재 상황을 또렷이 말해준다. 여성의 경력 단절, 독박 육아, 맘충, 미혼모 차별, 양육비 안 주는 아빠들을 고발하는 '배드 파더스'로 확산, 진행될 마음들이 그때부터 이미 곧 터질 폭탄으로 놓여 있었다. 데이트 폭력, 이별 살인, 스토킹, 군가산점 제도, 여성 임금 차별, 직장 내 괴롭힘, 문학에 영화에 노래에 들어 있는 여성 혐오에 대해서도 모두 말해왔던 것이다. 이전에도 있었고 알고 있었으나 세월이 지나 개선되는 게 아니라 더더욱 나빠지고 더 뻔뻔해지는 2018년 이후의 상황을 나의 일처럼 다시 겪으면서 2021년이 되었다. 나의 일'처럼'이라니! 나와 내 딸들의 당면 과제였다.

여성 관련 기막히고 잔혹한 일들이 터질 때마다 아이들이 보내주는 젊은 2,30대 여자들의 이야기를 같이 보고 들었다. 또래

2,30대 남자들의 행태는 새삼스레 끔찍하고 저열하고 잔인했다. 메갈리아, 워마드, 래티컬 페미니스트들의 말도 귀담아들었다. 이제 페미니스트라는 것이 따로 있을 필요가 없는 세상이 되어버렸다. 그저 자기 삶을 살고 있는 중인 현재의 평범한 여자들이, 자기 일을 이야기하는 현재 자체가 페미니즘의 한복판이었다. 세상에. 운이 좋아서 살아남았다는 슬픔으로 죽음을 추모해야 하다니. 걸스 캔 두 애니씽 티셔츠를 입었다는 이유로 혐오의 대상이 되어 해고되다니. 소녀에겐 왕자가 필요 없다는 옷 하나 입었다고 국민에게 사과를 해야 하다니. 브래지어 안 입었다고 가혹한 욕을 먹고 댓글 테러로 조롱당해야 한다니. '김지영'을 읽었다고 조리돌림을 당하고 화장실에서 사진 찍히고 섹스하다가 촬영당하고 노예처럼 몸캠을 찍히고 이별하려다가 협박당하고 집에 오다가 죽임을 당해야 하다니. 집 문을 열다가 불시에 잡히고 집 안에 있다가 죽임을 당하다니. 거의 날마다 끔찍하고 더럽고 잔인한 일들을 남자들이 여자에게 줄기차게 자행하는 바람에, 없던 남성 혐오의 기운이 무럭무럭 자랄 판이었다.

소름 돋는 N번방의 남자들, 정미경의 소설 《하용가》에서 여성의 성을 착취하는 남자들, 가난한 소녀를 집단강간하는 남자들, 단톡방에서 동료 여자를 평가하고 희롱하는 남자들이 수두룩한 사이에서 여자들은 가장 끔찍한 남자 범인의 신상공개나 국민

청원을 하면서 겨우 살고 있다.

'운이 좋아 간신히 세상에 태어나 운이 좋아 겨우 살아남았다'는 슬픈 문장을 쓰고 있는 이 나라의 젊은 여자들에게 솟아나는 연민을 거둘 수가 없다.

'뱃속에 아기가 아들이면 알려주고 딸이면 안 알려준대. 초음파로 보면 아들은 딱 알 수 있대. 돈을 더 주면 성별을 알려준다던데. 의사가 아무 말도 안 해주면 딸인 게 확실하니까 의사가 말을 안 해주면 알아서 없앤대. 배 모양을 보니 아들이네, 낳아도 되겠어. 시어머니가 직접 병원 데려가서 딸이라서 지우라고 했대.'

이런 소리들을 두 아이를 임신한 기간 내내 듣고 살았다. 내 딸들은 여아 낙태가 공공연히, 또는 버젓이, 속삭이듯 몰래몰래 행해지던 90년대에 태어났다. 태아감별을 하는 양수검사를 해본 적은 없었다. 초음파는 달마다 했는데 의사가 아들이라고 특별히 말해주지 않았으니 딸이 분명했을까. 임신한 첫 달부터 두 딸을 낳은 후까지 별별 소리를 들어야 했다. '아들이 없어서 어떻게 해? 젊으니까 더 늦기 전에 아들 낳아야지.' 길거리에서 일면식도 없는 사람들이 말했다. '둘째 딸 보니 남동생 볼 관상이네.' 아이들 면전에서 아무렇게나 말해대는 사람도 여럿이었으나 큰 상처를 받지는 않았다. 아들 없으면 큰일이라고 생각하는구나. 아들을 정말로 좋아하는구나, 변하질 않는구나, 그랬다.

딸이라서 일부러 강하게 키우려고 애쓰진 않았다. 분홍색이 좋다 하면 분홍색 드레스를 입혔고 머리를 길게 땋고 파마도 직접 해주었고 긴 원피스도 만들어 입혔다. 딸은 기르는 재미가 있다고들 했지만 특별히 '재미' 보겠다는 마음으로 키우진 않았다. 아들, 딸 관련 세상 행태는 얼마나 빠르게 바뀌어가던지 아이가 초등학생이 될 무렵 떠드는 말들이 변해갔다. 딸들이 그렇게 귀해졌대. 아들 둘 낳으면 목 메달, 아들 하나, 딸 하나면 금메달, 딸 둘이면 은메달, 딸 하나 외동이나 아들 하나 외동이면 동메달이래. 아이의 성별에 따라 엄마 목에 걸리는 메달 색깔이 달라졌다. 엄마가 국가대표 운동선수가 되었다.

아들만 둘이면 목을 매달아 할 게 엄마라고? 어느 날쯤엔 딸 둘 낳은 사람이 금메달이라는 말이 생겨났다. 아들 키워봤자 다 소용없고 딸이 있어야 비행기를 탈 수 있다고 했다. 너는 마침내 금메달을 딴 거라는 소리를 들으며 양팔이 두툼해지도록 딸들을 키웠다. 딸이라 해서 아들에게 먹일 것과 다를 리가. 똑같은 공력을 들였다. 좋은 것을 골라 먹이고 제일 좋은 옷들을 사 입히고 닿는 힘껏 가르쳤다. 이다음에 자라 내게 무엇을 해줄지를 가늠하지 않았다. 집안 수입의 80퍼센트를 두 딸들에게 사용했다. 줄 것과 주지 않을 것을 여자라 구별하지 않았다. 내 딸들이 자랄 세상이 여자라는 이유로 나처럼, 내 세대처럼 차별받을 거라고는 꿈에조차 떠올리지 않았다. 세상이 더욱더 좋아져야지, 어떻게 더 나빠질까. 그럴 리가 없을 거라 믿었다. 이럴 줄은 상상하지 않았다. 그때 내 또래의 여자가 낳아 키운 아들, 그 남자들이 동년배의 여자들을, 동시대의 여자를, 내 딸들 같은 친구들을 혐오하고 조롱하고 싸우고 학대하고 죽여댈 줄은, 차마 몰랐다. 또래의 남아들이 소위 한(국)남(자)이 되어 소위 한(국)녀(자)들을 미워하고 차별하고 아빠 또래의 남자들이 아저씨, 아재, 꼰대로 퇴화되어 신소리를 내뱉고 함부로 대하고 죽여댈 줄은, 정말 몰랐다.

딸들은 시간이 생길 때면 남들이 말하는 여초 카페, 남자들이 메갈의 집합소라 칭하는 온라인 카페 몇 개를 열독하는 것 같다. 여자들만 가입할 수 있는 온라인 카페는 또래의 여자로서 생물학적 여성으로서 겪는 웃기는 이야기와 서글프고 화나는 이야기를 터놓고 공감하는 해방구가 된 것 같다. 여자들은 모두 주민등록증으로 나이와 성별과 얼굴을 인증하고 회원이 되었다. 나는 나이가 많아 정회원은 될 수 없다. 젊은 여성들만의 카페라서 밖으로 내보내도 되는 몇 개의 인기 글만 볼 수 있고 딸들이 보여주는 것만 간신히 얻어 볼 수 있어 아쉽지만, 딸들이 보내준 링크만 받아 읽어도 종종 감동스럽다.

어깨 너머로 지켜본 바, 카페 운영은 수평적 구조로 되어 있는 모양이고 콘텐츠를 스스로 정화하는 세부 규정을 짯짯이 지키는 것 같다. 회원들은 서로에게 반말을 사용한다. 버릇없고 예의 없는 반토막 난 말이 아니라 그들만의 특유의 문체를 공유한 다정하고 특색 있는 어미처리법이다. 근거 없는 비난이나 욕설의 댓글은 스스로들 걸러내고 배려하는 게 역력하다. 공감과 응원, 찬성과 박수가 기본인 그곳에서 여자들은 과격하거나 편협함을 지양하면서 여성 문제와 정치적 견해를 나눈다. 페미니즘의 이름을 붙일 필요도 없는, 그냥 여자로 사는 이야기들 자체가 페미니즘 베이스의 콘텐츠가 된 것 같다.

종종 남자들이 여동생이나 여자 친구 아이디로 몰래 들어가 분탕질을 하는 모양이지만 아무튼 그곳 여자들은 단호, 담담하게 싸우면서도 유머 감각도 벼리고 있는지 배꼽 빠지게 재미있는 내용도 자주 올린다. 현생을 살고 있는 젊은 여자들을 거기서 본다.

아무튼 몇 년 전 무던이와 미륵이를 동시에 매혹시킨 여자, 분노의 도로를 강인하게 질주하던 샤를리즈 테론, 퓨리오사는 나도 숭앙해 마지않는 여전사의 이름이 되었다. 아직 안 본 사람이 있다면, 바로 시작하기를. 아참. 퓨리 로드 이후 달라진 여자(배우)들은 더욱더 눈부시게 발전해갔다. 민폐 끼치는 무력한 캐릭터, 인격이 거세된 한심한 모습, 쫓기고 죽임을 당하고, 강간당하고, 숨어 울던 피해자에서 여자는 전사가 되고 구원자가 되었다. 웅크린 무릎을 펴고 벌떡 일어나 죽이려는 남자들을 차라리 죽이기 시작했다. 올드 가드(Old Guard), 킬링 이브(Killing Eve), 와이 우먼 킬(Why Woman Kill), 캡틴 마블, 블랙 위도우까지. (여자의) 분노는 고통을 동반하지만 힘이 된다. (남자의) 혐오와 증오는 고통을 동반하지도 않고 독이 된다. 이 적확한 문장도 젊은 여자들의 커뮤니티에서 배웠다.

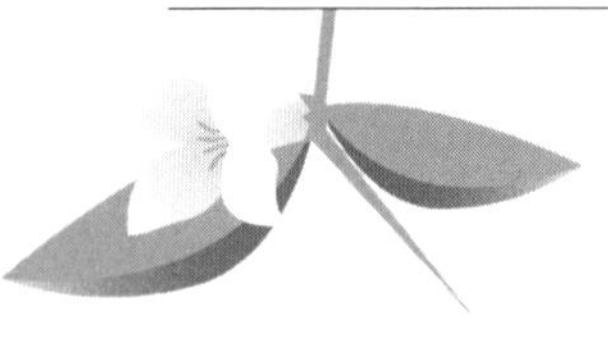

누군가에게 죽도록 미운 사람인 적이 있었나

"진짜 저렇게 살지는 말아야지 매일 다짐해. 정말 저런 선배가 되지는 않을 거야. 나는 죽어도 저런 상사가 되지는 말아야겠어."

남들보단 뒤늦게 사회생활을 시작해 회사를 다닐 때 나는 저런 생각을 해본 적은 없다. 이렇다 하게 내세울 게 없어 자신감이 많지 않아 그랬었는지 모르겠지만 선배는, 상사는 다만 대단해 보이고 존경스러웠을 뿐, 심지어 또래의 동료에게도 흠잡거나 흉볼 구석이 보이지 않았다. 남이 어떠한가, 살펴볼 여력이 없기도 했다. 내 일, 내 생각만으로도 벅찼다.

회사를 처음 들어갔을 때 아주 젊은 나이도 아니었으니 동년배 동료나 선배들에게 공연히 반감을 가질 이유가 없었다. 수직적 구조를 갖고 있으나 다행히 수평적 마인드를 가진 사람들이었고 여자밖에 없었고 특별히 인성이 고약하고 못된 사람은 없다고 생각했다. 좋아하고 존경의 염(念)을 가진 사람들에게 차를 대접하는 것이나 아랫사람 대우를 받는 것이 괴롭지는 않았다. 다들 아이를 키우고 있어서 공감대의 폭이 넓었다. 운이 좋았고 행복한 인간관계가 하나둘씩 쌓인다고 생각했으니 회사가 집보다 좋았다. 선배들과 회식이 괴롭기는커녕 행복했다. 기사를 쓰고 책 만드는 일을 하면서 글을 인정받고 책이 잘 팔리는 것이 죽어도 좋을 만큼 기꺼워서 재미있는 즐거운 한 시절을 보냈다.

차츰차츰 나보다 어린 후배들이 들어와서 어영부영 나도 선배가 되고 상사가 되었다. 새로 들어온 젊은 친구들이 종종 나를 앞에 두고 다른 선배나 상사의 언행에 불만을 표하거나 언어폭력, 외모 차별, 종종 표리부동한 행동거지를 짚어 말할 때가 있었다. 과하다고 느껴질 정도로 그때의 나는 관계 감수성이 부족해서 그들의 말을 대수롭지 않게 들어 넘겼다. 문제로 삼을 만큼 대단한 일도 아니니 그냥 넘기라고 조언이랍시고 던졌다.

몇 년 동안 인체로 치자면 허리 부분, 구성원 중 나이로도, 직급으로도 중간에 자리 잡고 앉아서 스스로는 선배와도 잘 통하고 후배들도 마음 터놓는 좋은 사람이라고 여기면서 회사생활을 해 나갔다. (터무니없는 도저한 나르시시즘에 빠진 편견과 오만으로 스스로를 포장하고 살았던 뻔뻔한 시절은 다시 오지 않기를)

요샛말로 '금사빠'인 내가 누군가 사람을 확 좋아할 때는 그와 말이 통한다고 느낄 때다. 소통이나 교류 같은 진정한 그런 것 말고 진짜 말, 대화하는 순간이 재미있는 사람에게 순식간에 매혹된다는 말이다. 얼굴을 마주 보고 말로, 단어로, 문장으로 서로 주고받을 때, 그게 아주 착착 달라붙고 떼어질 때도 산뜻할 때, 뒤로 넘어가 혼절할 정도로 좋아했다.

호기심 천국에 감격시대라는 별명으로 불려온 사람답게 진지함이나 신중함 말고 그저 순간의 재미있는 말의 주고받음, 말의 재미 그 자체를 가장 즐거워했다. 글로는 쓸 수 없는, 그런 찰나의 말장난, 그 순간 요철의 딱딱 맞아떨어짐, 영상으로도 표현할 수 없는 흘러가는 순간의 말이 통하는 느낌을 너무 좋아했으므로, 말을 재밌게 하는 사람만을 특별히 편애했다. 그것이 가능한 사람이라면 몇 시간이라도 같이 마주 보고 싶어했고, 여전히 요즘도 그렇다. 액션과 리액션이 흥이 나는 '티키타카(tiquitaca)'라 할 수 있겠다. 티키타카가 통통 잘 맞는 사람, 짧고 빠른 말의 패스, 착착 맞는 운율, 두운, 각운, 라임이 맞으면 더 좋고, 웃음이 터지는 지점, 눈물을 글썽이는 찰나까지 맞아떨어지면 금상첨화였다. 그때는 내가 뭐라도 되는 양 누군가와의 케미를 평가할 때, 어떤 사람이 좋으냐고 물어올 때는 촌철살인의 말재주, 허허실실 대화의 합이 맞는 사람을 각별히 좋아한다고 대답하곤 했다. 말 재미가 없는 사람은 좋아하지 않았고 암암리에 꺼렸고 약간은 무시했다.

"말이 너무 세. 너무 직설적이야. 과할 정도로 솔직해."

내 말버릇을 두고 여러 사람이 말했다. 맞는 말이라 인정했다.

"오, 나는 '뒷담화'를 까지는 않아. 직설적으로 정확하게 말하는 걸 좋아하는 편이지."

그렇게만 생각했다. 얼굴을 뒤에 두지 않고 마주 보고 서로 주고받는 합이 잘 맞는 궁합을 좋아하면서, 그렇지 않은 사람과 이야기할 때는 주리를 틀었다. 재미없는 말을 주야장천 늘어놓는 사람, 농담이나 진담의 수위를 조절하지 못하는 둔한 사람, 쉼표 없이 길게 늘려 말하는 사람, 터무니없는 이야기를 진지한 표정으로 낮게 오래 이야기하는 사람, 자기 말만 하는 사람에게 진저리를 쳤다.

"보링해. 너무 보링해. 너는 보링한 사람이야. 이 이야기는 너무 보링해. 못 견딜 지경이야."

이런 말을 면전에서 내뱉은 적이 있었다. 그 말을 듣는 사람이 상처가 되는지 기분이 나쁜지, 얼마나 무안할지 헤아리지 못했다. 얼마나 많이 입버릇처럼 '보링하다'와, '클리셰하다'를 내뱉었는지 모르겠다. 얼마나 나쁜 말이었는지, 상처를 받은 사람이 얼마나 괴로워하고 나를 미워했었는지를 알아챈 것은, 그 시절로부터 몇 년이 흐른 후였다. 오 마이 굿니스.

"엄마도 그런 적 있어? 후배 직원들한테 아무렇게나 막 험한 말 하고 취향 존중 안하고 그랬어?"

회사를 다니면서부터 종종 상처받은 얼굴로, 눈물을 펑펑 흘리면서, 불면의 밤에 악몽을 꾸면서, 가슴을 움켜잡고 괴로워하면서 딸들이 물었다. 사연을 들어보면 '이 험한 세상에 뭐 그 정도의 말로 저다지도 괴로울 일인가' 싶을 때도 물론 있었다. '표정이 안 좋아 보인다거나, 일을 왜 그렇게 멋대로 처리했나' 라든가 '일 좀 똑바로 하라'는 상사의 말 정도는 회사생활하면서 들을 수 있는 말이라고도 생각했다. 짚어보는 고통의 온도가 서로 달랐다.

'한 귀로 듣고 한 귀로 흘려'라거나, '평생 볼 사람도 아니잖아, 에너지 너무 뺏기지 마' 같은 소리를 위로의 말로 던졌다. 아이의 고통 증세가 조금 더 깊어지고서야 말하지 않는 어떤 더 큰 언어폭력이나 괴롭힘이 있으려나, 생각했다. 사람이 아무리 다 터놓고 이야기한다 해도 가장 깊은 곳에 감추고 싶은 게 있는 법. 자존심을 다친 큰 괴로움을 속속들이 말함으로써 겨우 남겨놓은 최후의 자존심마저 덧날 수 있기 때문일 테고 차마 입에도 올리기 싫을 만큼 옹이가 된 상처가 있을 수 있는 법이니.

"엄마도 그랬어?" 처음에는 고개를 저었다. (왜 엄마의 과거사를 물어보나? 회사 사람과 엄마를 동일선상에 놓을 필요는 없을 텐데)

"내가 왜? 나는 그렇게 막말을 하는 사람이 아니야. 후배들도 얼마나 나를 좋아하며 따랐는데…."

딸이 받은 상처랄까 고통이랄까, 덧난 마음을 다독이다가, 함께 분노하다가, 결국 만난 것이 예전의 내 모습이었다.

'응, 나도 그랬다'라는 대답은 부끄러운 진실이었다. '어쩌면 나는 지금 너의 회사 사람들보다 더 나쁜 사람이었는지도 몰라'라는 아픈 반성이었다.

"있잖아. 나는 나를 죽이고 싶도록 미워하는 사람이 두 명이나 되는 사람이었어. 그리고 나도 죽이고 싶을 만큼 미워한 사람이 둘이나 있었어."

딸에게 고해성사를 했다.

그 시절로 돌아가면, 10여 년 넘게 다니던 회사에서 나도 상사가 되고 선배가 되었다. 후배와 인턴이 들어왔다. 잠깐 일하다가 그만둔 후배들도 여럿, 단기 아르바이트생도 있었고 자원 활동가도 있었다. 일을 가르쳐야 할 사람이 있었고 함께할 사람이 있었고 나눠야 할 사람이 있었다. 그 회사가 평생직장이랄 것도 아니니 직원의 이합집산이야 당연한 일이었고 나는 시시때때 만나게 된 그들을 아낀다고 생각하기도 했고 공평무사하게 대우한다고도 여겼었다.

회사를 그만두고 몇 년 후였다. 직장 동료들과는 이미 헤어지고 서로 다른 길을 걸어가고 있던 때였다. 그 시절 같이 일했던 동료와 만나서 각자의 당면관심사를 나누다가 같이 알던 후배와 선배들 근황을 나누던 때였다. 다들 무얼 하고 사는 걸까, 두어 명 후배 이야기가 나왔다. 인턴이었던 한 후배가 현명하게 제 길을 걸어가 훌륭하게 잘살고 있다고 했다. 동료에게 처음 소식을 전해 들은 나로선 그 후배의 행보가 놀랍고도 대견했다. 역시! 그리도 의욕이 많고 열심히 일하더니 끝끝내 제 길을 찾았구나 싶을 만큼 당당하게 성공한 모양이었다.

아무것도 모르는 나와 다르게 후배들 근황을 속속들이 잘 알고 있는 동료가 신기했다.

"나와는 소식이 완벽하게 끊겼는데 어떻게 이 친구와 연락이 돼? 어떻게 근황을 그렇게 잘 알아? 그 앤 나에겐 단 한 번도 연락이 없었는데. 사실 완전히 내 직속 후배였는데 왜지? 나 그 애한테 꽤 잘해줬는데?"

완벽한 착각이었다. 동료의 대답은 뒤통수가 얼얼할 만큼 충격적이었다. 회사를 그만두고 다른 일을 잡아 성공하기까지 몇 년 동안 공부하고 애쓰던 후배는 종종 동료를 찾아왔었다고 했다. 나와는 회사를 나간 후 바로 소식이 끊겼다. 후배는 회사를 다니던 시절 가장 큰 고통을 준 존재로 내 이름을 꼽았다고 했다. '죽도록 미운 당신'이라는 주제로 명상할 때 나를, 그 대상으로 올려놓았었다고 말이다.

죽이고 싶을 정도로 미워했다고? 나를? 왜? 충격을 받은 한편 억울한 마음이 고개를 들었다. 일 가르치다가, 일 함께하다가 일의 선후나 절차를 말해줄 수 있는 거잖아. 혼낼 때도 있는 거잖아. 그걸 갖고 죽이고 싶을 정도라면 이 세상에 살려놓을 사람이 몇이나 되겠어? 어쩌면 내게 고마워할지도 모른다는 착각의 내심이 산산이 깨졌다. 그렇게까지 잘못했을까. 오래도록 껄끄럽고 민망한 마음이 가시지 않았다. 내 딸들의 뜨거운 눈물을 닦아주기 전까지는. 도대체 한두 번도 아니고 계속되는 말들에 베이는 어린 신입 사원의 입장에 내 딸이 서게 되기 전까지는. '정확하게, 나쁘지 않은 말로 천천히, 소리 지르지 않고, 편견으로 가득 차 함부로 대하지 않고 일을 가르쳐줄 수 있잖아. 고집불통 뻣뻣하지 않아도 되잖아. 질투하지 않고 선배답게 처신할 수도 있잖아' 일면식도 없는 딸들 회사의 상사를 향해 맘속으로 비명처럼 부탁의 말을 해보기 전까지는.

또 다른 후배 하나는 어느 날, 나를 앞에 두고 입술을 일그러뜨리며 미간을 좁히면서 회사 다닐 때 내가 저지른 만행에 대해 정확하게 되갚았다. 보링하다며 하품하던 선배 얼굴이 정말 싫었다고. 그 시절엔 여러 번 당신을 죽여버리고 싶었다고. 보링하다고 내뱉던 당신도 사실 꽤나 보링했었다고, 씹어뱉듯이 말했다.

"정말로 저 사람처럼 살지 않을 거야. 내가 선배가 되면, 내가 상사가 되면 후배들한테 정말 잘 대해줄 거야. 진짜 좋은 선배가 될 거야. 이상한 회로를 돌리는 사람 만날 때마다 억울할 때마다 매일 다짐하고 매일 각오를 다지고 있어."

딸들이 말할 때마다 '아, 저래서 그 시절 후배들이 날 죽여버리고 싶을 만큼 미워했구나' 싶은 깨달음이 왔다. 저다지도 큰 상처를 받는구나. 칼을 던지는 것처럼 말을 던졌구나. 땅을 파고 들어가고 싶을 만큼 부끄러워졌지만 짐짓 딸들에게 일종의 사회생활 지침을 일러주듯 말했다.

"누구도 그따위 선배가 되겠다고 생각한 사람은 없을걸. 나도 반성하고 있어. 나쁜 선배였고 나쁜 상사였을 수 있다는 걸 이제는 알아. 이제 보니 그때 예쁘고 똑똑한 젊은 후배들을 옹졸하게 질투하기도 했나 봐. 기회가 닿는다면 한 번 보고 사과를 하고 싶은데 너라면 어떨 것 같니?"

딸들은 손사래를 쳤다. 괜히 만나 상처 들쑤시지 말고 그냥 혼자 반성하는 게 낫다고 했다. 그렇게 영혼이 바스러질 정도로 나를 싫어했다면 다시 보고 싶은 생각은 하나도 없을 거라고 했다. 인성 좋았던 사람으로 기억되고 싶은 욕심은 접어야 했다. 어쩔 수 없다. 지난날 저지른 일을 돌이킬 수 없다. 후배들은 나를 지우고 더 괜찮았던 사람들과 교유하며 잘 지내고 있다.

지금의 나는 신입 사원 시기를, 회사의 막내, 서열 가장 낮은 후배 직원의 길을 살고 있는 내 딸의 입장에 설 수밖에 없다. 꼰대 소리를 들을지라도 딸의 입장에서 짐짓 금과옥조 비스무리한 말을 던져줄 수밖에 없다. 모두 어딘가에서 보고 들은 것들이지만.

"단호하게 말해라, 예의는 차리되 굽신대지 마라. 남이 날 어떻게 생각하는지, 날 어떤 사람이라고 판단하는지 휘둘리지 말 것. 내 발걸음의 속도로 내가 정한 방향으로 가면 된다. 세상 사람의 모든 질문마다 대답을 준비할 필요는 없다. 생각보다 사람들은 너의 삶에 관심이 없다. 진짜로 너에게 관심이 없다는 걸 명심해라. 인정 욕구를 줄여라. 이런 말을 하는 사람이 엄마라서 무슨 말을 해도 귓등으로도 안 들릴 테지만, 인정 욕구에 시달리면 답이 없다. 훌륭한 선배, 훌륭한 상사가 되리라는 꿈을 차라리 버려라. 선배나 상사는 그냥 먼저 태어난, 그냥 먼저 들어온, 그냥 나이가 좀 많은 사람일 뿐이다. 사람이 아주 훌륭해지기는 생각보다 어렵다. 제발 한 귀로 듣고 한 귀로 흘려라. 에너지를 빨아먹히지 마라. 입을 열어 의견을 말하는 것을 두려워하지 마라. 자신의 발화를 두려워하지 마라. 당신 독한 것 같다, 차가운 것 같다, 냉정한 것 같다, 멋대로 산다는 소리를 듣는 것을 두려워하지 마라."

보링의 복수가 시작되었나. 말하면서도, 쓰면서도 지루해진다. 여전히 통통 튀는 티키타카를 좋아하는 나로서는 이제 그만 편지로나 써야겠다.

딸들에게

개미처럼 꿀벌처럼 너무 열심히 살지만 마라. 아무리 피의 흐름이 소용돌이치듯 빨리 돌아가게 태어났다 해도 너무 열심히만 사는 사람은 남을 얕보게 된다고 생각해. 그냥저냥 잘 살아가는 남의 삶을 게으름으로 보게 된다는 거지. 열심히 사는 것도 좋지만 내로라할 것 아무것도 없이 하루하루 그냥 산다고 해서 나쁜 것도 아닌 것 같아. 어떻게 매번 숭고한 이념과 저 높은 목적을 위해서만 살 수 있겠어. 세상 무해하게, 멋지지 않게 사는 것도 도리어 멋진 삶일 수 있다고 생각해. 퇴근하고 천변을 잠시 걷고 따뜻한 물로 슬픔과 먼지를 닦아내고 헐렁한 옷 하나 입고 쓰러져 누워 뒹굴거리다가 잠드는 것, 시답잖은 영화를 보면서 흉보다가 졸아도, 텔레비전 채널이나 돌리다가 '김냉'에 얼린 캔 맥주 하나 마시면서 나른할 수 있다면, 오래전에 사놓은 책을 뒤늦게 읽다가 때 아닌 감동으로 눈이 빨개질 수 있다면, 그거야말로 진짜 충만한 인생일 수 있는 것 같아. 빛나지 못하고 작고 사소한 일들에 힘주지 않고 진심인 것, 멀리 있는 사람들에게 관심의 촉수를 뻗어 들이밀지 않고 바로 옆에 사람한테 다정한 손가락 한 번 벋어주는 것. 하루하루 그냥 잘 사는 것이 나에게 가장 충실한 태도라는 것, 그게 나한테 가장 잘 대해주는 거라는 것을 잊지 말 것.

옛날의 나 같은, 회사의 허리들에게

'나라면 어떻게 하겠다'는 소리를 하지 마라. 이 세상에 나라면, 이라는 가정법을 들이밀며 남을 비난하거나 충고하는 것만큼 옳지 않은 건 없다. '나라면 어떻게 하겠다'는 말을 하고 싶으면 그냥 그렇게 당신이 하라. 남에게 관심과 걱정이라는 말로 시작하는 충.조.평.판을 하지 마라. 할 말이 없으면 말해줄 것을 생각하느라 애쓰지 말고 그냥 아무 말 하지 마라. 남의 개인적, 금전적, 경제적 상황을 아는 체 하지 마라. 어쩌다 한 번 적은 돈 쓰면서 생색내지 마라. 후배가 어렵게 꺼낸 말 듣고 여기저기 옮기지 마라. 남들도 이미 다 알고 있다. 남이 일 잘하는 걸 질투하지 마라. 세상 사람들 대부분은 당신보다 잘하는 게 최소 한 가지는 꼭 있다는 것을 명심해라. 세상 사람들 중 나보다 못난 사람 없다는 것을 매일 되뇌어라. 아랫사람에게도 윗사람에게 자기 일을 함부로 떠넘기지 마라. 무엇이든 누구에게나 첫 번째는 있는 법. 저 사람에게는 이것이 처음이라는 걸 잊지 마라. 남이 이룬 공을 넘보지도 빼앗지도 마라. 남의 일하는 방식에 입을 대지 마라. 누구도 당신만큼 열심히 잘 살겠다는 각오가 있다. 칼 같은 퇴근을 욕하지 마라. 당신이 칼이 되어주면 만인이 다 편하다. 지금만이 현실이니 당신의 과거 시절을 빗대어 말하지 마라. 궁금한 사람은 아무도 없다. 인사를 듣고 싶지 않은 이에게는 인사말조차 하지 마라. 당신의 가족에 대해 아무 때나 말하지 마라. 누구도 당신 애인을, 자식을, 남편을, 시가 어른들 얘기를 듣기 원하지 않을 수 있다. '스몰 토크'로 분위기 풀겠다며 개인의 신상을 묻지 말아달라. 당신의 스몰이 남들에겐 '빅빅'한 고통의 주제일 수 있다. 마지막으로 말할 게 없으면 안 해도 된다. 그냥 벌렸던 입을 다물고 당신 자리로 가서 당신의 일을 하라.

5

우리는 모두 자기 여행의 철학자들

이제는 집을 나가지 않을 예정

"있잖아. 우리 회사 사람들에게 엄마가 완전 워너비야. 지금 결혼하고 아이 낳고 일하고 있는 여직원들이 많거든. 엄마는 뭐 하시는 분이냐고 가끔 물어올 때 엄마는 외국에 있다고 대답하면 꼭 그 말을 해. 혼자 잘 살지. 탄자니아, 스리랑카, 치앙마이, 외국을 막 여행하고 다니지. 일도 하고 돈도 벌고 있잖아. 텔레비전에 나오지, 책도 펴내지, 아이도 둘이나 다 키워놨지. 심지어 그 다 키워놓은 애가 바로 나잖아! 아무튼 엄마 이야기만 하면 다들 워너비의 삶이라고 부러워해. 엄마 나이에 그러고 살 수 있는 게 너무 부럽대."

어쩌다 나는 당신들의 워너비가 되었나. 그녀들은 나보다 꽤나 젊어서 30대 후반이거나 많아봤자 40대 초반이다. 밖에 나가 있던 그 시절, 아래층 살던 주인 여자도 그랬다.

"부러워요. 당신처럼 혼자 사는 거. 어떻게 그래요? 남편도 시어머니도 애들도 다 너무 힘들어요."

학생들의 엄마들도 그랬다.

"한국 여자들은 다 선생님처럼 살아요? 외국에 이렇게 살아도 되고 정말 부러워요."

한국 남자들마저 그런 말을 했다. 정년퇴직하고 나와 있던 그 사람들 눈에도 간혹 나는 자신의 아내와는 차원이 다른, 용감하거나 대단한 여자로 보일 때도 있는 모양이었다.

"우리 집사람은 이렇게 사는 거 자체를 생각을 못해요. 동창생들하고 등산 다니고 여행 다니고 맛난 거 먹으러 다니지 당신처럼 혼자 나와 일하고 살 생각은 전혀 못 해, 아니 꿈도 안 꿔요."

부럽다는 말을 하는 사람의 말을 믿지 않았다. 종종 나도 어떤 이들을 부러워한 적은 있지만 부럽다고 말을 뱉을 뿐, 진심을 넣어 말한 적이 없었으므로. 부럽다는 말은 일종의 비교일 것이다. 어떤 이의 사연도 잘 모르면서 그저 몇 개의 단어로 한정해 맘대로 평가해본 남의 삶이 진정 부러울 리가 없다. 진정 부럽다면, 원하면 하면 된다. 말로만 뱉는 대신 나처럼 살아보면 될 것이다.

혼자 산다는 것. 나는 2015년에야 마침내 큰아이가 취직해서 출근하던 똑같은 시기에 겨우 홀로 섰다. 3월이었다. 아이가 다닐 직장이 정해지고 신입 연수를 받는다며 전남에 있는 연수원에 들어갈 때쯤 나도 합숙 훈련 교육원에 입소했다. 둘 다 초보였다. 한 번도 겪어보지 않은 삶으로 들어가는. 거의 같은 날, 그 애는 첫 회사로 출근하고 나는 외국으로 나가는 편도 8시간짜리 비행기를 탔다. 혼자 살아야 하는 것이 강제 규정이었다. 나로서는 세 번째의 가출이었다. 성북동 높은 언덕 위 조그만 집에서 1년, 서귀포 귤나무 많은 남의 집에서 겨우겨우 한 1년. 두 번 다 온전히 혼자 잘 살아내지 못하고 실패로 끝났다. 가출, 집을 나간다는 것이 다시 집으로 돌아오는 것을 전제하는 말이라면 딱히 실패라 자괴할 것도 아니지만.

현재 가족인 아이들 아빠, 그리고 두 아이까지 성정 자체가 집에 있는 것을 가장 좋아하고 가족과 있는 시간을 행복해하는 편이다. 일이 있어 나갔다가도 집에만 들어오면 온몸과 마음을 풀어놓고 편안해했고 웬만하면 외출 횟수를 줄이려고 약속을 몰아서 처리하기도 한다. 아이 둘은 "엄마 같은 사람이 친구였으면 좋겠다"라고 말했고 어버이날마다 "엄마가 내 엄마여서 좋다"고 편지를 썼다. "아빠 같은 남자가 남자 친구라면 더 바랄게 없다"고 했고 아이들 아빠도 "아무리 돌아봐도 우리 아이들처럼 속 썩이지 않는 자식이 없다. 사람들이 우리 집을 너무 부러워한다"고 자랑했다. 다들 사회성이 부족한 편이 아니고 사교성도 웬만한데도 이게 웬일인가, 가족 구성원을 최고의 친구로 여겼다. 물론 나도 그러했다. 집에 있는 것이 가장 좋았고 아이들과 시간을 보내는 것이 행복하기 그지없었다. 전업주부로 살던 7년 동안 온몸과 영혼으로 원껏 한껏 육아와 살림에 전념했으므로 일부러 아이에게 엄마 노릇에 대한 죄의식도 부채감도 갖지 않으려 단단하게 마음을 다졌다. 이후 15년 정도 직장 생활을 하면서도 집은, 뛰쳐나가고 싶은 곳이 아니었다. 여길 두고 어딜 가나, 아이들과의 사랑은 도탑고 충만했다. 서로가 서로를 '기적처럼 이루어진 인연'이라 여기며 무엇을 더 이루고 성취하라고 요구할 게 없을 정도로 만족하면서 행복하게 잘도 살았다.

그럼에도 불구하고 나는 이 집을 나가 사는 독립을 두 번 시도했었다. 이런저런 이유로 우리 부부는 2007년 헤어지기로 조용히 합의했다. 〈장미의 전쟁(The War Of The Roses)〉 같은 험악한 싸움은 없었고 〈레볼루셔너리 로드(Revolutionary Road)〉나 〈결혼 이야기(Marriage Story)〉처럼 미친 듯이 다투거나 재산 같은 거 분할을 논하지도 않고 다만 침묵 속에 몇 달을 더 한집에 살았다. 아무 일도 일어나지 않은 것처럼 겉은 평온했지만 속이야 격랑이어서 아무래도 누군가 한 사람은 따로 나가는 게 옳을 것 같아 계획을 짜보았다.

아이 아빠는 안정적이고 확실한 직장이 집 가까이 있었고 무슨 일이 있어도 절대로 아이들 곁을 떠나고 싶어 하지 않았다. 나는 불안정한 데다 소박한 보수를 주는 직장을 다니고 있었고 아이 곁에 없다고 해서 사랑의 관계가 훼손되지는 않을 거라 굳게 믿었다.

결혼한 이후 '나만의 19호실'을 줄기차게 부르짖었으나 실현하지 않았던 내가 직장 근처 원룸으로 이사한 것이 첫 번째 나의 독립이자 별거이자 가출이었다. 어렵사리 처음 이뤄낸 독립은 10개월 만에 접었다. 하필이면 큰아이가 고3인 해였다. 다른 엄마는 아이가 고3이면 중요한 가정사도 접어놓고 인륜지대사도 미뤄놓고 아이에게 '올인'한다는데 나는 딱 무던이가 고3이 된 봄에 나가 수능시험을 칠 즈음에 돌아왔다. 엄마가 사는 원룸에 다니러 왔던 두 아이는 여행 온 것처럼 아무렇지 않게 같이 밥해놓고 놀다가 돌연 '왁' 하고 한번 울었다.

고3 아이의 마지막 보살핌과 심정적 안정을 위해 돌아온다는 명분은 있었지만 사실 내가 나가서 혼자 사는 것이 불안정하고 외로웠던 것도 진심이다. 그토록 혼자 살고 싶어했지만 제법 야심차게 구한 집은 20여 년 살아온 내 집에 비해 너무 좁고 세간을 들이지 않아 불편했다. 보고 듣고 먹고 하는, 사는 낙이 없었다.

내가 좋아하는 것들이 아무것도 없는 집은 '집'이 아니라 '칸'이었고 '벽'이었다.

헤어지기로 한 일이 없는 양, 집을 구해 독립한 일도 없는 양, 마치 조금 긴 여행에서 돌아온 것처럼 귀가했으나 달라진 것은 있었다. 동성의 두 아이가 안방을 쓰고 아빠 방, 엄마 방이던 구조가 바뀌어 내 방을 큰아이가 쓰고 있었다. 고3이니까 자기만의 방은 당연히 있어야지. 작은아이가 쓰게 된 안방으로 베개를 놓고 슥 스며들어갔다. 퀸 사이즈 침대에 고1 아이와 함께 잠들었다. 그 애도 불편했을 거고 나도 편편찮았다. 첫 가출의 시도와 실패 그리고 첫 귀환과 실패다.

첫째가 대학생이 되고 둘째도 대학생이 될 때까지 '이상한 정상 가족'의 모양을 띠고 새로 들어간 회사를 다녔다. 남들 눈에도 우리 눈에도 평범한 4인 가족으로 보였다. 가장 평온해 보이는 순간에 바닥이 스르르 무너지는 모래의 집, 모래의 여자로 사는 날들을 접고 이제는 정말 멀리 뛰기로 했다.

2010년 여름 편도 티켓을 끊고 제주도로 '살러' 나갔다. 이런 저런 글도 쓰고 이러구러 일도 하면서 한라산을 오르고 올레 길을 걸으면서 평화롭게, 평화롭게 주문 외우듯 살다 보면 어느 날 뿌리를 내릴 수 있지 않을까 막연히 생각했다. 바보처럼 순진하게 섬 여자로 땅의 여자로 살아보겠다며 잡은 진행 방향은 사방

팔방 얼크러지면서 앉으려는 엉덩이를 뻥뻥 차버렸다.

책 한 권을 펴내고 고사리 수십 봉을 뜯어 말려놓고 곤한 몸으로 너덜너덜한 마음으로 나는 섬에 항복했다. 간단히 말하면 잘 살아보겠다며 2010년에 제주로 가서 1년 반을 살다가(죽다시피) 2012년에 서울로 돌아왔다는 이야기다. 두 번째 실패다. 왠지 실패의 이야기는 어쩌면 성공의 이야기보다 재미있다.

"한 번 나가 살아보면 또 나오게 될 거야."

나이 많은 엄마인 여자가 청소년기 자식이 해도 변변찮고 편편찮을 가출 내지 출가를 두 번이나 하고 돌아와 사는 모습을 보고 사람들이 그랬다. 그러고 보면 맞는 말이긴 했다. 서너 번 나가 살아본 날들이 실패랄 것도 없는 실패의 연속이었지만, 그랬다. 한 번 나와 보니 자꾸 나오게 되었다.

독립은 중년의, 결혼했던, 아이 있는, 나이 많은 여자에게 어울리는 말은 아니다. 우리가 생각하는 독립이란 단어의 첫 뜻이 무언가. 자식에게 하는 말이라면 일단 혼자 잘 수 있게 하기, 자기 방을 만들어주기, 혼자 밥 차려 먹을 수 있도록 만들어주기 정도를 최초의 가정 내 독립으로 간주한다. 직장 갖기, 자기만의 돈으로 벌어먹고 살게 하기, 집을 떠나 자기만의 공간을 만들기, 부모 혹은 보호자로부터의 분리까지가 진짜 독립의 실현이라 생각한다. 경제적으로, 공간적으로, 심리적으로 명실상부 홀로 우뚝 서기한 상황에 따라 언제라도 혼밥, 혼술, 혼잠, 혼자 여행을 할 수 있어야만 진정 독립한 인간이라고 불러 마땅할 것이다. 이미 나는 그 과정을 청소년기에 거쳤고 지금은 내 아이들을 그렇게 만들어줘야 하는 시기다.

"홀로일 때 외로움을 즐길 수 있는 사람만이 둘이 함께일 때도 외로움으로 소모하지 않는다"라는 말을 철석같이 믿어왔다. 20대도 아니고 30대도 아니고 결혼으로 독립하는 것도 아니고 50대가 된 사람이 이렇게 뒤늦게까지 독립이니, 혼자 사는 삶에 대해 시종여일 집중하면서 살게 될 줄은 독립을 빙자한 가출을 자주 시도하는 나조차도 몰랐다. 옛날에는 집을 만드는 것이, 가족을 만들어 꾸려나가는 것이, 가족이 모여 사는 것이, 혼자 살지 않고 한 덩어리로 뭉쳐 사는 것이 일생일대의 유일한 꿈이었던 사람이 나였다. 결혼하고 아이를 낳고 야무지게 살림을 하면서 예쁘고 다정하게 살아가는 날들은 그 꿈의 완전한 실현이었다.

알기나 했을까. 그로부터 20년 후 안달복달 자꾸 집을 나가려고 자꾸 시도하는 청소년 같은 사람이 될 줄은.

아니다. 다르게 말해야 한다. 나는 철저하게 집을 좋아하는 사람이다. 명명백백히 '집순이'다. 달팽이처럼 거북이처럼 제 집 지붕을 등에 붙이고 온 생을 살라 하면 차라리 좋아할 사람이다. 가만히 두면 몇날 며칠이라도 밖에 나가고 싶은 생각이 하나도 나지 않는, 혼자서도 너무 잘 노는, 놀다 뿐인가, 혼자인 것을 좋아하는, 밖의 어떤 것도 부러워하지 않을 겨울잠 자는 곰처럼 구물구물 사는 것을 좋아하는 사람이다.

가출은 단 한마디 말에서 시작되었다. 저 아래 수많은 갈등과 풀어내지 못한 문제들이 첩첩이 깔려 있을망정 그 날들을 뚫고 나온 한마디 말이 아니었다면 집에서 나가볼 생각은 애초에 떠올리지도 않았을 것이 분명하다.

“이 집에서 사는 게 그렇게 싫으면 네가 나가. 네가 나가라니까.”

불처럼 활활 타오르는 눈빛으로 입술을 떨면서 뱉어내는 그 말을 그에게서 듣던 바로 그 시간 이후, 그 한마디 말은 집에서 살고 있는 이전과 이후를 완벽하게 갈라놓았다. 집이라는 공간과 공기를 다르게 만들었다.

“나가. 네가 나가.”

어떻게 사람한테, 아이 엄마한테, 스스로 ‘집사람’이라 칭하면서 집 좋아하는 집순이에게 저런 말을 던질 수 있지? 충격보다 분노보다 슬픔 같은 모욕의 느낌이 오래 남았다. 나가라, 나간다는 말을 오래오래 생각했다. 사람이 살다 보면, 의견이 안 맞아 싸우다 보면, 여느 누구라 해도 할 수 있는 평범한 말일 수도 있었다. 더 가혹하고 잔인한 말을 던지며 싸우는 사람도 많을 것이고 폭력을 쓰는 사람도 있을 것이고 욕설을 쓸 수도 있고 심지어 죽고 죽이는 사람도 있을 거였다.

하지만 그가 나에게? 내 머릿속에서는 그가 이 집에서 나가라는 말을 할 수 있다는 생각조차 떠오른 적이 없었다. 해가 지나 달이 뜨고 세월이 흘러도 종종 정답고 따뜻할 때가 있어도 나가라는 그 말이 지져놓은 상처는 불도장을 찍어놓은 것처럼 선연하게 만져졌다. 폭력을 쓴 것도 아니었는데 욕설을 퍼부은 것도 아니었는데 불행히도 그는 한마디의 말로 온몸과 영혼을 수백 대 때린 것이나 진배없었다.

집은 곧 나였다. 눈썰미 있고 부지런하고 성실한 편이므로 집 살림살이가 남루하지 않았다. 어쨌든 많이 웃고 스위트홈의 표본처럼 살았다. 그 사이에 무엇이 있었을까. 남들처럼 똑같이 한때 직장 일을 했을 뿐이었다. 그 일이 재미있어서 가족이 아닌 회사 사람들과 어울려 다니며 폭풍처럼 몰아쳤으나 집과 바꿀 것은 아니었다. 누가 아이와 집을 포기해야만 회사를 다니고 일을 한단 말인가. 아주 조금 바뀐 위치와 역할에 적응을 못한 것은 내가 아니었다. 모름지기 여자는 어떠해야 하고 엄마는 이래야 하고 아내는 이러면 좋겠다는 생각에서 완전히 벗어나지는 못한 집의 구성원들이 적응을 마치지 못한 것이었다.

사실 자잘하게 덜그럭거리는 모든 사태에도 불구하고 아이 아빠는 물심양면 성실하고 담담하게 더 좋은 남자이자 아빠로 변해가는 길을 수긋하게 걸어갔다. 오죽하면 달라지고 있는 남편, 변화하는 아빠 역할의 첨병이 되어 신문에 칼럼을 쓰기도 했다. 칼럼 꼭지 이름마저 '바꿔 살아보니'였으니. 뒤집어봐도 헤집어봐도 나쁜 사람은 아니었다. 그는 바빠진 나 대신에 엄마가, 여자가, 아내가 할 일이라고 정해진 일들을 다 해나갔다. 요리했고, 청소했고, 아이들을 씻겼고, 먹였고, 등하교 '라이드'를 했고 알뜰살뜰 개까지 온 정성을 다해 보살폈다. 개에게도 하지 않을 '나가라'는 그 말을 나에게 던져놓은 것만 빼고는, 완벽했다. 가장 집을 좋아하는 사람에게 제일 집에 있어야 할 사람에게 그 말을 한 것만이 패착이었다.

마음에는 안 들었을 거였다. 툭하면 철야하는 것이, 회식 있다고 술 마시고 늦게 오는 것이, 글을 쓴다며 방 안에 틀어박히는 것이, 다른 이들과 여행을 가는 것이, 아무튼 손에 잡히지 않는 사람이, 관심의 많은 부분을 다른 데 쏟는 것이, 무슨 일로 바쁜 건지 알 수 없는 것이, 결국엔 모든 것이 싫어졌을 것이다.

그때 그를 휘감은 분노의 흐름을 다 알 것만 같다. 물론 분노의 눈길에 타 사라지지 않으려고 탈출을 도모하던 내 분주하고 절박했던 마음의 흐름도. 오래오래 나가라는 말을 뱉을 수 있는 그의 심리적 맥락을 생각했다. 나는 살림만 하고 돈을 많이 못 벌어서. 집을 살 때 자신의 부모가 보태준 거니까. 결혼할 때 내가 직업이 없었으니까 이 집의 생성에 지분이 없다고 여겼을지도. 뒤늦게 일하기 시작해서 회사에서 보내는 시간이 더 많은 것이 집을 싫어하는 것으로 보였을지도.

심중에 품었다가 터져 나왔을 그 말이 날이 갈수록 천둥처럼 울려서 나갈 준비를 했다. 나갔고 실패했고 또 나갔고 실패했다. 나도 아이들하고 내 집에서 같이 살고 싶었다. 독립의 실패도 그 말에서 시작되었다. 잠시 나가 얻은 집들은 나의 집이 아니라 그들 집이었으므로 그곳의 주인들도 나가라는 말을 했다. 나가라면 나가야 하는 집은 집이 아니었다. 나가라는 말을 하는 사람을, 나가라는 뉘앙스를 주는 장소를 세상에서 제일 싫어했다. 게스트하우스에서 호텔에서 식당에서 체크아웃 시간을 알려주고 몇 분만 늦어도 벨을 울리고 나가달라는 상황에 가장 큰 스트레스를 받았다. 내가 원할 때, 나가고 싶을 때 움직일 거라고 절규했다.

그렇게 마지막 세 번째 오래 길게 멀리 나가려고 준비를 할 무렵, 얼굴도 모르는 당신들의 '워너비'가 될 무렵 생각한 것은 오로지, 불문곡직 내가 원할 때까지 나가지 않아도 되는 나만의 집을 갖기 위해서였다. 세 번째 가출을 차근차근 준비하던 반세기 넘은 나이가 되었을 무렵, 자주 나가는 사람이라 그랬을까. 신기하게도 내 곁의 사람들은 아무도 놀라지 않았다.

혼자 사는 동안 여자들은 하나같이 나를 부러워했다. 경이로운, 어떤 위대한 삶을 우러러보는 눈빛을 하고 있었다. "밥 먹었어요? 심심하지 않아요? 어떻게 그렇게 하루 종일 혼자 있을 수 있어요?"라고 물었다. 부러워하는 와중에도 내가 여자라서, 엄마 또래의 어른이어서 다른 태도를 보이기도 했다. 가족처럼 다가오려는 사람들이 있었다.

"언니라고 불러도 돼요?"

나는 단호하게 대답했다.

"아니요. 언니라고 부르지 마세요. 전 여동생이 없어요. 당신은 내 동생이 아니에요. 그냥 선생님이라고 부르세요. 내가 남자라면, 어른 또래의 남자라면 오빠라고 불러도 되냐고 묻지는 않을 거잖아요."

스무 살의 남자 학생들도 그랬다.

"선생님은 또 하나의 엄마예요. 엄마라고 불러도 돼요?"

나는 더 칼같이 끊어 대답했다.

"아니요. 나는 여러분의 엄마가 절대 아니에요. 나를 엄마라고 부를 사람은 한국에 있어요. 여러분은 내가 남자 선생님이라면, 50대의 남자라면 아빠라고 불러도 되냐고 물어볼 수 있어요? 선생님이면 됩니다. 두 번째 엄마가 되고 싶지 않아요."

처음으로 독립의 성공을 이루고 있는 내게, 내 집에 유사 가족 같은 호칭은 완벽하게 불필요했다. 혼자 산다는 것. 한 공간을 오롯이 차지하고 내 리듬에 맞춰 살아간다는 것. 성격, 습관, 취향, 잠들고 깨는 시간까지, 먹고 마시는 시간까지 모두 다른 사람들과 한 집에 사는 것은 누구에게나 어렵다. 아무리 사랑한다 해도 같은 공간에서 같은 물건을 공유하고 내남없이 사용하며 사는 것은 어지간한 불편을 담보한다. 혼자 살면 당연히 외로울 것이라는 생각은 어디에서 온 것일까.

삶의 어느 시기에 혼자 사는 사람만이, 혼자 살아본 사람만이 오롯한 제 삶을 꾸려가는 방법을 배운다고 생각한다. 어떤 모양으로 산들 남의 입질에 좌우될 이유가 없다. 말 한마디 안하고 지나가는 하루, 누구도 내 허락 없이는 들어올 수 없는 하루, 방문자 하나 없이 먹고, 보고, 자고, 일하는 종일의 시간을 온전히 혼자의 판단으로 운용할 수 있는 하루하루. 혼자만의 집에서 '신독(愼獨)'을 모토 삼아 살고 있는 나를 볼 때마다 사람들은 진짜 영화 같이 산다고들 말해줬다. 처음으로 그랬다. 온전한 진짜 내 집이야. 그리고 돌아왔다. 나가라고 소리쳤던 사람이 살고 있는 집으로. 그 말을 했든가 안했든가 기억을 하고 있는지 잊었는지 모르는 사람이 딸들과 같이 살고 있는 집으로. 아이들이라 칭하기 민망하게 다 커서 어른이 된 집에. 어느 누구도 나가려는 마음은 먹어본 적도 없는 이 집에. 세 번의 가출 끝에 마지막으로 성공적인 독립을 마치고 불필요한 살이 쏙 빠진 몸과 마음으로.

이제는. 다시 돌아온 지금은. 다시는 나가고 싶은 마음이 일어나지 않는다. 물론 밤이면 밤마다 저기 어느 시골 빈집을, 강변에 싸게 나왔다는 아파트를 검색해보느라 새벽을 맞을 때가 여러 번이다. 내가 가진 돈이란 것이 얼마나 있는지 드르륵 서랍을 열어 통장을 들춰보고 운용을 골몰하느라 하얗게 불태우기도 한다. 그렇다 해도 이제는 누가 등 떠밀어도 내가 먼저 나가고 싶은 마음은 없다. 나는 집이 좋다. 다시는 내가 먼저 나가지는 않을 것이다. 떠밀려서는 안 나갈 것이다. 불특정 다수의 워너비가 되고 싶어 한 적은 없다. 어쩌면 또다시 후다닥 나갈 수는 있을 것이다. 단 열흘이라도 혼자 있기 위해서 '혼자가 되는 집' 간판이 달린 집을 찾아가듯이, 다섯 평짜리 옥탑 방을 얻듯이. 오롯이 혼자가 되는 시간을 주기적으로 필요로 하는 절체절명의 성정을 가졌지만, 나는 집달팽이처럼 집과 한몸이 되어 살 것이다. 독립을 꿈꾸어야 할 사람은 네 명 식구 중에 내가 아닌 다른 세 명이 되길 바란다. 이제 내가 먼저 '이 집이 싫으면 네가 나가'라고 말할 것이다. 나는 최종으로 이 집에서 독립을 완성할 생각이다. 지박령(地泊靈)처럼, 다리 잃어버린 귀신처럼 이 집에 뿌리박혀서 그때 나가라고 한 말을 듣고 부유령처럼 살게 된 날들에 대한 모호한 슬픔의 한을 완성할 생각이다. 이게 낯모르는 당신들이 말하는 워너비의 현재다.

우리는 모두 자기 여행의 철학자들

두 딸은 여행을 좋아하는 편이다. 일부러 멀고 낯선 곳을 찾아다니는 용감하고 부지런한 바람의 딸 종류의 여행자는 아니다. 차곡차곡 오래 돈을 모아 세밀한 일정을 계획해서 야심차게 훌쩍 떠나는 프로 여행가라 할 수는 없지만 또래의 2,30대 여자들 평균보다는 조금 더 여행을 좋아한다. 둘 다 회사를 다니니 경제적으로는 이미 독립해서 용돈을 따로 줄 필요없지만 같은 집에 살고 있다. 둘 다 제 깜냥에 맞게 여행 가는 것을 좋아하지만 여행 방식은 그럴 수 없이 현저하게 다르다. 놀랄 것도 아닌 게 음악, 책, 드라마, 영화 보는 것까지 둘은 서로 다른 취향을 가졌으니. 무던이는 그야말로 휴양 여행, 최고급 여행, 핑크 택스 붙은 호캉스 같은 편안하고 호화로운 것을 좋아한다. 풍광 좋고 예쁜 휴양지를 고르고 그곳에 있는 제일 좋은 리조트나 호텔을 선택하고 할 수 있는 한 최고로 좋은 방을 고른다. 수영장이 바로 이어진 방, 라운지를 자유롭게 사용하는 옵션, 아무 때나 누릴 수 있는 칵테일과 핑거 푸드 카페까지 예약한 후, 여행의 동반자로는 애인도 친구도 아닌 바로 나, 엄마를 선택한다.

여행 제반 사항을 짯짯하게 기록하고 정리한 엑셀 시트를 받고 나면 기쁘면서도 좀 아연해지는데 사실 너무 돈을 많이 쓴 데다 그토록 멀고 좋은 여행지에서 짜놓은 일정이라곤 '먹고, 마시고, 자고, 쉬는' 것밖에는 없기 때문이다. 네 명이 같이 사는 아파트보다 더 큰 호텔 스위트룸에서 최고로 느리게 움직이고 최소로만 이동하면서 먹기만 하고 쉬기만 하는 여행 계획이라니. 많이 걷고 많이 보고 역사와 문화를 많이 배우고 열심 또 열심 여행 장소에 의미를 찾는 호기심 많은 어른 여자가 보기에는 너무 헐렁해 보이기 때문이지만 복이라 받아들였다.

그 나이 또래 남녀들이 '신혼여행'으로 떠날 곳을 엄마인 나와의 여행으로 잡아 선물로 받은 지 벌써 5년째. 다섯 번의 그 여행으로 할 수 있는 거의 모든 호사와 사치를 누렸다. 사람들은 '전생에 나라를 구했나 보다', '아들보단 역시 딸이 최고네' 등의 말을 쏟아붓는다. 1년에 단 한 번, 엄마와 함께 세상 가장 편안하고 '부내 나는' 여행을 하려고 딸아이는 1년 동안 단 하루의 연차도 휴가도 쓰지 않고 회사를 다닌다. 허투루 돈을 쓰지 않고 모았다가 한 번의 여행에 털어 쓴다. 길어야 일주일에 불과한 그 비싼 휴양 여행비를 모으면 집을 호텔처럼 리모델링할 수도 있겠다 싶고, 그러면 일 년 내내 휴양하는 것처럼 살 수도 있겠다 싶고, 그 돈이면 다른 나라 한 달 넘게 먹고 자며 여행할 수 있겠다 싶지만, 무조건적 수혜자인 나는 조용히 입을 닫는다. 기분 좋게 따라다닌다.

공정여행, 착한여행, 문화여행, 탐험여행, 올바르고 바람직한 여행에 대해 딸보다 아는 것이 많다 해도 큰딸의 여행에 대해서는 왈가왈부하지 않는다. 여행에선 안전이 최고라는 사람인데, 1년 동안 수고한 자신에게 주는 선물이라는데 뭐 하러 입을 벌려 떠들겠는가.

그러나 정작 같이 가는 나 말고 다른 사람에게서 여러 말들을 듣는다고 했다.

"그 나이에 애인도 아니고 엄마하고만 여행을 가? 진짜 신혼여행도 아닌데 그 돈을 다 거기다 써? 가서 쉬고 먹기만 해? 맨날 술을 마셔? 그 나라 문화나 역사에는 관심도 없어? 도보여행은 안 해? 현지인들과는 어떤 교류도 없고? 인스타그램에 사진이나 올리려고 가는 거야? 차라리 돈을 모아 독립을 해야 하는 거 아냐?"

'부럽다', '착하다'는 말 끝에 여기저기서 맨스플레인, 우먼스플레인이 쏟아진다고 했다.

작은딸의 여행 방식은 소박하고 강인하고 알차지만 좀 쓸쓸한 편이다. 대학생일 때는 오랫동안 알바를 하고 장학금까지 긁어모아서 혼자 제 몸보다 큰 배낭을 메고 여행을 떠났다. 몽골에선 말을 타고 호수를 돌며 터키에선 패러글라이딩을 하고 태국에선 짚 라인에 도전한다. 숙소를 가장 싼 것을 고른다. 게스트하우스나 도미토리, 카우치 서핑도 해서 여러 명과 함께 자고 낯선 사람과 잘 만나고 교류도 곧잘 한다. 먹는 것도 그 나라 그 지역의 가장 대중적인 음식을 먹거나 거의 안 먹고 웬만하면 걸어다닌다. 술도 커피도 좋아하지 않고 마시지 않으니 억지로 내핍을 감내하는 것은 아니다. 타고나길 알뜰하고 건강을 살피는 애다. 떠나기 전에는 여행지로 택한 그 나라에 대한 책을 찾아 읽고 여행 중에도 독서를 하고 기록한다.

작은딸에게 여행이란 최소의 경비로 최다의 경험, 최고의 시간을 갖는 것이다. 젊은 여자이기에 안전은 필수 고려 항목이지만 숙소는 몸을 누이고 씻을 수만 있으면 된다는 생각인지라 하룻밤 숙소 비용은 큰딸의 그것과 열 배 넘게 차이가 난다.

어떻게 보면 바람직한 여행의 최고봉일 작은딸의 여행에 대해서는 부러워할 일도 비난할 여지도 없어 보이는데 여러 말을 듣는 것은 큰딸과 다르지 않다.

"여자가, 그것도 어린 여자가, 겁도 없이, 통도 크게, 돌아다닌다는 소리. 무슨 일을 당하려고 그렇게 혼자 다녀? 아시아 여자들은 유럽 남자들에서 좀 먹히는 외모라던데? 그래서 외국을 좋아하나 봐."

여자들과의 여행 자체를 폄하하는 말들을 예사로 들었단다. 교환학생이나 인턴을 외국에서 하고 온 후로는 워킹홀리데이니 어학연수니 해외여행 다녀온 여자들은 아는 게 많아 콧대가 높아 일단 거르고 본다는 식의 이상한 말들을 동년배의 남자들에게서 들은 적도 있었다고 했다.

배낭여행, 오지여행, 또는 노숙에 캠핑에 비박, 자전거 전국일주, 전 세계 미술관이나 박물관을 찾아가는 문화여행, 부모와의 휴양여행까지, 게다가 호캉스 즐기기까지. 남자가, 아들이 했다면 박수를 치거나 용기와 능력에 칭찬을 퍼부을 각양각색의 여행을 그대로 여자가 했을 경우에 아주 다른 평가를 내리고들 있었다. 여자 혼자의 여행이나 여자끼리의 여행은 입질에 오르내리기 쉬웠다. 여행 아닌 허세나 사치 정도로 여기고 희롱하는 상황을 여지없이 겪게 되는 것이다.

어릴 때 결혼한 데다 1988년이 되어서야 해외여행이 자유화되었고 서른 살이 넘어서야 첫 해외여행을 패키지 투어로 사이판을 다녀온 여자이자 엄마인 나의 여행은? 사실 여행에 적합한 체질과 성향을 가진 사람이 아니다. 잠자리가 바뀌면 이틀 정도는 잠을 못 이루고 옆에 사람이 있을 경우엔 그의 기척과 시선으로 더더욱 불면의 밤을 보낸다. 불규칙하고 예상 불가능한 일정 때문에 며칠 동안 변비에 시달리고 모르는 이들과 덥석 우정을 나누는 것을 그다지 내켜하지 않는다. 타인과 소통이나 교류하기를 원하는 편도 아니다. 그럼에도 불구하고 여행을 줄곧 떠난 이유는 일종의 궤도 이탈, 루틴 파괴, 혼자 있기를 향한 몸부림 같은 거였다.

현재의 내 딸들보다 어린 나이에 엄마가 되었으므로 '여행' 자체가 홀몸으로는 가능하지 않았다. "네 발 달린 짐승이 어디를 못 가나!"를 증명하기 위해, 자유 의지를 가진 사람이라는 걸 알리려면 아무튼 '집'을 떠나야 했기에 부득불 몸을 일으켜 여행을 떠난 셈이다.

마흔 살이 되었을 때 유럽 배낭여행을 선택해 25일 동안 호텔팩 그룹 여행을 다녀왔다. 하루 이틀 사이에 한 나라를 찍고 다른 나라로 향해 가는 피곤한 여행이었고 일행 중에 최고 연장자였다. 이후 발리, 스페인, 네팔, 오키나와, 탄자니아 등 어느 여행에서도 '혼자로'의 마음이었지만 '홀로' 존재하지 않았다. '여행을 보내주니 남편이 좋은 사람인가보다, 허락은 받았느냐, 애들 밥은 누가 해주냐, 왜 여자 혼자냐'라는 소리를 듣지 않은 적이 한 번도 없었으니. 그런 언사는 물론 '한국인'의 입에서만 흘러나왔다.

50세에 코이카 자원봉사로 2년 동안의 일 겸 여행 겸 혼자 사는 날들을 택할 때도 동년배의 남자들로부터 터무니없는 말들을 들었다. 똑같은 목적으로 똑같은 기간 동안 다른 나라에 살기를 택한 조건이면서도 그들은 얼굴도 모르는 한 남자인 남편과 내 가족들의 밥과 안위를 걱정하는 말을 해댔다. 그 나이에 겁도 없이 혼자 떠난다니 용감하다는 추임새까지 넣어 말했지만 젊은 여자들에겐 '왜 결혼 안 하고 외국에 가느냐? 애 낳기엔 늦지 않느냐, 나쁜 남자 만나 험한 일 당하면 어떻게 하느냐'는 소리까지 뱉는 걸 보면, 그들의 걱정은 진정 걱정과 염려가 아닌 불필요한 맨스플레인에 희롱과 무시와 모욕인 게다.

SNS에 비키니 수영복 입은 사진이나 찍어 올리고 '맛집'이나 찾아다니면서 해외여행 자랑하는 여자, 겁도 없이 유럽을 돌아다니며 서양 사람들이랑 어울리는 쪼그맣고 어린 여자, 남편이랑 애 밥도 안 차리고 살림도 팽개치고 외국이나 돌아다니는 정신 빠진 여자라는, 삐뚤어진 남자들의 시선과 판단을 받으며 세 여자가 한 집에서 짬짬이 여행하며 살고 있다. '오, 당신만큼 열심히, 잘, 일하고, 오 당신만큼 정신 차리고 올바르게 살고 있으니, 걱정 마시라'는 소리는 하지 않는다.

일일이 반응하기에는 그 시기와 질투가 불쾌하고 안쓰럽기도 하지만 각양각색 다른 여행의 방식으로 내 삶을 사는 데만도 충분하므로. 내 발로 내가 걸어 내 돈으로 내 시간을 쓰는 방식에 토 다는 사람에게 열심히 해줄 말은 없으므로. 내 여행이고 내 인생이라고 가만히 충만할 수 있으므로.

여성들은 어디를 여행하겠다고 계획하면 일단 '안전' 점검부터 해야 한다. 혼자 걸어도 성폭력을 안 당할지, 혼자 잠들어도 괜찮은 숙소일지, 돈을 더 주고라도 안전을 확보할 비용을 지불해야 한다. 남성들이 자유롭게 배낭 하나 짊어지고 노숙과 캠핑을 자랑하며 자유롭게 떠도는 것을 진정한 여행으로, 용기를 가진 참자아 찾기 여행으로 추앙받는 반대편에 여성의 여행이 있다. 노숙을 하거나 무전여행을 감행하는 것은 무모하다고 손가락질을 받는다. 행여 안 좋은 일을 겪게 되면 불행을 자초했다고 욕을 퍼붓는다. 등산하고 싶어 동호회라도 들라치면 이미 그 세상에서 여자는 산이 좋아서가 아니라 남자나 사귀러 들어온 헤픈 여자로 간주해버린다. 혼자 산에 가서 운동하고 쉬고 싶어도 산짐승보다 무서운 남자를 만나 죽을 공산이 커서 여자는 혼자 산에 가는 것도 위험하다.

조금 낮은 산을 걷다 숨을 고르노라면 산악 등반을 주로 하는 남자로부터 '여긴 산이랄 것도 못할 언덕'이고 '등산이라고 말할 수도 없는 편한 곳'인데 그게 힘드냐며 조롱받는다. 해외여행을 간다면 시간과 돈이 남아도는 넋 빠진 여자가 되고 비싼 곳에 머물면 그것 또한 돈 자랑하는 골빈 사람 취급한다.

미술관 기행이나 역사 기행을 떠나면 잘난 체 허세 떠는 게 되고 오지를 탐험하면 민폐 끼치는 사람이 되고 행여 여행지에서 사람을 사귀거나 연애하면 걸레라고 단언한다. 남자와 함께 가거나 남자가 인도하는 여행을 가는 여자에겐 욕이 따라붙지 않는다. 오로지 여자 혼자거나 여자끼리일 경우에만 이런 일이 생긴다.

똑같은 여행이 여자라는 단 한 가지 이유로 정반대로 해석되는 걸 오래, 많이 봐왔다. 어떤 방식으로 여행하든, 그 여자에게는 그 여자만의 이유가 있다. 어떤 한 시기를 지나가고 살아갈 때 가장 적합한 방식으로 걸어가고 있는 것이 틀림없으니 당신들의 정신세계를 피폐하게 할 뿐인 터무니없는 시기와 질투와 훈계를 그만 멈추라고, 나는 위엄을 갖추고 단호하게 말하겠다.

백만 년 만에 집에 혼자 있게 되었다

도대체 얼마만의 혼자인가. 분명한 내 집 안에서. 너무 홀가분하고 홀 플러스 홀가분하고 가뿐하게 좋아서 도무지 뭐부터 해야 할지 모르겠다. 청소를 할까, 영화나 볼까, 잠이나 또 자볼까, 잠든 척이나 해볼까, 이 책 저 책 넘나들며 읽을까, 글이나 써볼까, 텔레비전이나 켜볼까, 샤워나 해볼까. 너무 좋아서 아주 갈팡질팡하게 된다. '야호' 소리가 절로 난다. 다 나갔다. 집에 아무도 없다. 꼬동이마저 세상을 떠났으니 옆에 와 몸을 밀어대고 안아달라는 강아지도 없다. 이 아파트에서 이렇게 아무도 없이, 오로지 나만 있는 것은, 그것도 그냥 유예된 시간으로 잠깐 나간 게 아니라 모두 다 제 몫의 일을 하러 나가서 텅 빈 것은 진정 오랜만이다.

아무 때나 누가 들어오는 게 아니라 귀가 시간이 정해진 것이 더 좋다. 다 나갔으므로 최소, 미니멈 오후 여섯 시 넘어서까지 혼자 있을 수 있는 것은(개도 가족 구성원이므로 모든 인간종이 나가도 개는 항상 옆에 있었으니까), 꼬동이가 우리 집에 온 이후, 그리고 16년 살다가 이 세상을 떠난 후, 그러니까 무려 20년 만이다.

식구와 같이 있는 시간을 싫어한 것만은 아니다. 무조건 싫어할 이유는 없다. 지금도, 오늘도 사람들이 올린(트위터, 페이스북, 인스타그램 어디에서나) 글을 보노라면 금쪽같이 찾아온 혼자가 된 시간에 환호하는 것을 볼 수 있다. '드디어 혼자 있는 시간, 이 시간을 간절히 기다려왔어. 혼자 지내는 게 너무 좋아서 애들한테 미안할 지경이야. 맛집 순례고 전시회고 다 소용없어, 혼자 있을 시간이 필요해'와 같은 글들이 자주 눈에 띈다. 거의 모두 여자들의 말이다.

혼자 있는 시간이 너무 좋다는 여자들은 누구보다 열심히, 그야말로 철두철미 살림과 육아와 아이 교육에 힘을 쏟는 사람들이다. 엄마로서의 역할에서 게으름 피운 이들이 전혀 아니다. 그 여자들은 그야말로 틈틈이, 자투리 시간, 토막 난 시간만을 겨우 사용할 수 있었다. 홀로 집중할 수 있는 시간을 갖기가 소원이어도 좀체 그 시간이 나지 않는다. 집중이 아니라 잠시라도 멍하게 있을 시간조차 나지 않는다. 방해받고 깨지고 부서진 시간을 숨이 턱에 닿게 살아야 한다.

중년의 남자들도 혼자 있게 되면 환호로 춤을 춘다. '백만 년 만에 집에 혼자 있게 되었다. 출근도 안 하고 이불도 안 개고 설거지도 안 하고 세수도 안 하고 옷을 아무렇게나 벗어던지고. 이것이 자유이며 민주이며 소확행, 워라벨이 아니고 무엇이랴.' 중년 남자도 이렇게나 홀로임을 좋아한다.

누구라도 그러하듯이, 아니 그 여자들처럼 나도 20년 넘게 혼자 있을 수 있는 시간을 갖고자 몸살을 앓았었다. 아무것도 하는 일이 없더라도 모든 내 물건과 내 일을 쓱쓱 해낼 수 있는 내 공간에서 혼자 있을 수 있다면. 무진 애를 썼어도 그 쉬운 것이 쉽진 않았다. 지나간 30년 시간 내내 아무튼 생물체가 생겨나 자라고 있었으므로, 살아있는 모든 것들이 내 손길을 필요로 했다. 아니다. 나 스스로 이 공간에 있으므로 할 수 있는 일들을 찾아서 해냈다. 내가 하면 좋을 것들, 나의 할 일로 정해진 것들, 내가 잘하는 것들이 다 이 집이라는 공간에 있었으므로 일을 하면 차라리 편안했고 일하지 않으면 편편찮았다.

내가 집이고 집이 나이던 날들이었다. 그러다가 스스로 늙은 개처럼 지쳐갔다. 혼자 있을 수 있는 시공간을 확보하려고 밖으로 나가 돌아다녔다. 집보다 밖이 안온한 시절이었다. 집의 생명체들이 제각각 살려고 뿜어내는 기운이 이리저리 뻗치고 얽혀 집과 내가 둥둥 떠다니는 것 같았다. 그러나 결단코 집 아닌 다른 장소가 안온하지는 않았다.

성북동 언덕, 창문이 낮아서 밖에서 안이 빤히 들여다보였던 골목집부터 서귀포 귤 농원 밭 위의 집부터, 박수기정이 멀리 보이던 험하게 버려진 흉가 같은 집까지, 유례없는 해일이 덮쳐 바닷물 머금은 채 쓰러지고 있는 스리랑카 남쪽 탕갈레 집까지, 사실 남의 집들은 폐가 같고 흉가 같고 폭력적인 기운으로 불안했다.

멀리도 길게 오래, 떠나서 오래 흔들렸으므로, 오래 휘청거렸으므로, 떠돌았다가 돌아왔으므로 내 집이 좋았다. 근 10년 만에 안착한 서울 집에서 사는 날들은 구태여 거짓말을 왜 보태? 평화롭고 행복하고 안온했다. 추울 때 따스했고 더울 때 시원했다. 당분간 돈을 벌어야 한다는 부담 없이 먹고 살 수 있었다. 몇 년 사이 나이 들어 정직하게 늘어나고 선명하게 물든 기미 자국 거뭇해진 얼굴을 30년째 쓰고 있는 거울에 가만히 비춰보았다. 오래전 시 구절이 읊어졌다.

집을 들락날락하는 제 엄마의 좌충우돌 치다 박는 삶의 문양을 두 아이는 심상한 눈으로 보아주었다. 속이야 어떨지 엄마라도 알 수는 없는 일, 겉모양이나마 거칠지 않아 안도했다. 첫 번째 성북동 별거와 제주에서 보낸 일이 1,2년의 세월이 마치 없었던 것인 양, 긴한 출장을 다녀온 것인 양 나갔다 돌아와서 사는 모습을 아무렇지 않게 받아들였다. 모르는 게 아닐 텐데. 다 알고 있을 텐데 이상한 일이기도 했다. 제 엄마가 왜 자꾸 가출과 출가와 귀가를 번갈아 거듭하는지, 가만히 있다가 왜 또 자꾸 나갈 생각을 하는지, 타고나길 예민한 성정과 갈고 닦은 섬세한 신경만으로도 다 잡아낼 수 있었을 텐데 어찌하여 짐짓 모른 척하고 있는 것일까.

나와 아이들 아빠와의 관계마저도 아무렇지 않게 보아 넘겼다. 각자 방을 따로 쓰고 몇 년씩이나 떨어져 살다가 마치 친구처럼 혹은 오빠나 여동생처럼 편안하게 대화하고 같이 밥상을 차려 먹는 모습을 평생 보아온 것처럼 어색해하지 않았다. 두 사람 사이에 태어난 자식인 자기들의 문제를 논의하는 모습을 볼 때는 귀를 기울여 듣기도 했다. 너무 속 깊은 어른이 되어버렸나, 가끔은 '오오, 두 분이 사이가 아주 좋으시네요'라고 웃으면서 놀린 적도 있었다. 아이들 말마따나 우리 둘은 아이의 문제에서라면, 아이들을 사랑하는 크기에 대해서라면 차이가 전혀 없을 만큼 품고 있는 애정의 폭과 너비와 깊이가 같다고 할 수 있었다.

이 집에서 다시 살면서 느끼는 편안함 중에 가장 큰 몫은 세상 어디에도 내 아이들을 아이아빠만큼 사랑하고 보살펴줄 사람은 절대로 없다는 깨달음이었다. 어느 누가 내가 낳은 새끼들을 그 사람만큼 걱정하고 아끼고 사랑해줄까. 세상에서 말하는 부부금슬이야 이미 흐릿하게 사라졌다 해도 그는 한 사람의 직장인으로서나 아빠로서의 역할을 성심껏 행하는, 그러니까 두루두루 인간성이나 품성을 인정할 만한 유일한 사람이었다.

어쩌면 딸들은 100퍼센트 자기들을 사랑해 마지않는 아빠와 200퍼센트 더 사랑하고 예뻐하는 엄마를 가진, 상처받았지만 상처가 아물어버린 행복한 상황일 거라고 생각했다. 우리는 경쟁적으로 두 아이의 현재 생활과 미래의 꿈에 대한 관심을 표명하고 혹여 우리의 지난 잘못 때문에 비뚤어지지 않기를 기원하면서 살았다. 행여 질세라 두 아이들이 먹고 싶어 하는 것들을 사다 나르고 요리해 만들어 먹이면서 부모로서 잃어버린 신뢰와 사랑을 되찾을 수 있기를 간절히 원했다. 금슬이니 궁합 같은 것을 입에 올리기엔 둘 다 부지런히 나이가 들어 색깔 짙은 욕망이라곤 생겨나지 않았다. 생명 있는 것들은 모조리 거둬들인 빈 들판처럼 마른 풀만 나부끼는 건조한 몸이 되었다. 머리 깎은 비구니나 사제복을 챙겨 입은 신부처럼 먼 곳을 바라보는 시선을 맞춘 관계가 모처럼 편안해졌다.

그리하여 아침 여섯 시. 눈이 떠졌으나 거실 쪽으로 나가지 않았다. 모래알이 굴러다니는 것 같은 눈에 인공눈물 몇 방울 넣고 눈을 감았다. 각자의 공간에서 잠을 자고 일어난 세 명의 직장인이 각자 일자리로 떠날 준비를 하고 있었다. 멀리서 커피콩 가는 소리가 들렸다. 아빠가 갈아준 대저토마토 주스를 마시고 간단 화장을 마친 무던이가 원피스를 갖춰 입고 제일 먼저 나갔다. 따르르 내 방 옆 현관문이 열렸다 닫힌 시간은 여섯 시 오십 분. 황태탕에 고춧가루 한 숟갈 넣어 국물을 마시고 콩을 갈아 커피를 내려놓은 아이 아빠가 학교로 일곱 시 삼십 분에 나갔다. 미륵이가 새로 산 옷들을 이리저리 맞춰보고 새 신발을 신고 회사로 나간 것은 일곱 시 사십 분쯤. 여덟 시에, 드디어, 마침내 나는 거실로 나갔다. 아, 드넓다. 넓게, 넓게 느껴진다. 집이 쭉쭉 늘어난 것만 같다.

서른 평도 안 되는 집 거실이 벌판처럼 느껴진다. 내 집 내 공간에서 혼자! 가 되었다는 사실 하나로. 무얼 해도 홀가분하고 무얼 안 해도 그냥 좋은 아침이다. 아까 여섯 시에 깨었을 때 가만히 모든 소리와 모든 걸음걸이를 감지했다. 내 방 창은 바깥으로 면해 있다. 창문을 열고 4층 아래 출근하는 무던이와 미륵이 뒷모습을 봤다. 큰길을 향해가는 구두 소리는 한 열 발자국, 5초도 안 되어 모습이 사라졌다.

'네 발 달린 짐승이 어디를 못 가냐'며 수많은 장소를 옮겨 다닌 시절이 끝난 것 같다. '어디 가? 뭐 하러 나가? 언제 들어와? 누구 만나러 가?' 사랑한다고 아무리 밥 먹듯이 속삭여주는 사람이 관심 갖고 물어본다 해도 난 오랫동안 저러한 말들이 거추장스럽고 부담스러웠다. 대답 대신 '자꾸 묻지 마. 설명하게 하지 마. 네 발 달린 짐승이 어디를 못 가겠어? 원하는 대로 가게 두면 돼. 가만히 내버려두면 나는 사실 아무 데도 안 갈 사람이야. 아이 엠 낫 고잉 애니웨어'라고 대답했다.

네 발 달린 짐승의 자유로운 목적지는 어디라도 슬펐고 어디라도 좋았었지만, 지금 이렇게 내 방 내 집에서 혼자 있게 된 기막힌 시간을 맞고 보니 그토록 간절했던 한 줌 자유와 평온이 바로, 여기, 겨우 이거였나 싶어서 마음이 주춤거린다. 아이러니하게도 집에 혼자 있어서 가장 좋은 것은 어디 가냐고 묻는 사람이 아무도 없어서다.

아무려나, 아무도 쳐다보는 시선이 없어서, 뭐 하나 들여다볼 사람도 없고 날 부르는 소리가 없어서, 잠시 확보한 선선한 자유가 너무 좋아서 나는 아마 아무것도 안 하고 세 명이 돌아올 때까지 꾸물꾸물 뒹굴뒹굴 여기저기 굴러다닐지 모르겠다.

사람이 없어지고 소리가 사라지면 불 꺼진 장소에서 혼자 숨어 있다가 불쑥, 제 구멍을 빠져나온 바퀴벌레처럼 '와, 아무도 없다, 좋구나, 좋아' 있지도 않은 바퀴를 굴리며 바퀴벌레가 넓어진 땅을 돌아다니듯이.

남자에게 부엌을 통째로 넘깁니다

언젠가부터 나는 생물학적 남자인 누구와도 개인적인 관계를 갖는 것 내지 인간적인 소통 또는 마음을 주고받는 행위에 심드렁해졌다. 그냥 남자라는 인간 종류에 관련된 어떤 이야기에도 전혀 흥미가 돋아나지 않는 다소 심심한 상황이 이어지는 와중에 가뭄에 콩 나듯이(가뭄에 콩 나는 것을 직접 겪어본 사람만이 이 비유가 그저 그런 메타포가 아니라 절절한 진실이라는 것을 알 것이다. 물 한 방울 없이 쩍쩍 갈라진 마른 돌밭에서 콩 떡잎 하나가 아기 손톱만 하게 간신히 올라오는 모습을 본 적이 있다. 그 여리고 가냘프나 치열한 생명의 기운) '오 제법이다, 참 좋구나, 정말 괜찮구나'라 느낄 때가 있긴 한데 그 사람은, 그 남자가 오로지 '혼자' 살면서도! (미혼, 비혼의 상태라는 것뿐만 아니라) 아주 잘 먹을거리를 준비하고 요리해놓고 잘 먹고 잘 사는 걸 볼 때이다.

물리적으로 심정적으로 오롯이 한 사람으로 독립하여 자신의 공간에서(특히 부엌에서) 도닥도닥 음식을 만들고 홀로 혹은 여럿이 나누어 먹는 모양을 자연스럽게 보여주는 사람, 그것을 체화된 사람을 볼 때만 새까맣게 잊은 남자 사람에 대한 매력과 약간은 비이성적인 호감이 새삼 콩잎 싹처럼 솟아나는 것을 느끼는 희귀한 순간이다. 연예인이건 배우건 작가건 늙거나 젊거나 어리든 오로지 음식 재료가 요리가 되어 먹을 수 있게 식탁에 놓이는 그 전 과정을 주재하는 남자이기만 하면 그를 둘러싼 분위기의 모든 게 예뻐 보였다. 호감의 도가 높아졌다. 나에게 밥상을 차려주는 게 아닌데도, 그가 그의 밥을 지어 먹는 것뿐인데도. 한 남자가 케어하는 어떤 이의 일상의 분위기가 따뜻할 것 같았다.

또다시 아무려나. 세상 여기저기 제주도 서귀포로, 스리랑카로 내가 따로 살기 시작하면서부터, 집을 나오면서부터 무던이 아버지는 어느새 그야말로 '셰프'라 해도 가당할 정도로 환골탈태해버린 것 같다. 아주 괴이쩍은 기적처럼 세상에 다시 없을 것 같은 요리사가 된 것 같았는데 그가 매끼 먹어야 하는 일상생활용 필수 반찬을 만들기보다는 눈에 확 띄는 특별요리를 자주 시도한다는 이야기다.

무던이 아빠와 내가 둘 다 대학생이던 시절, 나이 스물 언저리이던 그때, 말 그대로 연애하던 시절에, 그는 자기 어머니가 해주는 삼단찬합 호화찬란한 도시락을 싸가지고 와서 내게 주었다. 그는 복학생으로 내가 3학년이 되었을 때 강의실에서 처음 만났는데 드물게도 고등학생이나 수험생처럼 점심 도시락을 싸가지고 왔다. 몇 달 동안 자기 엄마가 해준 밥으로 곤궁한 나를 먹여 살렸다. 나중에는 아예 점심 도시락뿐 아니라 저녁도 싸달라고 해서 내게 전달했다. 도시락 두 개를 자기가 먹을 거라며 싸가지고 와서는 학교에 있는 나에게 주고 그는 먼저 취직한 학교로 가서 자기 밥은 다 사 먹고 퇴근길에 들러 내가 먹어치운 빈 도시락을 집으로 가져갔다. 그때 예비 시어머니는 찬합 도시락을 두 개씩이나 싸주면서 아들이 잘 먹었다고 아셨을 테지만 그 당시 얼굴도 모르셨을 여자, 내가 다 감탄을 연발하며 먹었다는 얘기다. 그때 찬합 도시락을 지금도 기억한다. 꼬들꼬들 짭짤했던 주황색 연어구이, 소고기와 버섯을 넣어 달달 볶은 맛고추장, 메추리알 동동 들어있던 부드러운 장조림, 오방색으로 찬란하게 고왔던 잡채, 물기 없이 바싹 볶은 불고기 같은 것들을. 통영 바닷가가 고향이시라 그러하신가, 산골 내륙 음성에서는 통 못 보던 생선요리가 자주 담겨왔다. 밥도 날마다 바뀌었다. 찰밥, 검정콩밥, 찰보리

밥, 현미영양밥으로. 내 부엌이 워낙 초라하던 시절 그 밥들과 반찬이 얼마나 맛있고 정갈했었는지, 그것들 덕에 매일 코피를 흘리던 영양실조의 상태를 얼마나 효과적으로 벗어났는지를 시어머니는 몰랐을 것이다.

엄마 밥을 먹고 살다가 결혼한 이후 내가 해주는 밥상을 받아먹고 살던 십수 년을 지나, 이제 무던이 아버지, 내가 예전처럼 여전히 형이라 부르는 그 남자는 내가 없는 사이 부엌과 냉장고와 부식 창고를 완전히 장악해냈다. 인스턴트 알갱이 커피와 믹스커피를 주로 마시던 사람이 어느덧 자유자재로 커피콩을 주문하고 손수 원두를 갈아서 드립 커피를 내려 마시게 되었다. 자기 커피 취향에 맞는 배전도와 산미를 가진 원두를 고를 수 있는 약식 바리스타 수준의 애호가가 되었다. 녹두를 불려 거피를 내고 돼지기름으로 구운 녹두빈대떡과 샤브샤브 양념 소스를 만들고 갖은 야채 드레싱을 골라 올리는, 제법 어려운 것부터 도전하더니 요리의 종류와 갈래를 넓히고 깊게 해 이제는 감자그라탕, 라자냐, 에그타르트까지 척척 해내고 있다. 나 혼자 있던 곳으로 '눈으로라도 먹으라'며 사진으로 보내는 바람에 차마 진실이랴, 나를 놀라게 했던 그때 그 음식들을 돌아온 후 다 직접 먹어봤다. 시간이 좀 오래 걸려서 그렇지 그가 해낸 음식들은 맛과 외양, 테이블 세팅까지 어디에 내놔도 손색없을 정도다. 못 보던 오븐용 도자기들, 요리사용 전문 칼 같은 요리도구는 언제 장만해 놨는지 서랍에서 찬장에서 툭툭 튀어나온다.

이 모든 것이 모두 다 내가 집을 떠난 덕이지 않으면 뭔가. 지금도 그는 여전히 다 큰 자식 둘을 열심히 먹여 살리고 있는 중이다. 그의 부엌살림 일정은 이렇다. 새벽에 일어나 수동 커피 그라인더에 원두를 간다. 어쩌다 잠이 깨어 나가보면 커피를 갈고 있는 몸짓이 도자기 굽는 옹기장이 같아 보인다. 종종 눈을 감고 반쯤은 졸면서 원두를 갈아내고 물을 끓여 커피를 내린다. 뜨거운 걸 못 마시는 걸 고려해 적당히 식히거나 생수를 부어 무던이를 마시게 한다. 그 사이에 토마토 두세 개에 유기농 설탕을 적당량 넣고 갈아서 빨대를 끼운 유리컵에 담아놓는다. 무던이가 토마토주스를 마시고 출근할 때 텀블러에 커피를 조금 담아 핸드백에 넣어준다. 몇 년간 토마토주스만 마시면 좋지 않다고 한마디했더니 격일로 선식이나 생식을 준비한다. 시금치나물과 멸치볶음을 꼭 먹어줘야 하고 국물이나 찌개가 있어야 좋아하는 미륵이용 반찬을 만든다. 고깃국, 된장찌개, 무국, 미역국 등으로 국물요리를 이틀에 한 번씩 변주해낸다.

미륵이는 커피를 안 마시니까 텀블러는 생략한다. 그리고 미륵이 도시락을 싼다. 김 몇 장을 굽고 마른반찬을 요모조모 담고 국물을 뺀 국건더기를 담아놓는다. 점심 시간에 여러 명과 외식

하는 것이 어려워진 요즘은 무던이 점심 도시락까지 챙기고 있다. 엄마 도시락으로 여자 친구를 먹여 살린 남자가 딸 둘 도시락을 싸는 남자로 변신하게 된 세월의 신비에 박수!

저녁은 이름만 번지르르한 프리랜서인 내가 준비한다. 케이터링 서비스 셰프처럼 오더를 받고 차린다. 리코타 치즈 샐러드, 또띠아 피자, 뵈프 부르기뇽, 양배추 술찜 같은 일품요리를 차려낸다. 웬만하면 버거부터 치즈까지 모두 수제로 척척.

월요일부터 금요일까지 거의 비슷하게 아침을 준비하던 그는 금요일마다 무던이 회사까지 차를 갖고 가서 집에 데려온다. 금요일 퇴근길이 워낙 막혀서 한갓진 시간을 택하기 위해 저녁을 둘이 먹는다. 무던이가 입맛 당겨 하는 음식점을 찾아가 사 먹는데 주로 육류음식점이기 일쑤, 무던이는 반주 삼아 술을 마셔도 그는 한 입도 대지 않고 불금의 저녁을 시작한다. 조수석에 딸을 태우고 돌아오면서 잠깐 사이라도 눈을 좀 붙이라고 자상하게 말해준다. 집에 오면 시원한 맥주 캔으로 일단 좀 더 쉬게 한 다음, 세상 사람들이 입 모아 말하는 그 '불금'의 밤을 두 다리 쭉 벗고 쉴 수 있게 만든다. 무던이가 입사한 5년 전에 시작된 금요일의 변함없는 루틴은 코로나 팬데믹으로 불온한 지금까지 계속되고 있다.

내가 없던 그때 그 시절, 회사 유니폼이나 정장을 벗고 '난닝

구에 추리닝'을 걸치고 휘늘어진 두 딸에게 오븐에서 갓 꺼낸 각종 이탈리아 요리나 프랑스 요리를 대령하고 있다는 소식을 들을 때마다 '아. 나도 어서 가서 저 음식을 먹고 싶다'는 마음보다 먼저 드는 생각이 바로 그것이었다. '내가 부재해줌으로써 그를 아주 괜찮은 남자 사람으로 만들어주었구나' 싶은 대견한 맘 같은 것. 요리를 잘하게 된 아이들 아빠인 그 사람보다 지금 그들에게서 멀리 떠나와준, 본의 아니게 부엌을 완벽하게 양도해준 나라는 사람 이른바 살신성인의 자세와 용기를 먼저 칭찬해주고 싶은 거라고나 할까.

스무 살이 한참 넘은 나의 딸들은 도대체 또래 남자 사람들하고 놀기는커녕 만나지도 않고 아빠랑 그것도 '집'에서만 노닐고 있는 모양이었지만 어쩐지 나는 그게 참으로 재미있고 좋아 보였다. 먼 나라에 혼자 앉아, 거의 폐쇄하다시피 한 덥고 뜨거운 부엌에서, 얼음도 없는 조그만 냉장고에서 미지근한 물을 꺼내놓은 보잘것없는 식탁에서, 뜨끈뜨끈한 침대 시트에 달라붙은 등짝을 떼어내면서, 가족 채팅방에 뜨는 온갖 먹거리 사진과 김이 모락모락 나는 두꺼운 냄비와 서리가 낄 정도로 시원한 컵에 담긴 온갖 세계 맥주 라벨을 보면서… 뭐, 아주 기꺼운 마음이 되곤 했었다. 내가 없음으로써 훌륭하게 이루어진 그의 요리 접시들, 내가 돌아갈 때까지 50가지 요리를 완벽 마스터해놓겠다는 그의 호언

장담이 뻐근하게 좋았다.

평생 자기 엄마가 해먹여 부엌에는 얼씬도 못 해본 사람을 나는 저 정도까지 성장하게 만들었다. 단지 그 부엌을 넘겨줌으로써. 그 집을 떠남으로써. 알아서 해먹을 수밖에 다른 도리가 없는 시간을 줌으로써. 다시 돌아봐도 다 내 덕인 것이다. 엄마로 여자로 그 존재 가치를 증명할 수 있는 가장 빠르고 선명한 길이 '요리 잘하는 사람'이라는 자리인데 나는 아빠라는 사람에게 그 영예의 자리를 넘겨줄 정도로 '희생'을 한 것이나 진배없지 않은가. 뜨거운 햇볕 속에서 생각했었다. 때가 되어 한국에 돌아가도 아마도 난 부엌을 들어가지 않게 될 것이라고. 사진을 보아하니 그릇도 모두 애들 아빠에 맞게 재배치되었고 냉장고 속에 든 재료들도 그가 일하기 좋게 놓여 있었으니까. 어렵사리 자리 잡은 요리 잘하는 자상하고 아름다운 남자, 멋있는 아빠의 자리를 일거에 뺏는 것은 아주 가혹한 처사가 될 테니까 말이다.

녹두 거피를 두 시간씩 골라내며 느리게 꼼꼼하게, 신데렐라처럼 일하던 사람을 이제 베테랑 요리사처럼 키워냈다. 나는 지금 한 해 먹을 김장을 담그고 근사한 일품요리를 척척 해낼 때가 많지만 아직 부엌의 센터 자리를 되돌려 받지는 않았다. 더욱더 그가 부엌과 요리의 세계에 더 깊이 들어가기를 바란다.

어쩌면 지금 딸을 그렇게 해먹일 수 있는 요맘때가 가장 아름다운 시절일 거라 생각한다. 아직은 딸들에게 밥을 해줄 수 있는 건강과 능력이 있으니 얼마나 큰 지복인가. 언젠가 우리는 툭 하고 건강을 잃을 것이다. 내 몸을 내 뜻대로 움직일 수 없는 망연한 상태가 될 것이다. 지금이야 아기 캥거루처럼 품 안에 들어앉아 절대 독립하지 않겠다지만 언젠가 딸들이 훌쩍 주머니 같은 둥지를 떠날 수 있을 것이다. 매일 저녁 밥상을 차리고 요리에 가장 능숙한 내가 다시는 어디도 가지 않겠다고 스스로 맹세했다 해도 별안간 떠날 일이 생길 것이다. 알 수 없는 미래, 우리는 그저 딱 하루하루씩만 잘 살아내면 된다고 생각한다.

아무리 늘려 잡아도 이처럼 평화로운 날들이 계속될 시간이 3년이 더 가능할까. 환갑이 되었으므로 그는 머지않아 퇴직을 하게 될 터이니 삶의 방향이 어떻게 변할지 아무것도 모른다. 부엌을 통째로 내 공간이라 여기고 행복할 수 있도록 도와주고 싶은 마음을 꾸준히 유지할 예정이다. 왜냐하면 아직도 나는 종종 내 성에 차지 않는 그의 부엌살림 모습에 참견하고 간섭하려 들기 때문이다. 아이들에게 아빠보다 요리를 더 잘한다는 칭찬을 받으려고 불뚝거리기 때문이다. 불쑥 일어나는 참견하고 싶은 마음 간섭하고 싶은 마음, 칭찬받고 싶은 욕구를 애써서 참아내야만 한다.

백만 년 만에 부엌에 들어가더니 남편이나 아들이 수백 번을 자기를 불러댄다고. 철이 너무 없다고, 귀찮다고, 차라리 안 하는 게 도와주는 거라고, 뒤치다꺼리하는 게 더 힘들다고, 내가 하는 게 백번 낫겠다고 결정하는 여자들의 말은, 얼토당토않다. 부엌에서 나가는 게 도와주는 거라며 남자를 아들을 부엌에서 밀어내는 그녀들의 말이 가당찮게 들리는가. 그 남편들, 몇십 년이나 살아서 본 것도 많고 할 줄 아는 것도 많잖아. 다른 일 잘하는 건 그렇게 의기양양하면서 부엌일 못 하는 건 아예 부끄러워하지도 않잖아. 부끄러움 모르는 머리카락 허연 사람을 철없다는 '워딩'으로 올려쳐 주면서 귀여움까지 획득하게 해주는 하해와 같은 마음을 가진 여자들은 너무 속이 깊은 건 아닌가. 천신만고 끝에 부엌을 통째로 넘긴 '철없는 여자'인 나로서는 귀염을 받지는 못하겠지만 이렇게 생각한다. 가르쳐줘야 한다고, 그 남자가 성장할 수 있게, 철이 있어지도록, 그래서 철없음의 징그러운 귀여움 말고 철든 남자의 멋짐을 획득할 수 있도록, '(부엌)불의 관문'을 통과할 수 있도록 담금질을 해주는 게 나을 거라고.

딸을 어떻게 부엌에 들여보내?

'엄마, 내 생일에 이거 해줄 수 있어요?'

여자일 것이 분명한(여초 카페에서 가져온 것이라) 사람이 올린 레시피 링크를 딸이 보내왔다. 뵈프 부르기뇽(boeuf bourguignon)이라고 프랑스 요리라는데 이게 그렇게 맛있대. 600개 댓글을 다 읽어봤는데 다 지상의 맛이 아니라고 써놨어. 먹어보고 싶어.

뵈프 부르기뇽? 어디서 들어봤더라, 링크를 열어봤다. 구구절절 재료 소개와 요리법과 그 맛에 대해 써놓은 딸 또래 사람이 쓴 글을 읽었다. 프랑스 가정식 '뵈프 부르기뇽' 도전기: 인간이 만들 수 있는 가장 맛있는 소고기 요리라는 제목이 달려 있었고 친절하게도 과정마다 사진이 붙어 있었다. 자기가 사용한 와인 이름까지. 이름만 조금 낯설고 어려울 뿐 뵈프 부르기뇽은 프랑스 부르고뉴 지방의 조리법으로 만든 소고기 찜이다. 낯선 이름인데 낯설지 않은, 분명히 어디서 보고 들은 것 같은, 기시감과 기청감이 있었는데, 맞았다. 영화 〈줄리 앤 줄리아〉에서 줄리 엄마가 만들었던, 딸 줄리도 서너 번이나 요리했던 바로 그 뵈프 부르기뇽이었다. 줄리아는 요리사니까 당연히!

2009년인가 2010년에 극장에서도 보았던 요리하는 두 여자 이야기, 메릴 스트립이 키 큰 요리사 줄리아 차일드로 출연했던 그 영화다. 실화를 바탕으로 했다는 그 영화를 봤을 때는 한번 해 먹어보고 싶다는 생각을 했었던 것 같은데 시도해보지 않은 채 10년 넘는 시간이 지나갔다.

꼭 비싸지 않아도 되는 부위의 소고기면 된다. 등심이나 안심 말고 양지나 사태 같은 것, 당근, 샐러리, 양파, 마늘, 양송이버섯, 베이컨, 오렌지 껍질(한라봉)과 샬롯(양파)이 있으면 된다. 월계수 잎, 토마토 페이스트, 치킨 스톡, 소금, 레드 와인 한 병과 밀가루 조금이라고 쓰여 있으니 구하기 어려운 재료도 아닌 데다 부엌을 슬쩍 스캔해보아도 거의 다 집에 있는 것들이다.

요리법도 딱히 어려울 것도 없었다. 어쩌다 이게 먹고 싶어진 걸까. 그저 소고기찜이랄까, 영어로 하면 스튜잖아. 주말마다 해주는 것들이잖아. 답장을 보냈다. 숫자마저 무서운 서른 살, 내 딸의 생일이 며칠 후였다. 딸에게 '바로 해줄게. 금쪽같은 딸내미 생일날 먹고 싶다는데 이걸 못 해주겠어? 그리고 이 요리가 나오는 영화를 보라'고 했다. 〈줄리 앤 줄리아〉라는 영화인데 지금 넷플릭스에 들어있다고. 그러지 않아도 다시 보려고 '내가 찜한 콘텐츠' 목록에 찜해놓았다고. '찜' 해놓았다니까.

바로 생일 전날 뵈프 부르기뇽 요리에 들어갔다.

"그런데 너 생일날은 이 엄마가 더 잘 먹어야 하는 거 아냐? 이제 네 나이쯤 되었으면 너 낳느라 애쓴 엄마를 위해 네가 만들어줘야 하는 거 아니겠어? 너 낳을 때 얼마나 죽을 뻔했는지 알(에서 입은 닫혔다)아?"

생일 때마다 하는 소리라서 애들이 이미 다 안다며 출산 순간의 신산고초를 읊으려는 나를 껴안고 막았기 때문이다. 뵈프 부르기뇽은 영화 〈줄리 앤 줄리아〉의 스토리를 관통하는 아주 중요한 요리다. '보나뻬띠(Bon Appétit, 맛있게 드세요)'라는 프랑스어를 거기서 처음 배웠다. 첫 장면에 그 말이 나온다. 파리에 도착한 줄리아 차일드(먹는 것을 최고로 잘할 뿐 요리는 할 줄 모르는)가 근사한 프랑스 식당에서 가자미 버터구이를 먹으면서 오, 마이 갓, 탄성을 내뱉은 것으로 영화가 시작된다.

화면 바깥으로 버터와 치즈, 와인 향기가 흘러나올 것만 같다.

프랑스 요리에 완전히 빠진 줄리아는 시대 배경이 1960년대지만 남편이 대사관 직원이라 생활에 쪼들림이 없다. 프랑스 본토 루앙에서 베르사유 궁전처럼 드넓은 저택에서 최고의 프랑스 음식을 먹기만 하면 되는 귀족 같은 삶이다.

2000년대쯤의 현재를 살고 있는 줄리는 요리하는 게 유일한 숨통인 말단 공무원이다. 집도 부엌도 좁고 남루하다. 하는 일조차 2011년 9.11 테러로 상처받은 유족들의 트라우마를 보살펴야 하는 감정적 피로 가득한 콜센터 상담 직원이다. 1960년대의 줄리아가 계란 삶는 법도 모르면서 넓은 부엌에서 살고, 화려한 프랑스 식당에서 끊임없이 맛있는 프랑스 요리를 먹다가 요리에 관심을 가졌다면, 전화 받으며 울고 욕을 먹고 지쳐 돌아와 요리를 하는 줄리는 처음부터 요리 자체가 인생의 살맛이다. 줄리아가 펴낸 《프랑스 요리의 달인 되는 법(Mastering the Art of French Cooking)》을 경전처럼 모시는 요리 달인인 줄리는 프라이팬을 들고 지친 숨을 고르면서 말한다.

"요리가 왜 좋은지 알아? 직장 일은 예측불허잖아. 무슨 일이 생길지 짐작도 못하는데 요리는 확실해서 좋아. 이것 봐. 초코, 설탕, 우유, 노른자를 섞으면 크림이 되거든. 맘이 편해."

딸이 거실에서 〈줄리 앤 줄리아〉를 틀었다. 뵈프 부르기뇽을 먹고 싶어 하다가 영화가 있다니까 당장 틀어본 것이다. 다시 보니 신기하다. 예전엔 몰랐는데 젊은 주인공 줄리가 딱 서른 살이다. 회사 일에 지치고 활력은 소진해가는, 가난한 서른 살의 여자. 내일 서른 살 생일을 맞는 딸이랑 맞춘 듯이 똑같다. 무슨 신묘한 징조 같다.

다른 시절을 살았고 다른 상황을 살고 있는 줄리아와 줄리, 두 여자는 그렇게 요리책과 블로그 요리 칼럼 화면으로 만나기 시작한다. 프로젝트 이름은 '줄리 앤 줄리아 프로젝트(The Julie/Julia Project)'다. 서른 살이 된 줄리가 줄리아의 요리책을 실습해 가면서 그걸 블로그에 쓰기 시작한다.

딸이 영화에 집중하고 뵈프 부르기뇽이 언급되기 시작하면서부터 서울 내집 부엌에서도 본격적으로 요리가 시작되었다. 덩어리 고기를 큼직큼직 자르고 진정한 뵈프 부르기뇽이 되려면 와인도 부르고뉴로 쓰면 좋다고 해서 부르고뉴 피노누아로 준비해놨다. 베이컨을 자르고 고기를 썰고 야채를 다듬고 버터에 볶는 동안 아이는 영화를 보다가 요리 구경을 하면서 분주해졌다.

줄리는 첫 번째 요리를 태워서 실패하지만 나는 실패하지 않았다. 페이스트를 더 넣어라 말아라 와인을 더 부어라 마셔라, 생일을 맞이하는 딸과 생일을 만들어준 엄마가 부엌과 거실을 오가며 두어 시간 즐겁게 요리했다. 커다란 냄비 가득 뵈프 부르기뇽이 완성되었다. 생일상을 차려놓고 나는 요리를 한 사람으로서

의기양양했고 먹는 사람들은 접대받는 사람으로서의 역할을 충실하게 해냈다. 지상에 없는 맛, 세계 최고의 맛, 팔아도 될 맛, 어디서도 못 먹어볼 천상의 맛까지 칭찬이 쏟아졌다. 효모 바게트 빵을 굽고 매쉬드 포테이토를 한가득 만들어 놓고 와인 한 병을 새로 따서 생일을 축하했다. '이제 다 컸네, 이제 너도 늙을 일만 남았네' 하는 흰소리까지 즐거웠다.

서른 살, 요리 하나도 못 하는 딸은 영화도 잘 보고 소고기 찜도 잘 먹고 출근하는 일상으로 돌아갔다. 생일이 지나고 난 후 모두들 일하러 나간 집에서 혼자 흰 쌀밥으로 새 밥을 지어 뵈프 부르기뇽 남은 걸 고봉으로 담아 덮밥으로 먹었다. 이토록 오래 아기 낳고 키워놓고 또 해먹이고 있는 게 스스로 기특해서 맥주 한 잔 따라놓고 제대로 못 본 영화를 틀었다.

사는 게 그렇듯이 영화가 그렇듯이 두 여자는 꿈에서조차 요리를 하면서도 슬럼프를 겪고 실패를 겪는다. 갈등이 생기고 영웅의 길을 가는 도전자의 노정에 큰 바위가 놓인다. 이제야 뭔가 몰두할 일을 찾았다며 좋아하던 줄리는 인터뷰가 어그러지고 절망한다. 오만한 요리 학교 교장은 "당신은 요리에 자질이 없어요"라며 줄리아에게 비웃음을 날린다.

결국 두 여자는 모두 요리책을 출판하는 데 성공하고야 만다. 둘 다 성실하고 글을 잘 쓰니 그거야 당연한 일. 줄리아는 집필한지 8년 만에 벽돌 같은 프랑스 가정 요리책을 손에 들고 레시피에 쓴 대로 하기만 하면 여지없이 맛을 보장한다는 걸 입증해내고 책을 출판한다. 1년 만에 줄리의 블로그는 유명해져 종합 일간지에 대서특필된다. 인터뷰 약속 출판 계약 에이전시의 연락, 팬들이 선물이 줄을 잇는다. 오매불망 원하던 작가가 된다.

특별히 이 영화를 좋아하고 실존 인물 줄리아를 좋아했던 이유는 줄리아라는 유한마담 요리사의 허허실실 유머 가득한 요리에 대한 태도 때문이었다. 텔레비전에 출연해 영원히 남을 방송에서 요리를 시연하다가 그녀는 실수를 한다. 요리를 뒤집다가 프라이팬에서 떨어뜨려서 땅에 떨어져 곤죽이 되었을 때 그녀는 웃어넘긴다. "제가 뒤집으면서 용기가 부족했나 봐요. 떨어진 건 그냥 다시 넣으세요. 누가 보는 것도 아닌데. 또 누가 보면 어때요?"라고 말한다. 그게 그렇게 귀엽고 보기 좋았다.

요리를 가르치면서 배우는 사람에게 칭찬을 늘어지게 하는 것도 좋았다. 요리 하나를 완성해내면 줄리아는 이렇게 말한다.

"완벽해, 완벽하지 않아도 괜찮아. 사과하지 마세요. 핑계도 변명도 하지 말아요."

줄리아가 저런 태도를 가진 사람이어서 좋았다. 서른 살 줄리는 욕망에 솔직해서 좋았다. 나이는 들어가고 이룬 것은 없어 보이고 남들이 가진 것은 다 훌륭해 보이는데 나는 뭐 하나 위축된 그 마음을 이해했다. 이 악물고 도전하는 게 좋았다. 인정받고 싶은 마음, 성공하고 싶고, 돈 벌고 싶고, 작가가 되고 싶은 마음으로 그러나 진심으로 존경과 애정을 담아 선배 요리사 줄리아를 선망하는 모습이 좋았다.

두 사람은 끝끝내 한 화면에, 만나는 장면이 나오지 않는다. 줄리가 그렇게도 칭찬받고 싶어했는데도, 자기를 그렇게 좋아하는데도 줄리아는 왜 그랬을까. 칭찬하거나 관심을 쏟아줄 필요는 없지만 무시할 필요는 없었을 텐데. 줄리의 요리에 진실성이 부족하다는 그 말을 굳이 왜 했을까. 줄리아는 내내 '완벽하지 않아도 괜찮아. 사과하지 마세요. 떨어진 것 주워 담아도 괜찮아요. 핑계도 변명도 하지 말아요' 하던 사람이었다. 자신이 그렇게 어렵게 요리책을 내려고 몇 번이나 고쳐 쓴 이유 자체가 '하인이 없는 미국인, 프랑스 요리를 좋아하는 미국인들'에게 프랑스 요리법을 가르쳐주고 싶어서였다. 그야말로 딱 서른 살의 줄리 같은 여자를 위해 책을 낸 거였는데, 왜 줄리를 칭찬해주지 못했을까. 먼저 그 길을 간 사람으로서, 어른으로서, 심지어 멘토로서. 하루 종일 일하고 종종 야근하고 지하철로 출퇴근하고 사람한테 시달리고 고양이 키우고 남편 건사하면서 자기 일을 하고 싶어 하고 정말로 원하는 것을 최선을 다해 약속을 지키겠다고 발버둥 치는 서른 살의 줄리에게 그렇게 비판적일 필요는 없었을 텐데. 어른으로서 좀 더 편안하게 여유롭게 입지를 세운 사람으로서, 아니 그냥 요리를 사랑하고 나눠 먹는 것을 좋아하는 사람으로서 그 작은 도닥거림을 못해준 마음은 뭘까.

이제 딱 서른이 된 후배 여자에게. 사랑하고 존경하는 줄리아에게 그녀가 알아봐 주기를, 행여 만날 수 있었으면 꿈꾸던 줄리는 줄리아의 말을 전해 듣고 큰 상처를 받지만 서른 살의 생일 파티에서 줄리아의 시그니처 의상을 차려입고 친구들에게 요리를 대접한다. 줄리아가 했던 것과 똑같은 진짜 진주목걸이를 선물받고 이미테이션 진주목걸이를 툭 끊어내 버리면서 말한다. 어린 줄리가 더 의젓한 어른 같다.

"그래, 난 서른 살이야. 서른 살이면 끔찍할 줄 알았는데, 괜찮아. 줄리아가 요리를 배운 건 남편과 음식에 대한 사랑, 삶에 대한 불안 때문이었죠. 그러다 인생의 즐거움을 알았고요. 저도 이제야 알 것 같아요. 줄리아가 깨닫게 해줬죠. 하지만 진짜 그녀에게 배운 건… 요리하는 방법이죠."

딸이 뵈프 부르기뇽을 먹으면서도 〈줄리 앤 줄리아〉를 보면서도 다 좋았다고 했는데, 무엇이 좋았는지는 물어보지 않았다. 아마도 저 말 때문이었으리라. 존경하던 사람에게 나쁜 말을 들었어도 툭 끊어내는 마음, 끔찍할 줄 알았는데 다 괜찮은 마음, 따라하고 싶었던 사람의 일을 끊임없이 재현하는 몸짓, 줄리아를 좋아하고 인정해주기를 바랐으나 비판의 말만 들었어도 존경한다는 그 마음, 그 어른스러운 서른 살의 태도를.

세상의 일을 다 배우고 익혔는데 요리쯤이야

수제비 반죽도 할 줄 몰랐던 내가 음식 솜씨가 일취월장하고 음식 재료의 물성에 눈을 뜨고 재료를 썰고 다지고 채 치고, 절이고, 깎고, 문지르고, 끓이는 등 요리에 일종의 '문리'를 트게 된 것은 한식조리사반을 4개월 동안 다닌 덕택이었다. 음식점을 개업하거나 찬모로 취직하려면 꼭 필요한 한식조리사 자격증을 따기 위한 사람들을 대상으로 만들어진 요리 교실이었다. 공부하는 건 워낙 아무거나 좋아하는 성정이어서 신이 나서 다녔다. 영양학 같은 것도 들었고 보건의학도 들었고 재료를 몇 센티미터의 크기로 잘라야 합격하는지 몇 밀리미터 두께로 썰어야 하는지도 꼼꼼하게 배웠다. 수란 만들기를 배웠고 특강으로 칵테일 제조법까지 가르쳐줬다. 처음 배우는 것들이었다.

4개월을 공부한 후 한식조리사 자격증 필기시험을 응시해서 우수한 점수로 합격했다. 실기시험 날은 한국산업인력공단 시험장소로 가려고 했는데 너무 긴장을 했는지 코피를 쏟으며 쓰러져서 시험장을 가지 못했다. 조리사 자격증은 물 건너갔지만 1주일에 5일씩, 4개월을 배우고 나니까 요리하기가 꽤나 수월해졌다. 날 때부터 손이 큰 데다 손놀림이 빠르고 성미까지 급한지라 어느 순간 임계점을 넘어서서 요리에 능수능란해져 버렸다. 어려서 본 것이 많은 것도 한몫했으리라. 잊었던 기억이 넝쿨처럼 딸려 나와 아이들이 자랄 때는 온갖 이유식과 영양식을 만들어줄 수 있게 되었다.

아무튼 딸 둘은 부엌일은 할 줄 아는 게 아무것도 없다. 라면이나 짜장 라면 하나 끓여놓고 '라면은 기막히게 잘 끓여요', '짜장면도 만들 줄 알아요'라고 떠드는 사람이나 자기 마신 물컵 하나 닦아놓고 설거지는 가끔 도와준다고 거들먹거리는 여느 남자들처럼 딱 그런 정도만 할 줄 알았다. 계란 삶아 까먹는 것 정도는 할 줄 알지만 음식 이름을 떠올리고 재료를 사와서 부엌에 들어가 도마를 놓고 칼을 들고 다듬고, 썰고, 끓이는 모든 과정을 거쳐 먹을 만한 모양으로 차려낸 적이 단 한 번도 없다.

행인지 불행인지 내가 없는 그 시절에도 딸들은 부엌에 들어설 기회를 잡지는 못했다. 엄마라는 사람이 부재하면 '딸'이라는 이유로라도, 여자가 나이를 먹을 만큼 먹었다는 이유만으로도 부엌일을 하는 사람으로 투입되기 십상이겠으나 그 빈자리는 딸 대신 아빠가 성큼 들어갔다. 부엌은 오롯이 아빠 차지가 되었다. 시대적 운도 좋았을까. 다행히도 남자가 부엌에 들어가 식구들의 음식을 차려내는 것은 부끄러움이 아니라 자랑으로 내세워도 되는 세상으로 변해갔다.

요리하는 남자, 부엌을 접수한 남자라는 '타이틀'은 바로 이전 여자 대신 살림하는 남자, 애 키우는 남자처럼 시대를 앞서가는 진보 남성의 왕관처럼 얹혀졌다. 어엿한 직장이 있음에도 음식까지 잘하는 남자라면 호감에 더해 두 배 세 배로 칭찬을 받을 수 있게 되었다. 세상의 많은 직업 중에 남자 요리사는 '셀럽'이 되고 연예인이 되고 워너비가 되어갔다. 좋은 남자가 되기는 어쩜 그리 쉬운지. 여자가 석삼년을 삼시 세끼 차리며 부엌에서만 살아도 얻기 힘든 찬사와 응원을 남자는 석 달 열흘만 해도 넘칠 만큼 받을 수 있게 됐다.

남자들은 복도 많지. 남자가 쓴 요리책이, 음식 에세이가 출간되고 인기를 얻었다. 음식 이름만 치면 차례차례 적어놓은 레시피가 반짝이는 블로그가 수두룩해지고 유튜브는 요리 냄새를

풍길 만큼 갓 만든 음식들 천지가 되었다. 요리하는 남자들의 전성시대가 되어가는 흐름을 타고 아이 아빠는 밥상 차리는 여자가 없는 자리를, 부재하고 있다는 사실까지 지울 만큼 완벽하게 부엌의 틈을 메꾸어냈다.

매일 먹는 나물부터 하루 한 끼 국이나 찌개에서 탕까지 완비하고 아이들이 좋아하는 견과류와 과자까지 꼼꼼하게 사들였다. 가락동 농수산물 시장에서 회원제 대형 할인점 코스트코까지 동네 재래시장까지 누비고 다니기 시작했다. 휴일 특식은 말할 것도 없이 여러 가지 양념 소스까지 그럴듯하게 차려냈다. 아이들은 그래서 20대 중반이 넘어가도록 부엌에 들어갈 일이 전혀 없게 되었다. 손에 물 한 방울 묻히지 않아도 되었다. 날이면 날마다 먹고 싶은 게 있으면 이름만 알려주고 특별 음식마다 요리해줄 사람으로 엄마나 아빠를 지목해주기만 하면 정확한 시간에 바로 그 음식을 먹을 수 있었다.

작금에 이르러 먹을 줄만 알지 요리할 줄은 모르는 아이들이 조금은 걱정이 된다. 여자라서가 아니라, 딸이라서가 아니라, 사람이니까 음식 만드는 법을 가르쳐주어야 할 때가 아닌가, 조바심으로 마음이 들썩인다. 칼 쓰는 법, 불 쓰는 법, 재료 다루는 법을 일러주어야 할 텐데. 얼마 전에 환갑이 넘은 아빠나 여기저기 아프기 시작한 내가 졸지에 무슨 일을 당할 수 있는 일, 나는 간다는 말도 못 하고 덜컥 이 세상을 작별할 수도 있는 일이니, 그때 이 아이들은 어떻게 할 것인가 싶어서 어느 밤에는 머리칼이 쭈뼛 서기도 한다.

어느 날을 잡을까 고민하다가 곰곰이 딸들의 하루를 생각해 봤다. 둘 다 아침 일곱 시 이전에 출근하니까 아침에는 도저히 시간이 없다. 출근하면 당연히 종일 일한다. 퇴근은 지하철을 타고 온다. 둘 다 회사가 한 시간 정도 넘게 걸리는 곳이고 두 번 정도 환승해야 한다. 현관문을 열고 들어올 때부터 얼굴에는 피곤한 기운이 눈자위가 꺼멓게 덮고 있다. 출퇴근 거리가 더 먼 둘째는 집에 오는 도중에 서서도 잘 수 있는 신공이 생겼다며 곤죽이 되어 돌아온다. 잠이 든 바람에 마지막 역에서 깨어나 되돌아올 때도 여러 번이고 졸다 튀어나오느라 도시락 가방을 두 번이나 잃어버렸다.

하루 종일 대면 업무를 하는 큰딸은 집에 오면 말하기도 힘들어하고 손가락 하나 까딱 못할 정도가 되기 일쑤다. 파김치가 된 사람이 언제 밥상을 차릴 수 있을 것인가. 엄마, 아빠가 없다면, 독립을 했다면, 결혼을 했다면 저 상태에서 부엌으로 들어가 밥을 해야 하잖아. 저런 몸 상태의 딸들에게 언제 어떻게 음식 만들기를 가르칠 수 있을지 엄두가 나지 않는다. 그것보다도 퇴근해 온 아이들 상태를 보면서 밥을 차리고 있노라면 내가 어떻게 회사를 다니면서 밥상을 차리고 살림을 하면서 직장 일을 하고 살았는지 그게 또 기적처럼 느껴진다. 나는 저 상태에서 애를 둘이나 낳아 기르고 회사를 다니고 눈이 빠져라 교정을 보고 책을 만들고 기사를 쓰고 밥을 하고 살았다.

직장을 다니는 2,30대의 여자들을 생각한다.

결혼했다면, 아이를 낳았다면, 저렇게 피곤이 첩첩 쌓인 몸으로 돌아와 아이를 보살피고, 밥하고, 청소하고, 빨래를 하며 살 것이 불 보듯 뻔한 일이다. 저 아이들도 결혼을 했다면(나처럼) 옷도 못 벗은 채 부엌으로 들어가겠지. 아이들을 씻기고 청소를 하겠지(나처럼). 그러고는 다음날 또 출근을 하겠지. 어떻게 살아갈까, 만약 그렇다면. 상상해보면 깜깜하고 상상만으로는 종종거림이 가늠이 안 된다.

그 옛날 어떻게들 살아낸 걸까. 이 세상의 시어머니들은 그 시절, 일하는 남의 딸, 자기 며느리에게 어떻게 부엌일을 그렇게나 당연하게 시켰을까. 자기 아들과 똑같이 키워서 똑같이 배워서 똑같은 일을 하고 오는 며느리에게 어떻게 부엌으로 직행하게 들이밀고 밥상을 보게 하고 그 밥을 받아먹을 수 있었을까. 자기 아들에겐 부엌 근처에도 못 오게 하고, 미치지 않고서야 어떻게 남의 집 딸을 옛날 여종처럼 부려먹었을까.

그 옛날 남편들은 어떻게 그렇게 살았을까. 일하고 들어오는 아내에게 어떻게 밥상을 차리는 걸 당연히 요구할 수 있었을까. 자기는 꼼짝도 하지 않으면서 텔레비전을 쳐다보면서, 미치지 않고서야 어떻게 아내가 차린 밥상을 받아먹을 수 있었을까. 타박할 수 있었을까. 딸 입장으로 돌아보면 모골이 송연하다.

어떻게 딸을 부엌으로 들여보낼 수 있나. 생활 요리를 언제 가르칠 수 있겠나 생각해보면 그럴 수 없다는 결론만 내리게 된다. 사람 독에 쏘여 말 한마디도 안 하고 쉬고 싶어 하는 사람을 다시 일으켜 세울 수는 없다. 현재로선 내가 몸이 아파져서 저들의 손을 필요로 하지 않게 하는 것만이 급선무일 뿐. 덜컥 죽어서 눈물로 엄마, 아빠의 음식을 기억하지 않게 하는 것만이 최선의 일일 뿐. 지금은 하루 종일 노동한 값으로 어서 엄마 밥, 아빠 밥 먹고 기운 내서 잘 자렴, 등 두드려주는 것밖에 다른 수는 없겠다. 자는 데도 힘이 든다. 힘이 없으면 잠마저 불편해진다. 그러니 지금은 그냥 믿을 수밖에 없겠다.

때가 되면 어느 날, 절체절명의 피할 수 없는 어느 날이 되면, 스스로 배우고 익혀서 제 밥을 만들어낼 수 있으려니. 어리바리한 나도 이루어낸 일이니 저 똘똘한 아이들이 못해낼 리가 없을 테니. 세상의 모든 일을 다 배우고 익혔는데 무엇을 못하랴. 제 입에 들어갈 것을, 사랑하는 이에게 줄 음식을 요리하는 법 정도는 수월하게 습득할 테니.

내 부고를 알릴 지상의 한 사람

명실상부(名實相符), 명약관화(明若觀火), 불문곡직(不問曲直) 친구라는 존재. 가깝게 오래 사귄 사람. 의미대로 친구라면 페이스북 친구만큼 나의 일상을 잘 아는 사람은 없다. 아는 깊이와 너비를 재보고 추궁할 필요는 없다. 그냥 친구니까. 서로가 원할 때 보면 되고 이야기하고 싶을 때 할 수 있고 이해받고 싶을 때 마음을 읽어주는, 적당한 거리가 지켜지는 페이스북 친구는 이름만 겨우 기억하는 지난 시절 오프라인 친구보다 더 가깝게 느껴진다. 멀리 있지만 깊은 정이 들어간다.

어느 날, 그 사람이 말이 없다. 손이 사라진다. 내 말에 내 글에 몇 번씩 말을 걸고 대답하고 '좋아요'를 누르며 웃어주던 사람이 어느 날 떠난다. '여기가 아파, 저기도 아파져, 그래도 힘을 내어 걸었어'라 말하던 사람이 죽는다. 하나, 둘, 셋, 넷. 만난 적이 없어 낯은 모르지만 그래도 잘 살아가기를 바라던 사람도, 죽었다. 문장마다 좋아서 가만히 좋아했던 사람도, 떠났다. 한 명, 두 명, 세 명… 여럿이 죽고 사라졌다.

이 세상을 떠나는 마지막 인사를 스스로 남긴 사람은 없다. 그 사람이 살아서 쓴 글은 불현듯 멈추고, 그가 살아있을 때 쓴 글 다음 포스팅에 올라오는 이생의 마지막 인사는 남이 쓴다. 부고다. 남편, 아내, 동생, 친구, 가끔 엄마, 아버지가 올리는 간략한 부고를 읽는다. 친구의 이름 앞에는 이미 '고(故)' 자가 붙어 있다. 순식간에 생사가 갈라진다. 삼가 고인의 명복을 빕니다. 대답할 주인이 있을 리 없는 조의의 말이 연이어 달리고 그런 댓글에는 누구도 '좋아요' 버튼을 누르지 않는다.

시간이 지나간다. 부고를 끝으로 멈춘 그의 계정에는 종종 고인의 이름을 불러온 태그가 달린다. 주춤주춤 몇 개의 발걸음이 오간다. 그의 방은 흔들리다가, 잠잠해진다. 유달리 성실하게 제 삶을 기록하던 사람이 별안간 사라진 자리는 하염없이 묵묵하다. 매일 말하던 목소리, 울울해하던, 기뻐하던, 울던, 웃던 사람이 떠난 그의 집은 무덤처럼 고요해진다. 아니 그냥 무덤이 된다.

갑자기 꾸린 무덤에 어느 날 묘비를 세우듯, 잔디 떼 뚫고 꽃 한 송이 솟아나듯, 성묘 가서 술 한 잔 부어주고 담배 하나 꽂아주듯이 한두 사람이 발길을 멈췄다가 이름 한 번 불러본다. 부르고 돌아간다. 내가 알던 사람이 죽어 잠잠해진 그 몇 시간 후, 눈을 감은 바로 직후, 부고를 써서 올린 내가 모르는 어떤 사람을 생각한다. '남편입니다', '아내입니다', '아들입니다', '딸입니다', '엄마입니다', '그가 오늘 세상을 떠났습니다'라고 쓴 그 사람의 손가락을 생각한다. 언젠가 내게도 올 일, 남의 일이 아니다. 돌연히 죽으면 돌연히 죽느라, 아프다 죽으면 너무 아파서 정신이 혼미할 테니 마지막 인사를 내가 할 수는 없는 일.

"페이스북 좀 끊으면 안 되나. 그거 뭐 하러 해? 얼마나 이상하게 이용될 수 있는데, 엄만 겁도 없어? 진짜 친구를 만나."

아이들은 뭔가 안타깝고 못마땅한 듯 내게 말한다. 그 애들은 이런저런 SNS를 하지 않는다. 한창 젊고 예쁜 나이면서도 사진을 찍어 올리는 일에도 관심이 없다. 일상을 말하는 것에도 의견이나 정견을 써서 올리는 것에도 시간을 쓰지 않는다. 먹은 것을 자랑하거나 여행한 곳을 알리거나 세상의 반응을 살피는 것에도 흥미가 없다. 그야말로 '일기는 일기장에' 쓴다. 종이 노트 일기장에 또박또박. 개인의 이야기를 중인환시리에 게시하는 행위 자체에 대한 반감이 있는 것 같다. 또래의 젊은 여자에게 모르는 남자들이 어떤 나쁜 일을 행할지 잘 알기 때문에 싫어하는 것 같기도 하다. 얼굴이 드러나고 신상이 '털리고' 사는 곳이 알려지면 무슨 흉악한 일을 당할 수 있는지 들어본 적이 많을 것이다.

아이들이 여자 연예인들이 악성 댓글이나 욕설 때문에 죽어가는 이야기를 전해주었다. 유명인이 아닌 평범한 여자라 해도 추근거리는 사람이나 스토킹을 하는 사람이 생길 수도 있는데 왜 그런 온라인 공간에서 모르는 사람들과 친구를 만들겠다고 하는지 꾸준히 마뜩찮아했다. 내 또래 중년 여성과 남성들이 SNS에서 만나서 이른바 불륜이나 애정 행각을 벌이고 있다고, 사기를 치고 당하고 있다고, 구설수에 오를 수 있다고, 백해무익 아무 도움도 안 되는 것을 왜 하려느냐고 성화가 대단했다. 남의 휴대전화 화면에 뜰 수 있는 내 얼굴과 일상을 왜 기록하고 널리 알리느냐면서 말할 기회가 생길 때마다 말렸다. 아니 내가 관심에 목말라 죽겠는 '관종'도 아닌데, 내 사생활 못 알려서 병난 것도 아닌데 억울한 맘이 들었다.

언젠가 고등학교에 입학한 후 처음 맞은 방학 때였나, 고향집에 갔다. 그때까지도 집은 옛집 그대로, 아직 화장실은 화장실이라기보다 외양간 옆 변소이던 시절이었다. 그때도 여전히 소가 있었고 재래식 화장실 나무 문 사이로 소의 눈이 보이고 되새김질 소리도 들렸다. 어렵게 앉아 일을 보면서 앞 바구니 안에 놓인

휴지 대용 공책을 봤다. 내 일기장이었다. 초등학교 때, 중학교 때 쓴 일기장은 그야말로 똥 닦는 종이가 되어 있었다. 매끈하지 않은 누런 종이, 종종 날카롭게 연필을 깎아 글씨를 쓰면 찢어지기도 했던, 자를 대고 자를라치면 시작점부터 쭉 딸려오면서 찢어지던 그 종이 공책이 엄마, 아버지, 큰오빠 내외의 밑씻개로 쓰이고 있었다. 볼일을 다 보고도 오금이 저리도록 쭈그리고 앉아 착실하게도 기록한 어릴 적 나의 한 시절을 읽었다. 얼굴이 눈이 화끈거렸다. '쓰기 전에 종이를 꾸겨서 이리저리 손바닥으로 비벼서 쓰렴, 그러면 좀 부드러워지지'라고 엄마가 말했다.

엄마, 아버지, 큰오빠랑 새언니가 변소에 앉아 일을 보며 일기장을 읽고는 뒤를 닦아 저 아래 깊은 똥항아리에 던져버릴 어린 소녀의 한 시절이 부끄럽고 왠지 서러웠지만, 변소 바구니에 놓인 그것들을 다시 보관하지도 가져오지도 않았다. 열여섯 살 이전의 기록은 그래서 단 하나도 없다. 겨우내 얼고 풀어진 똥오줌과 함께 그것들은 재를 덮어쓰고 있다가 콩밭으로, 고추밭으로 갔겠지.

열일곱 이후의 일기장은 찬바람, 쨍한 햇살을 방비할 길이 없는 창고에 쌓여 있다. 고등학교, 대학교 내내 써놓은 수십 권의 노트를 붉은 노끈에 묶어 내놓으면서 언젠가는 정리해서 버릴 생각이었다. 그게 벌써 20여 년이 지났다.

결혼한 후에 쓴 일기장들은 따로 묶어놓았다. 그동안 받은 편지와 엽서들을 모아놓은 박스도 한번 바깥 창고로 나간 후 다시 방으로 들여오지 않았다. 수건으로 닦아 책꽂이에 다시 꽂아놓은 것은 태어날 때 찍힌 아이 사진이 붙은 육아 일기와 아이들이 보낸 편지와 일기장뿐이다. 오로지 '나'와 관계된 것들은 책꽂이에도 보관 상자에도 들여놓지 않는다. 시간이 나면, 아니 시간을 내어 하나씩 마지막으로 본 후 다 버릴 요량이었다.

시간이 나면, 시간을 짜내서 하나씩 하나씩 들여다보고 완전히 버릴 작정인 것인데, 신기한 것은 시간이 영 나지를 않는다는 것이다. 바빠서가 아니라 큰맘을 먹을 시간이 없는 거였다. 분리수거일 전날마다 그렇게 꼼꼼히 종류를 분류하고 라벨 하나하나를 떼어가며 버리면서도 정작 버리기로 작정한 십몇 년 전부터 그것들을 만지지도 않고 있는 이 맘은 뭘까. 종이를 뜯어서 하나하나 태워보자니 태울 데가 없다. 부엌 싱크대에서 태워서 재로 만들어볼까, 해도 연기가 날 것이다. 그냥 종이 수거함에 버리자니 글씨가 너무 아롱져 있어 민망하고 애잔하다.

고향집 아버지 무덤이나 엄마 무덤 옆에 파묻고 싶었는데 이미 이장해버려서 아버지 무덤도 사라졌다. 어디에 버릴 것인가. 언제 읽어볼 것인가. 지나간 마음과 관계를 놓지 못하는 끈질긴 미련은 왜 생겨났고 언제 끊어질까.

나는 몇십 년 전 친구들이 보내온 편지를 버릴 때조차 아쉬워서 한 장 한 장 사진으로 찍어 저장해놓고 버릴 정도로 기록하고, 글로 쓰고, 남기고, 기억하려는 사람이다. 아이들은 되도록 아무에게도 안 알리고, 안 쓰고, 안 남기고, 기록하지 않는 사람들이다. 딸들은 자기 이름이 쓰여 있는 축하의 꽃다발, 생일 편지, 생일 선물, 생화 꽃다발조차 아직 생생한 그날로 버리는 단호한 성격이다. 수십 송이의 꽃이 꽂힌 화려 만발한 축하 꽃바구니를 미련이라곤 하나도 없이 쌈박하기 그지없게 버릴 때는 좀 무서울 정도였다. 우리는 아무튼 이렇게나 달랐다. 소셜 네트워크 세계에 대해서만큼은 첨예하게 반대 의견을 가졌다. 엄마와 딸이 거꾸로 된 것 아닌가 싶었다.

나로서는 사람들과 멀리 떨어져 있을 때, 너무 혼자 있을 때 들어간 안전하고도 재미있는 가상세계가 페이스북이고 인스타그램이었다. 특히 휴대전화만 열면 연결되는 그 수많은 읽을거리들에 환호했다. 곁에 사람이라곤 하나도 없을 때, 읽을거리를 찾으려면 천리만리 가야 할 때 페이스북은 감사 인사를 하고 싶을 정도로 수많은 이야기를 담고 다가왔다. 중독이랄 수도 없었다. 사기 같은 거 안 당할 거니까, 연애니 불륜이니 이미 졸업했으니까 걱정말라고 신뢰를 얻을 만한 표정으로 선언했다. 딸내미 잔소리도 잔소리인지라 페이스북에 글을 쓸 때는 몰래 하는 심정이 되었다.

눈치를 보게 되었다고나 할까. 어느 날부터 너무 사적인 글을 쓸 때는 '나만 보기'로 진짜 일기를 썼다. 자물쇠가 그려진 그림을 클릭해 공개 범위를 한정한 글을 쓰면서 '나는 왜 나만 보기로 이렇게 많은 것을 기록하고 있는 걸까' 하는 아득한 마음이 되었다. 아이들 사진이나 이름을 직접 쓰는 것은 애들 눈이 무서워서 못했다. 허락 없이 사진을 올리거나 자기 관련 스토리를 떠들어대는 것은 만약 엄마가 아니라면 싸워서라도 지우라고 요구할 정도로 소름 돋았으니까. 아주 가끔 자랑거리가 넘칠 때, 한 번쯤은 자랑하고 싶을 만큼 예쁘고 사랑스러운 것들만 골라 친구 공개로 올렸다가 나만 보기로 돌려놓곤 했다. 혹시나 걸릴까 쫄려서 아이들 계정을 차단할까 싶어서 뒤져봤더니 둘의 계정을 찾을 수 없었다.

어쨌거나 아이들은 공히 나의 소셜 네트워크 행태를 특히 페이스북 하는 걸 싫어했다. 정보를 얻기 위해서라면, 홍보하고 싶으면 차라리 트위터를 하라고 권했다. 트위터 들여다보고 있을 때는 아무 말도 하지 않았다. 사연 팔이라거나 관종이라거나 사기꾼이거나 바람둥이들이라거나 그것도 아니라면 시시콜콜 감정을 전시하고 들여다보는 노출증과 관음증을 앓는 이들 정도로 페이스북 유저들을 무시하는 바람에 나는 글을 올리거나 사진을 첨부할 때마다 부지런히 검열 시스템을 돌리곤 했다. 그렇다 해도 꾸준히 앨범 삼아, 일기장 삼아, 가깝고도 먼 친구 삼아 페이스북을 가까이 두고 끊지는 않았다. 2010년 제주 섬에 혼자 있을 때, 머물고 있는 집이 하도 궁벽하고 어두워서 '아무도 모르리라! 나 여기 죽어도'라는 절박한 심정으로 가입했으니 이제 10년이 조금 넘었다.

10년이 넘도록 일주일에 두어 번 뭔가를 썼으니까(혼자 보기로 써넣은 것은 더 많으니) 페이스북 내 계정은 10년 넘은 내 인생의 시시콜콜한 기록의 바다, 심중의 갈래가 모인 아카이브가 된 셈이다. 여기가 정말 친구처럼 좋은 것은 과거의 오늘을 누르면 다 잊은 것 같았던 날들의 기록을 선명하게 떠올려 주기 때문이다. 어느 누가 있어 10년 전, 5년 전, 6년 전, 1년 전을 기억할까. 그때 걸어다닌 거리와 보폭의 크기, 먹고 마신 것들, 그때 얼굴의 표정부터 속마음, 그리운 사람들까지 쑥쑥 보여주기 때문이다. 인화한 사진과 일기장이 쭈글쭈글 낡아가지 않고 메모지가 책 틈에서 저 홀로 삭지 않고 창고에서 바람과 습기를 맞지 않아서 나는 좋았다.

그러니 아직은 페이스북을 떠날 때가 아닌 것이다. 도리어 페이스북은 누군가가 세상을 떠났다는 것을 제일 먼저 알려주는 곳이다. 나의 죽음도 페이스북으로 알려질 것이 틀림없다. 엄마가 돌아가셨을 때도 나는 단 한군데 유일하게 페이스북에만 짧게 엄마의 죽음을 알렸고, 그래서 페이스북에서 알던 사람들이 장례식장을 찾아왔고 그 사람에게 조의금을 들려 보내주었었다. 아주 많은 부분의 위로를 받아왔고 슬픔은 그들 덕분에 나누어졌다.

하나, 둘, 셋, 넷, 사람들이 죽어 떠난 후 무덤같이 고즈넉해진 그 사람의 계정을 보고 있으면 진짜로 성묘를 간 마음이 되었다. 아픈 사람이 통증을 다스리는 이야기를 읽다 보면 어떻게라도 덜 고통스럽기를 바라게 되었다. 자꾸 병원에 있다고 하면 '아, 저리도 아프니 곧 부고가 뜨겠구나', 슬프게 생각했다. 멀리, 혼자 살고 있는 사람이 쓰는 불안하고 외로운 이야기를 읽다 보면 여지없이 '힘내요' 버튼을 누르게 되었다. '잘 있어야 해요, 나는 아직 여기 살아있어요, 누워서도 한두 자, 길 가다가도 멈춰서 토도독 내 마음은 이래요'라며 자판을 두드렸다.

지난겨울, 친구가 죽었다. 내 나이에, 같이 학교 다닌 친구가, 나처럼 딸을 두 명 남겨 놓고, 착하고 곱게 살다가, 많이 아프다가 홀연 떠났다. 장례식장에서 친구 딸의 손을 붙들고 가엾어서 울었다. 나 죽은 후 남아 있을 딸 같아서 그렇게나 슬펐다. 휘청휘청 돌아오면서 시린 발을 부비며 내가 죽으면 부고를 올릴 사람은 누구일까 생각하게 되었다. 누구일까. 누구로 할까, 내가 남긴 이 쓸모라곤 없으면서 터무니없이 시시콜콜한 일기장은 누가 마지막으로 보게 될까, 두렵고 슬프게 생각되었다.

"그거 엄마가 사후 계정관리자를 지정해놓으면 돼."

무던이가 말했다. 다 알고 있네. 물려줄 거라곤 아무것도 없는데 일기장이라도 남겨줄까. 검색창에 '내가 죽으면, 페이스북'을 넣어보았다. '내가 죽으면 대신…' 페이스북 사후 계정관리 기능 추가 내용이 여러 개가 떴다. 무던이 말마따나 계정 소유자는 사전에 '기념 계정관리자(Legacy Contack)'라는 이른바 계정의 상속인을 지정할 수 있다고 쓰여 있었다. 바로 아래 기념 계정관리자 설정 바로 가기를 누르게 되어 있다. 눌러보았다. 내 계정이 드러났다.

> 사후에 회원님의 계정을 관리할 사람을 선택하세요. 기념 계정관리자는 다음과 같은 권한을 보유하게 됩니다. 추모 게시물을 올릴 수 있는 사람과 볼 수 있는 사람을 선택하거나 게시물을 삭제하고 태그를 삭제하는 등 회원님의 프로필에서 추모 게시물을 관리합니다. 계정 삭제를 요청합니다. 새로운 친구 요청에 응답할 수 있습니다. 프로필 사진과 커버 사진을 업데이트할 수 있습니다. 회원님이 고인이 된 후에는 기념 계정관리자만 게시물을 관리할 수 있습니다. 기념 계정관리자는 회원님의 이름으로 게시물을 올리거나 회원님의 메시지를 볼 수 없습니다. 기념 계정관리자에게 회원님의 기념 계정관리자

> 로 선택되었다는 알림이 전송됩니다. 계정이 기념 계정으로 전환될 때까지 별도로 추가 알림이 전송되지 않습니다. 사후에 Facebook 계정을 유지하고 싶지 않은 경우 기념 계정관리자를 선택하지 않고 계정이 영구적으로 삭제되도록 요청할 수 있습니다.
>
> 참고: 기념 계정관리자를 선택하려면 만 19세 이상이어야 합니다.

다행이다. 딸 모두 19세는 넘었으니까. 또박또박 사후 계정관리에 대한 글을 읽는다. 트위터, 구글, 인스타그램의 사후 계정관리법까지 이어서 뜬다. 당장 들어가서 시키는 대로 해봤다. 설정 및 공개 범위-설정-일반-계정 설정-기념 계정 설정(사후에 계정을 어떻게 처리할지 결정합니다-회원님의 기념 계정관리자-친구선택란에 기념 계정관리자를 선택한다)을 선택해볼까.

둘째 딸 이름을 쳐봤더니 뜨지 않는다. 계정이 없는 모양이다. 그렇게도 싫어하더니 역시 그 아이답다. 비공개 계정이거나 어쩌면 내 이름을 차단했을지 모른다. 첫째 딸 이름을 쳐본다. 다행히 있다. 영문으로 만들어 숨기 좋게 숨어 있다. 포스팅이라곤 단 한 개도 없는 계정이지만 오래전에 찍은 사진은 한 장 걸려 있다. 맨 아랫줄에 '사후에 페이스북 계정을 유지하고 싶지 않은 경우 기념 계정관리자를 선택하지 않고 계정이 영구적으로 삭제되도록 요청할 수 있습니다. 사후 계정 삭제를 요청하세요'가 있다. 그냥 사후 계정 삭제를 요청해 놓을까. 이까짓 삶의 구구절절한 기록 따위, 어느 딸이 연연해할까.

그나저나 나 죽은 후, 마지막 내 휴대전화를 넘겨받아 주소록을 열고 부고를 알릴 사람은 누구일까. 누가 나 죽은 소식을 받게 될까. 내 페이스북과 트위터와 인스타그램과 메일함을 보게 될 사람은 누가 될까. 전 세계 모든 사람이 다 볼 수 있게 쓴, 지구 모양이 그려진 전체 보기 말고 자물쇠가 그려진 그 포스팅들, 나만 보기로 해놓은 글까지 읽게 될 사람은 누가 될까. 병원 침대에 누워 남은 날이 한 달이나 두 달이라는 선고를 받았을 때, 나는 이제 가노라 말도 못하고 정신을 잃기 전 바로 그쯤에야 영구 삭제 버튼을 누르게 될까.

그런데 내 친구가 죽은 후부터 아무것도 기록하고 싶어지지 않아졌다. 어떤 글을 쓰려 해도 첫 말문이 트이지 않아졌다. 문을 닫고 잠근 것처럼 저 안쪽이 보이지 않고 깜깜해졌다. 친구가 써 놓고 간 명심보감 병풍 앞에서 정수리 쪽이 서늘하게 뜨겁다.

가출생활자와 독립불능자의 동거 라이프

초판 1쇄 인쇄 2021년 11월 20일
초판 1쇄 발행 2021년 11월 25일

지은이 권혁란
펴낸이 오혜영
교정교열 권은정
디자인 온마이페이퍼
마케팅 한정원

펴낸곳 그래도봄
출판등록 제2021-000137호
주소 03925 서울시 마포구 월드컵북로 400 5층 14호
전화 070-8691-0072 **팩스** 02-6442-0875
이메일 book@gbom.kr
홈페이지 www.gbom.kr
블로그 blog.naver.com/graedobom
인스타그램 @graedobom.pub

ISBN 979-11-975721-2-8 03810